JN306239

黒南風《くろはえ》の海

「文禄・慶長の役」異聞

伊東 潤

PHP
文芸文庫

○本表紙デザイン＋ロゴ＝川上成夫

黒南風《くろはえ》の海◎目次

黒南風《くろはえ》の海

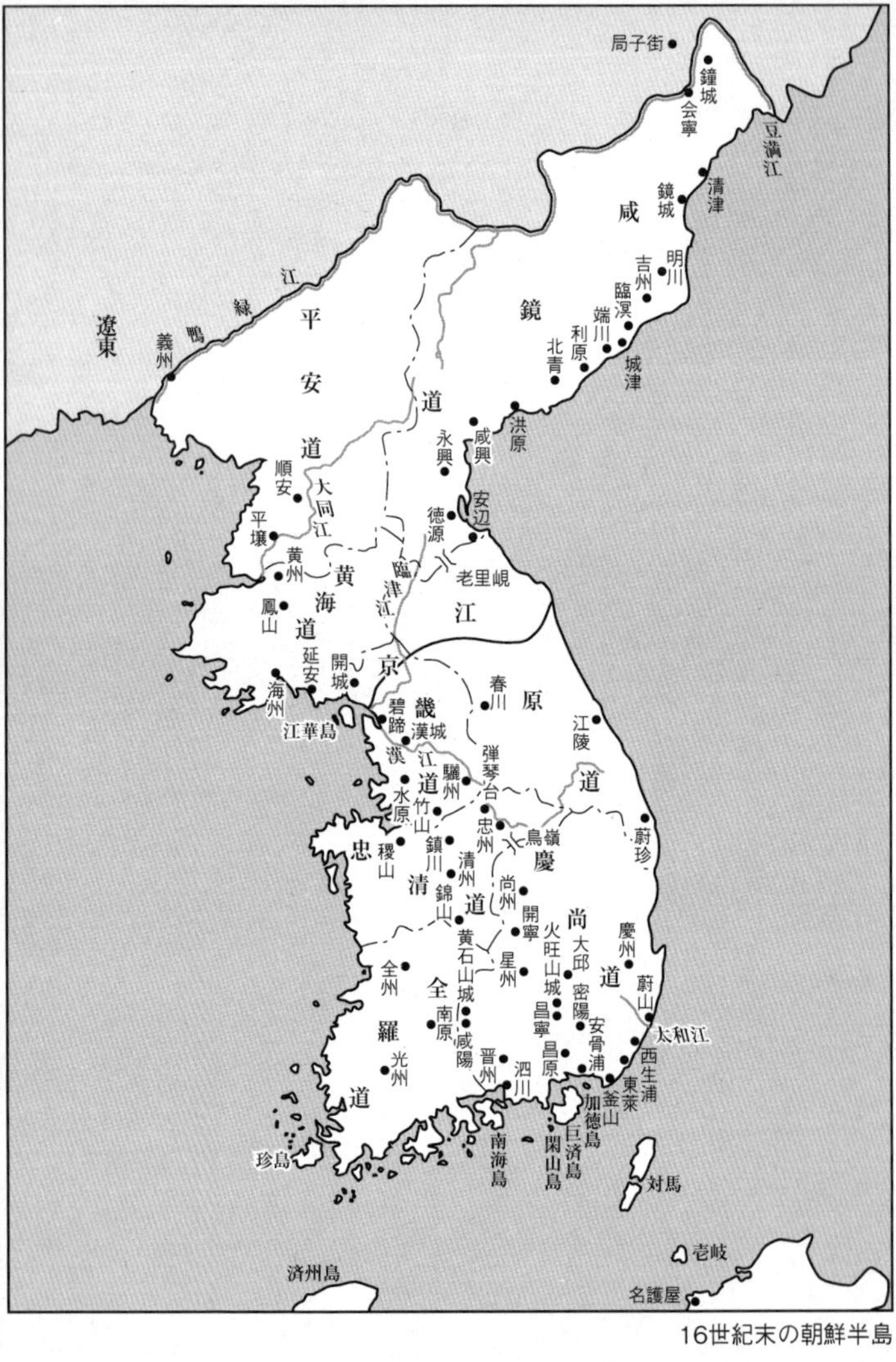

局子街
鐘城
会寧
豆満江
清津
鏡城
咸鏡道
明川
吉州
臨溟
端川
利原
北青
城津
洪原
咸興
永興
平安道
遼東
義州
鴨緑江
順安
大同江
平壌
徳源
安辺
黄州
黄海道
臨津江
老里峴
江原道
鳳山
延安
開城
京畿道
海州
春川
碧蹄
漢城
江華島
江陵
漢江
弾琴台
驪州
水原
竹山
忠州
鳥嶺
蔚珍
稷山
鎮川
忠清道
清州
尚州
錦山
開寧
慶尚道
慶州
黄石山城
火旺山城
大邱
星州
全州
全羅道
密陽
蔚山
南原
昌寧
安骨浦
太和江
咸陽
昌原
西生浦
光州
晋州
泗川
東莱
釜山
加徳島
南海島
閑山島
巨済島
珍島
対馬
壱岐
済州島
名護屋

16世紀末の朝鮮半島

第一章　焦熱《しょうねつ》の邑城《ゆうじょう》

一

——海の色が違う。

船縁《ふなべり》に打ちつける波を漫然と眺めていた佐屋嘉兵衛忠善《さやかへえただよし》は、ぼんやりとそんなことを思っていた。

海は凪《な》ぎ、風もなく、櫓《ろ》を漕《こ》ぐ水主《かこ》たちの規則正しい掛け声だけが、船上に聞こえている。

——尾張《おわり》の海は、もっと透《す》き通っていた。

染料を流したような濃藍《こあい》の海を、じっと見つめていると、中に引き込まれるような錯覚《さっかく》を覚える。

「嘉兵衛」

突然かかった声に驚いて横を見ると、寄親《よりおや》の和田勝兵衛《しょうべえ》が、その角張《かくば》った顎《あご》を突き出すようにして、海を見つめていた。

「黒南風《くろはえ》が吹いてきたな」

頭上を見上げると、南西の沖合から黒雲が湧き出し、南風が吹き始めていた。

船の舷側《げんそく》に林立する妙法旗《みょうほうき》も風をはらみ、その裾黒白地《すそぐろしろじ》に大書《たいしょ》された七字の題《だい》目《もく》をはっきりと見せている。

「黒南風に乗り、われらはかの国に討ち入り、かの国の民と戦うのですな」

自分でも情けないほど弱々しい声音《こわね》で嘉兵衛が言うと、勝兵衛が明るく返した。

「嘉兵衛、われらは、かの国を滅ぼしに行くのではない。かの国に王道楽土《おうどうらくど》を築きに行くのだ」

「それは、分かっておりますが」

嘉兵衛が、その白く端正《たんせい》な面《おもて》を歪《ゆが》めた。

「殿の先手《さきて》を担《にな》うわが手勢は、誰よりも勇猛であらねばならぬ。わが手勢の鉄砲隊を預かるおぬしに逡巡《しゅんじゅん》があれば、そこに付け入られ、多くの兵が死ぬ」

「仰《おお》せの通りです」

「おぬしほどの腕を持つ筒衆頭《つつしゅうがしら》（鉄砲隊長）はおらぬ。もっと自信を持て」

勝兵衛が、嘉兵衛の気持ちを鼓舞《こぶ》しようとしているのは明らかだった。しかし、嘉兵衛の心は重く沈んだままである。

――やはりわしには、武士という稼業《かぎょう》が向いておらぬのかもしれぬ。此度《こたび》の戦《いくさ》が終われば、武士をやめて農夫にでもなるか。

最近、嘉兵衛はそう思うようになっていた。

「嘉兵衛、あれが釜山《ふざん》だ」

勝兵衛の指し示す先には、空と海の境もつかない灰色の世界が広がっていた。

そこに現れた小さな黒点は、船が進むにしたがい大きくなっていった。

「晴れていれば、対馬《つしま》からも見えるという」

釜山浦《プサンポ》は朝鮮半島南東端にある良港である。対馬から最も近い位置にあり、侵攻作戦の橋頭堡《きょうとうほ》として、日本軍が最初に確保せねばならない地だった。

大きな伸びをすると、勝兵衛が気を引き締めるように言った。

「此度の戦は容易でないぞ」

「と申されると」

「何があるか分からぬ異国での戦だ。よほど心してかからぬと、おぬしもわしも、二度と故郷《くに》の土が踏めぬやもしれぬ」

――それは困る。

嘉兵衛の顔色が変わったのに気づいた勝兵衛は、脅《おど》かしたことを悔《く》やむかのごとく、大げさに笑った。

「心配は要《い》らぬ。殿の指図に従っておれば、怖《こわ》いものなど何もない」

「そうであればよいのですが――」

それでも嘉兵衛は、不安をぬぐいきれないでいた。

「さては、国元に残してきた嬶《かか》殿と嬰児《やや》が気になるのだな」

勝兵衛が意味ありげな笑みを浮かべた。

「そういうわけではありませぬ」

「嬰児は、まだ生まれたばかりだったな」

「三月《みつき》と経っておりませぬ」

「可愛《かわい》い盛りだな」

「それはもう」

嘉兵衛が照れくさそうに頬《ほお》を赤らめると、勝兵衛が真顔で言った。

「大丈夫だ。おぬしは生き残れる」

「なぜにそう仰せで」

「そのような気がするだけだ」

「つまり、こうして船に乗り、勝兵衛どんと手柄話でもしながら、共に帰れるのですな」

「それは分からん」

突然、勝兵衛の顔に翳《かげ》が差した。

勝兵衛は生きて帰れるかどうか、確信が持てないのだ。

勝兵衛は、今年二十二歳になる嘉兵衛より五つほど年上だが、気さくな性格のためか、寄親というより友人のような関係だった。

「勝兵衛どん、共に帰るとお誓い下さい」

嘉兵衛が意外なほど強い口調で言ったので、勝兵衛は面食らったようである。

「わしに誓わせるのか」

「はい」

「よし共に帰る。絶対に帰るぞ」

濃藍の海に向かい、勝兵衛が高らかに宣言した。

「その意気です」

「おぬしも誓え」

嘉兵衛が艫《とも》の方に目をやると、長く尾を引く澪《みお》の先に延々と僚船が続いていた。むろん対馬は、すでに雲煙《うんえん》の彼方《かなた》である。

――これらの船に乗る者のうち、どれほどが故郷に帰れるのか。

ほとんどの者が帰れるかもしれないし、帰れないかもしれない。異国での戦いが、どのようなものとなるかは、誰にも分からないのだ。

「必ず共に帰ります」

そう言ってから、照れたように嘉兵衛が話題を転じようとした時である。

「あっ」と、勝兵衛が小さく声を上げた。

その視線の先を見ると、板材などの漂流物の間に、人とおぼしき骸《むくろ》が漂《ただよ》っていた。

目を凝《こ》らすと、数えきれぬほどの骸が潮目《しおめ》に沿って列を成し、こちらに流れてきている。彼らの体は弾《はじ》けんばかりに膨《ふく》れ上がり、その手足は伸びきっていた。

しかも骸には、大小様々な大きさがあり、女子供のものも多く含まれていた。

彼らは海草のように髪を漂わせながら、助けを求めるがごとく、嘉兵衛らの乗る船に打ち寄せられてきた。内臓のある腹が重いらしく、皆、俯《うつぶ》せになり、顔を水面《みなも》に浸《つ》けているのが、唯一の救いである。

帆綱《ほづな》の軋《きし》む音が怨嗟《えんさ》の声のごとく耳朶《じだ》に響き、嘉兵衛の心を重苦しくした。

「弥九郎《やくろう》め、派手にやりおったな」

陰鬱《いんうつ》な気分を振り払うかのように、勝兵衛が陽気に言った。

弥九郎とは、彼らに先駆けて釜山に上陸した小西摂津守行長《せっつのかみゆきなが》のことである。

「弥九郎は見境なく高麗人《こうらい》（朝鮮人）を殺したのだ」

「民までも、なぜ」

船縁を摑《つか》む嘉兵衛の手が怒りに震《ふる》えた。

「弥九郎も、異国が恐ろしかったに違いない」

言葉の通じぬ異国の民に対する恐怖が小西勢に蔓延《まんえん》し、〝撫《な》で斬り（皆殺し）〟という残虐《ざんぎゃく》な行為に至ったことは、嘉兵衛にも容易に想像できた。

「わが殿が先手を務めておれば、こんなことにはならぬものを」

勝兵衛が吐《は》き捨てるように言ったが、その言葉は、絶対的確信の下《もと》に発せられているわけではなかった。どんな名将、義将でも、戦場に出れば部下の命を守ることを優先せねばならない。敵に情けをかけて足元をすくわれた例《ためし》は、戦国の世には、枚挙《まいきよ》にいとまがないのだ。

気づくと、先ほど水平線の辺りに浮かんでいた黒点が視界全体に広がっていた。

――いよいよ異国に着いたのだな。

釜山浦の諸所から立ち上る幾筋もの黒煙《こくえん》は、中空で交わり、黒雲のようにその場にとどまっていた。その黒雲が、この浦を黒点のように見せていたことに、嘉兵衛は気づいた。

左右からすがるように船に迫る骸と板材をかき分けて、嘉兵衛らを乗せた安宅船《あたけぶね》は湾内に入っていった。

「勝兵衛」

その時、大木土佐守兼能《とさのかみかねよし》が胴の間《ま》（甲板《かんぱん》）を踏み鳴らしてやってきた。大木土佐は勝兵衛の寄親である。つまり嘉兵衛にとり、主の主《あるじ》にあたる。

「殿のお越しだ」

嘉兵衛と勝兵衛が反射的に片膝《かたひざ》をつくと、遅れじとばかりに、左舷《さげん》にいた者すべてが、その場に拝跪《はいき》した。兵たちの甲冑《かっちゅう》の擦《こす》れ合う音がやむと、身の丈《たけ》六尺（百八十センチ強）にも及ぶ巨漢が、船櫓《ふなやぐら》の板戸を押し開けて現れた。

どんよりとした雲の隙間から注ぐ陽光が、巨漢の頭上に屹立《きつりつ》する長烏帽子《ながえぼし》形兜《なりかぶと》の銀箔《ぎんぱく》に反射している。その兜の前立《まえだて》には、金箔押し日輪《にちりん》に「南無妙法蓮華経《なむみょうほうれんげきょう》」という題目が書かれ、その巨漢の信奉《しんぽう》するものを、明白に主張していた。

巨漢の着る黒羅紗《くろらしゃ》の陣羽織《じんばおり》が風になびくと、黒塗りの桶側二枚胴《おけがわにまいどう》の中央に描かれた金箔の蛇目紋《じゃのめもん》が姿を現し、見る者の目を射る。袖も咽喉輪《のどわ》も草摺《くさずり》も、小札《こざね》はすべて金箔押しされ、濃紺《のうこん》の糸で縅《おど》してある。

その豪奢《ごうしゃ》な甲冑をまとった者こそ、朝鮮のみならず明国《みん》にまで、〝鬼上官《きじょうかん》〟なる異名《いみょう》を轟《とどろ》かせることになる加藤清正《きよまさ》である。

「着いたか」

大ぶりの鉄扇《てっせん》で船縁をこつこつと叩《たた》きつつ、清正が言った。その頬骨の張った面には迷いや不安の欠片《かけら》もなく、黒々とした美髯《びぜん》には、戦場を前にした獣のような猛々《たけだけ》しさが溢《あふ》れていた。この時、清正は齢《よわい》三十一である。

「弥九郎め、早々に馬脚《ばきゃく》を現しおったか」

波間に漂う骸に気づいた清正が、苦々《にがにが》しげに呟《つぶや》いた。

「この分では、釜山鎮《ふざんちん》に生き物はおらぬようですな」

腹心《ふくしん》の飯田覚兵衛直景《かくべえなおかげ》が、その麹《こなもち》のようにふっくらした頬を左右に振った。

「約定《やくじょう》通り、弥九郎が待っておればよいのだが」

清正には、釜山鎮《プサンジン》攻防戦の首尾《しゅび》や行長の残虐行為よりも、先《さき》んじて上陸を果たした小西勢の動向だけが気がかりのようである。

「われらの上陸を待って北上を開始するという約定は、太閤殿下《たいこうでんか》もご承知のこと。よもや小西殿が、破るとは思えませぬ」

飯田覚兵衛同様、清正とは竹馬《ちくば》の友の森本儀太夫一久《ぎだゆうかずひさ》が、自慢の顎鬚《あごひげ》をしごきつつ言った。

「とは申しても、根っからの武士ではない弥九郎のことだ。約定など当てにはならぬ。しかも、治部少《じぶしょう》らが殿下を丸め込んでおるので、かの地で、どのような卑怯《ひきょう》な振る舞いをしようが、殿下の耳には届かぬはずだ」

清正の眉間《みけん》が怒りに歪んだ。その言葉は、秀吉の寵愛《ちょうあい》をほしいままにし、豊家《ほうけ》の政道を壟断《ろうだん》する治部少こと石田三成《みつなり》に向けられていた。

「われらは、この戦役で弥九郎ら表裏者《ひょうりもの》を圧倒し、殿下に目を覚ましていただかねばならぬ。そして、三成ら君側《くんそく》の奸《かん》を取り除くのだ」

「仰せの通り」

覚兵衛と儀太夫が力強く声を重ねた。

清正は誰よりも勇猛であろうとしてきた。武士である限り、勇猛でない者に価値はない。

その点からすれば、商才に物を言わせて成り上がった行長や、戦場に出ることなく、秀吉に代わって諸将を顎で使う三成は、言語道断《ごんごどうだん》というべき存在だった。

清正と意を同じくする者は少なくない。福島正則《まさのり》や黒田長政《ながまさ》らである。彼らは清正を支持し、三成らを敵視した。おのずと三成らも清正たちを嫌った。そのため豊臣家は、二派に分裂しようとしていた。その矢先に起こったのが朝鮮出兵である。

「仏よ、われに力を与えたまえ。そして、この戦に勝ち抜いた上、わが赤子《せきし》に等しい配下の者どもを、一人残らず帰還させたまえ」

清正は瞑目《めいもく》すると、懐《ふところ》から取り出した数珠《じゅず》を指に絡《から》ませた。

「南無妙法蓮華経」

獣が唸《うな》るような低い声で題目を唱《とな》える清正の声音を聞いていると、兵は皆、内奥《ないおう》から勇気が湧き出し、この将と一緒なら地獄にでも行ける気になってくる。

嘉兵衛の心を占《し》めていた黒雲も一掃《いっそう》され、蒼天《そうてん》のように澄みわたった鋭気が満ちてきた。

――われらは殿と共に進むのだ。

喩《たと》えようのない高揚感が突き上げるように襲ってくる。

「南無妙法蓮華経」

覚兵衛と儀太夫も題目を唱和したので、勝兵衛と嘉兵衛も遅れじとそれに倣《なら》った。その輪は次第に広がり、船上は厳粛《げんしゅく》な雰囲気《ふんいき》に包まれていった。

清正の家臣団の大半は、清正の影響により法華経《ほけきょう》の熱心な信者である。

清正は出陣の前、京の本圀寺《ほんこくじ》に法華経一万遍《べん》の誦経《ずきょう》を依頼した。その祈願内容は敵に勝つことではなく、小西行長に勝《まさ》る功を挙げ、君側の奸を除くというものである。清正にとって勝利は自明であり、敵は明でも朝鮮でもなく、行長とそれを支える三成だったのだ。

ひとしきり題目を唱えた清正が、おもむろに言った。

「敵を恐れる者は、味方でない者すべてを殺し尽くす。それは、心に怯《おび》えがあるからだ」

清正の言葉は、明らかに行長ら第一軍の残虐行為に向けられていた。

「怯えをなくせば、慈悲の心が生まれる」

清正の低く澄んだ声が一段と高まる。

「われらは義の旗を掲《かか》げ、慈悲の心により、この国の民を支配者から救う。弥九郎の進む先には、民の怨嗟の声が渦巻くが、われらの進む先には、歓喜の声が満ちるのだ」

「応！」

「そして、太閤殿下の徳を明国にまで広め、この世のすべての民を苦しみから救うのだ」

「応！」

船上にいる者すべてが右手を天に突き上げ、清正に同意した。彼らを取り巻くように林立する妙法旗も、誇らしげにはためいている。

「皆、わしと共に進め」

「応！」

「われらの行くところ勝利あるのみ」

「応！」

清正の鉄扇の指し示す先には、濛々《もうもう》たる黒煙を上げる釜山浦があった。その地獄のような光景さえも、清正の言葉で極楽浄土に変わったかのような錯覚を、嘉兵衛は覚えた。

清正を囲んだ兵たちの歓声は、左舷から右舷《うげん》、そして舳《へさき》から艫へと、鯨波《げいは》のように広がっていった。それはいつしか勝鬨《かちどき》となり、目の前に迫る異国の山河を圧倒した。

――われらが、この国の民を救うのだ。

嘉兵衛は、めくるめくような高揚感に酩酊《めいてい》した。

二

天正《てんしょう》二十年（一五九二）四月、豊臣秀吉は、志半ばで斃《たお》れた織田信長の見果てぬ夢を引き継ぐべく、麾下《きか》十六万の兵を動員して大陸に乗り出した。その狙いは、朝鮮半島のみならずアジア全域の制覇にある。

この外征が現実味を帯びたのは、天正十五年（一五八七）五月、豊臣勢が薩摩《さつま》国の島津《しまづ》氏を屈服《くっぷく》させ、九州を制圧したことに始まる。

これにより海路の兵站《へいたん》維持に自信を深めた秀吉は、対馬を治める宗義調《そうよししげ》・義智《よしとし》父子に、李氏《イシ》朝鮮国王・宣祖《ソンジョ》への国書を託し、朝鮮国を服属させるよう命じた。

秀吉の命《めい》は、宗父子にとって青天《せいてん》の霹靂《へきれき》だった。土地が痩《や》せて農耕に適さない対馬の地は、朝鮮国との仲介交易によって全島民の生活が成り立っており、朝鮮国に生かされていると言っても過言ではない。その道を断たれるのは、島民にとって死ねと言われているのも同じであり、何としても阻止せねばならなかった。

宗父子は、天下統一の祝賀貢物《こうもつ》を朝鮮から贈らせて誤魔化《ごまか》そうとしたが、秀吉は甘くない。形ばかりの貢物を突き返された宗父子は、秀吉が本気であることを知り、震え上がった。

次の手として、宗父子は家臣の柚谷康広《ゆずややすひろ》を日本国王使として朝鮮に派遣し、秀吉の天下統一を祝う通信使を出してもらおうとした。

宗父子としては、朝鮮国領議政《りょうぎせい》（首相）の李山海《イサンヘ》、左議政《さぎせい》（副首相）の柳成竜《ユソンリヨン》に泣きつき、事を穏便《おんびん》に済ませようとしたのだ。

しかし当時、儒教を国教とした政道を推《お》し進めていた李氏朝鮮政府では、「儒教国ではない〝化外《けがい》の地〟に、使節など送る必要なし」との結論を下し、〝水路迷昧《すいろめいまい》〟を口実に、宗父子の要請を拒絶した。

〝水路迷昧〟とは、海路が分からず行き着くことができないという意味である。

博多まで五十里《り》（約二百キロ）、対馬まで十二里（約五十キロ）ほどしか離れていない日本に対し、これはあからさまな国交拒絶宣言だった。

この事実を隠し、明日にでも通信使が来るように言い繕《つくろ》って、時を稼《かせ》いでいた宗父子だったが、いつまでも秀吉を誤魔化すことはできない。

天正十七年（一五八九）三月、痺《しび》れを切らした秀吉は、宗父子に対し、朝鮮国に赴《おもむ》き、国王を連れてくるように命じた。

心労がたたって没した義調に替わった二十二歳の義智は、六月、臨済宗《りんざいしゅう》の高僧・景轍玄蘇《けいてつげんそ》を正使に担《かつ》ぎ出し、自らを副使とし、朝鮮国との通商交渉を担当してきた家臣の柳川調信《やながわしげのぶ》、博多商人の島井宗室《そうしつ》らを従えて漢城《ハンソン》に向かった。

漢城とは李氏朝鮮国の首都で、現在のソウルのことである。

義智の話を聞き、事の重大さをようやく覚《さと》った李山海、柳成竜ら朝鮮政府首脳部は、半島沿岸を荒らしていた倭寇《わこう》が対馬に逃れていることを指摘し、その倭寇の首《しゅ》魁《かい》を引き渡すことを条件に、使節を派遣することにした。

倭寇といっても、その大半がそうだったように、首魁は沙火同《サウルドン》という朝鮮海賊である。それゆえ義智は、何の躊躇《ちゅうちょ》もなく沙火同とその一味を引き渡した。

この結果、同年九月、朝鮮政府は祝賀通信使派遣を決定する。

正使の黄允吉《ホアンユンギル》、副使の金誠一《キムソンイル》に率いられた通信使一行は、天正十八年（一五九〇）三月に漢城を出発、同年十一月、聚楽第《じゅらくてい》で秀吉に拝謁《はいえつ》し、国書を手渡した。しかし、この数ヵ月前、関東の覇者・北条《ほうじょう》氏を滅ぼし、天下を手中に収めた秀吉の勢いは、天を突くばかりとなっていた。

秀吉は自らの徳を日本一国のみならず万国にも広め、天下に王道楽土を築こうとしていた。それは、単なる侵略戦争により他国の富を収奪することではなく、天下の民が安《やす》んじて暮らせる世を創ることを意味していた。

それゆえ、明国から一方的な収奪を受けていると見られていた朝鮮国、とくにその下層民は、諸手《もろて》を挙げて日本軍を迎えると思い込んでいた。

そうした一方的な思い込みもあり、秀吉は黄允吉一行が服属使節ではなく、天下統一の祝賀通信使にすぎないことを知って激怒する。礼を失した態度で通信使一行を遇した秀吉は、この通信使を一方的に従属国の「入朝《にゅうちょう》」とみなし、朝鮮国に対して明征服の道案内、いわゆる〝征明嚮導《せいみんきょうどう》〟を命じた。

翌天正十九年（一五九一）三月、漢城に戻った黄允吉と金誠一が、秀吉との交渉結果を復命すると、政府首脳は仰天《ぎょうてん》した。

当然のことながら、明の属国である朝鮮国が、明攻撃に向かう日本軍の案内役など務められるはずがない。

通信使に付き添って漢城まで出向いた景轍玄蘇は、〝征明嚮導〟を〝仮途入明《かとにゅうみん》〟すなわち、道を借りて明に攻め込むだけだと言い換えて説得に当たったが、朝鮮政府は騙《だま》されず、秀吉の要求を撥《は》ねつけた。

かくして戦は避け難い情勢になり、戦雲は徐々に半島を覆《おお》い始めていた。

しかも当時の朝鮮政界は、東人《とうじん》派と西人《せいじん》派に分かれて権力闘争に明け暮れており、通信使が双方の派閥《はばつ》から出されていたことが、混乱に拍車をかけた。

西人派の黄允吉は、日本軍の来寇《らいこう》が近いことを主張し、さかんに警鐘《けいしょう》を鳴らしたが、東人派の金誠一は、その反対の意見を述べたため、議論は紛糾《ふんきゅう》する。

結局、金誠一の意見が通り、朝鮮政府は何ら具体的な対応策を立てず、無為《むい》に時を過ごすことになった。

同年十月、秀吉は大陸進出の足場となる肥前名護屋城《ひぜんなごや》の普請《ふしん》に取り掛かった。

翌天正二十年（一五九二）三月には、麾下十六万の精兵を第一軍から第九軍に編成し、順次、朝鮮への渡海を命じた。

四月十二日、小西行長、宗義智らに率いられた第一軍は、七百艘《そう》の兵船に乗り込み、対馬大浦から釜山浦《プサンポ》に向かった。幸いにして風向きがよかったため、第一軍は、その日のうちに釜山浦に到達した。続いて数日の風待ちの後、加藤清正ら第二軍が釜山浦に入港する。

十八日、釜山浦に着いた加藤清正勢一万は、すぐに上陸を開始した。その後方からは、鍋島直茂《なべしまなおしげ》勢一万二千の船団が続く。彼ら二人に相良頼房《さがらよりふさ》勢八百を加えた二万二千八百の軍勢が、第二軍となる。

しかし上陸してみると、待っているはずの第一軍はおろか、朝鮮人の姿も一人として見えず、無人の港は不気味なまでに静まりかえっていた。この状況に不審を抱《いだ》いた清正は、早速、和田勝兵衛に釜山鎮《プサンジン》城の物見を命じた。

釜山浦から鎮城は指呼《しこ》の間である。隊列を整えた和田隊四百は、左右の瓦礫《がれき》の山に目を配りつつ、鎮城を目指した。

釜山鎮城は、平地に城壁総延長五百メートル余、高さ四メートルの城壁をめぐらせただけの朝鮮式邑城《ゆうじょう》である。

邑城とは主に平地にあり、城下を取り込んだ羅城《らじょう》（一重の城壁）がめぐっているだけの中国式の城のことである。地形上、山稜《さんりょう》を取り込んだ形の東萊《トンネ》、漢城、開《ケ》城、平壌《ソンピョンヤン》などの例もあるが、山稜を取り込んではいても、自然地形のままで曲輪《くるわ》などは設けていないため、その防御力は単郭式《たんかくしき》の平城《ひらじろ》とさほど変わらない。

ここ釜山鎮城も、一重の城壁沿いに甕城《おうじょう》・雉城《ちじょう》・角楼《かくろう》などの防御施設を備えただけの典型的な邑城のため、城壁のどこかを崩しさえすれば、その防御力はなきに等しいものだった。

妙法旗を押し立てた和田隊は、焼け落ちた門楼《もんろう》付近の瓦礫を取り除きつつ城内に入った。

――これはひどい。

予想を上回る惨状に、先頭を行く嘉兵衛は顔をしかめた。

城内の建物という建物は焼き尽くされ、基礎としていた石積みを残し、跡形もなくなっている。至る所《やこ》に小山のように積み上げられているのは、首のない骸である。骸は黒々と焼け焦げ、胸の悪くなるような異臭《いしゅう》を放っている。

あまりにも凄惨《せいさん》な光景に、嘉兵衛のやや後方を進む勝兵衛からは、得意の戯《ざ》れ言《ごと》の一つも出てこない。

骸を啄《ついば》みに来ていた鴉《からす》たちが、これらを自らの獲物だと主張せんばかりに、威嚇《いかく》の鳴き声を上げれば、野犬の群れが、そこかしこの瓦礫の陰から低い唸り声を上げている。しかし人の気配は一切なく、釜山鎮城は鴉と野犬の住処《すみか》と化していた。

左右の瓦礫の山から、いつ飛び出してくるかもしれない敵を警戒しつつ、和田隊は粛々《しゅくしゅく》と進んだ。しかし、いっこうに人影は見えず、殺伐《さつばつ》とした光景が延々と続いているだけである。

大路の交錯《こうさく》する邑城の中央付近に達した時、勝兵衛が右手を挙げて隊を止めた。

「やはり、弥九郎らは約を違《たが》えたようだな」

嘉兵衛も周囲を見回したが、生きている者の気配は全くない。

「引き上げだ」

勝兵衛が再び右手を挙げ、引き上げの合図をした時である。焼け残った建物の中から、数名の僧侶と小者《こもの》が走り寄ってきた。

一瞬、身構えた和田隊だったが、その喚《わめ》く言葉から彼らが日本人であると分かり、警戒を解いた。

勝兵衛の前にひざまずいた僧侶たちは、その煤《すす》で汚れた頭《こうべ》を垂れて訴えた。

「われらは松浦式部卿法印《まつらしきぶきようほういん》（鎮信《しげのぶ》）様の陣僧です。法印様に命じられ、主計頭《かずえのかみ》（加藤清正）様の手勢が来られるのを、ひたすら待っておりました」

そこまで言うと、その初老の僧侶は勝兵衛の馬前に突《つ》っ伏《ぷ》した。

「ここは地獄にございます」

「見れば分かる」

「第一軍は、式部卿法印様を除けばキリシタン大名ばかり。法印様が止めるのも聞かず、摂津守（小西行長）様は、異教徒を殺し尽くせとばかりに〝撫で斬り〟を行いました」

第一軍一万九千七百は、小西行長勢七千を筆頭に、宗義智勢五千、松浦鎮信勢三千、有馬晴信《ありまはるのぶ》勢二千、大村喜前《よしあき》勢千、五島純玄《ごとうすみはる》勢七百から成っている。松浦鎮信を除き、九州各地を本領とするキリシタン大名、ないしはキリシタンに好意的な大名ばかりである。

「法印様は、太閤殿下の統治方針である〝久留の計《きゆうりゆう》〟を持ち出し、懸命に〝撫で斬り〟を押しとどめようとしましたが、キリシタンどもはその声に耳を傾けず、殺戮《さつりく》の限りを尽くしました」

〝久留の計〟とは、占領地での略奪、強姦《ごうかん》、私刑を禁じることで、朝鮮の民との融和を図り、朝鮮国を半永久的に支配しようという秀吉の統治方針である。

「明らかな軍令違反ではないか」

「法印様もそれを申し上げました。しかし摂津守様は、『すべては、わしに一任されておる』とうそぶき、法印様の言《げん》を入れませなんだ」

「それを伝えるために、おぬしらは、ここでわれらを待っていたのか」

「はい、この殺戮と約を違えて先に行くことは、法印様の本意ではないと、主計頭様にお伝えするよう命じられ、皆様が来られるまで隠れておりました」

「おのれ、弥九郎――」

勝兵衛が馬鞭《ばべん》を大地に叩きつけた。

「それで、第一軍はどこにおる」

「すでに漢城《かんじょう》に向かいました」

「何だと」

興奮する勝兵衛に代わって、嘉兵衛が問うた。

「それで、何日前にここを後にしたのだ」

「十四日にこの城を屠《ほふ》り、翌日には東萊《とうらい》に向かいました」

「おのれ、許せぬ」

勝兵衛が舌打ちし、慌《あわ》てて馬首を返したので、嘉兵衛らもそれに倣った。

「お待ち下され。法印様は主計頭様に、よしなにとりなしてほしいとのこと」

背後から僧侶の声が追ってきたが、それを無視し、和田隊は清正の待つ釜山浦に急いだ。

勝兵衛からその知らせを聞いた清正は、すぐに夜間行軍を決定、釜山鎮を通過し、二里ほど内陸部にある東萊城に向かった。

釜山鎮を出てしばらく行くと、第一軍の負傷兵が陣を張っていた。彼らは、これ以上の行軍が難しいため、いったんこの地で療養し、癒《い》えた者には本隊を追わせ、深手《ふかで》を負った者は帰国させられるという。

第二軍は、彼らから第一軍の戦いのあらましを聞いた。

四月十二日、七百艘の兵船を連ねて釜山浦に到着した小西行長、宗義智ら第一軍は、釜山鎮に使者を送り、〝仮途入明〟を要求した。しかし、事情の分からぬ釜山鎮水軍僉使《せんし》の鄭撥《チョンバル》は、これを拒否する。

ここまで、何とか平和裏に事を収めようとしていた行長と、その女婿《むすめむこ》の義智だったが、事ここに至り、遂に開戦を決意した。

翌十三日早暁《そうぎょう》、鉄砲隊を前面に押し立てた日本軍の攻撃が始まった。これに対し、太平の世に慣れた朝鮮軍の主な武器は弓矢である。

結果は火を見るより明らかだった。

それでも城壁一枚を恃《たの》みに、釜山鎮城守備隊六百は三時間余にわたり奮戦したが、やがて力尽き、城内に緊急避難した民と共に降伏した。

しかし行長らに容赦《ようしゃ》はない。

従軍兵士の記録「吉野甚五左衛門覚書《じんござえもんおぼえがき》」には、「皆、手を合わせてひざまずき、聞きも習わぬ韓《から》言葉、『まのら、まのら』と云《い》うことは、『助けよ』とこそ聞こえけれ。それをも味方聞きつけず、斬りつけ打ち捨て踏み殺し。これを軍神の血祭りと、女男も犬猫も、皆、斬り捨てて、切り首は三万ほどとこそ、見えにけり」とある。三万という数字は大げさにしても、城内で地獄絵が繰り広げられたことは歴然である。

キリシタンである行長らの異教徒に対する仕打ちは、言語に絶していた。しかしそこには、「小《しょう》を捨てて大《だい》を救う」という行長の思惑もあった。すなわち、緒戦《しょせん》で一方的な勝利を収め、徹底的な殺戮を行うことで、その噂を広め、これから侵攻する地を平和裏に接収しようというのである。

その後、第二軍が進むにつれて、第一軍の動向が、さらに明らかになってきた。

同日、兵を分かって西平浦《ソピョンポ》、多大浦《タデポ》両支城を落とした第一軍は、翌十四日、釜山鎮の北方一里半にある東萊城に迫った。

東萊城には、急を聞きつけた援軍が近隣《きんりん》から続々と入城してきていたが、行長の思惑通り、釜山鎮の悲惨な様を伝え聞き、戦意を喪失していた。

蔚山《ウルサン》兵営から駆けつけてきた、実質的な東萊城防衛司令官の慶尚道《キョンサンド》兵馬節度使《へいばせつどし》の李珏《イカク》は、「城の内外から呼応《こおう》して敵に当たろう」という口実を設けて遁走《とんそう》した。文官《ぶんかん》でありながら、将官として唯一、城に残った東萊府使《ふし》（知事）の宋象賢《ソンサンヒョン》は、日本側の降伏勧告に対し、「戦死易　假道難（戦死するのはたやすいが、道を貸すのは難しい）」と返答し、徹底抗戦を通告した。

十五日未明、行長ら第一軍は容赦ない攻撃を開始した。

東萊城も釜山鎮城同様の邑城である。さしたる防御施設はないが、宋象賢の下、城兵は懸命な防戦を続け、攻防は半日に及んだ。

城兵は、城外からの李珏の後詰《ごづめ》を唯一の恃みとして粘《ねば》り強く戦ったが、いつになっても李珏軍は現れず、やがて矢も尽き、城門を破られた。

南門上から兵を督戦《とくせん》し続けた宋象賢は、落城寸前、使者として駆けつけた旧知の柳川調信が退却を勧めるのを拒《こば》み、泰然《たいぜん》として討ち死にを遂《と》げた。

宗義智の家臣である調信は、かつて使者としてこの地を通過した折に象賢のもてなしを受け、その人柄に心酔《しんすい》していたのである。調信は彼の死を嘆き、亡骸《なきがら》を木棺《もっかん》に納めて埋葬し、墓標を立てて、その殉節《じゅんせつ》をたたえたという。

東萊城を屠った後、第一軍は、すぐさま北上を開始した。目指すは漢城である。

一方、この報に接した漢城の李山海、柳成竜ら朝鮮政府首脳は慌てふためき、急遽《きゅうきょ》、編成した軍勢を次々と南下させようとしたが、太平の世に慣れた政府軍に危機意識は乏《とぼ》しく、戦場に急行する軍勢は少なかった。

戦意に乏しいだけならまだしも、禹伏竜《ウボクリョン》という軍団長に至っては、食事中の自軍の目の前を、下馬《げば》せずに通り過ぎた別部隊の兵数百を取り囲み、虐殺《ぎゃくさつ》するという事件まで起こした。しかも政府は、虐殺された兵の身内の訴えを退け、禹伏竜の罪を問わなかった。

また、少し後の漢江《ハンガン》防衛戦では、戦わずして退却しようとする都元帥《とげんすい》・金命元《キムミョンウオン》に反対した副元帥の申恪《シンカク》は、手勢を引き連れて日本軍に近づき、村々を略奪中の足軽《あしがる》部隊を急襲した。この戦いは朝鮮政府軍初の勝利となるが、申恪は命令違背《いはい》を糾弾《きゅうだん》され、後《のち》に処刑されている。

儒教の教えが浸透《しんとう》している李氏朝鮮国の場合、存亡の危機を迎えても、礼と秩序を守ることが優先されたのだ。

三

第二軍に続き、十八日夕刻には、黒田長政五千、大友義統《よしむね》六千から成る第三軍と、毛利吉成《もうりよしなり》（勝信《かつのぶ》）ら四千の第四軍の一部が、釜山浦《プサンポ》のすぐ西にある竹島《チユクト》に上陸、そこを足場に金海《キムヘ》城を攻略した。

第三軍は最も西寄りの経路を取り、昌原《チヤンウオン》、昌寧《チヤンニヨン》、星州《ソンジユ》、開寧《ケニヨン》、清州《チヨンジユ》、竹山《チユクサン》を突破し、漢城《ハンソン》を目指すことになる。

「弥九郎、覚えておれよ」

釜山鎮《プサンジン》同様、凄惨な殺戮の爪跡を残す東萊《トンネ》城の有様を眺め、清正は激怒《げきど》していた。むろん清正は、虐殺ではなく、己《おのれ》を出し抜いた行長に怒っているのだ。

「武士として、約を違えることほど恥ずべきことはないのだ」

続々と届く情報は、行長の違背行為を裏付けるものばかりである。

清正は東萊城を後にし、漢城に向けて道を急いだ。

東萊から機張《キジヤン》、梁山《ヤンサン》まで、第一軍と同じ半島南東部を進んだ第二軍だったが、第一軍の後を追う形では、第一軍の前に出ることができない。そのため、別の経路を取ることにした。

行長との勝負を漢城一番乗りに絞《しぼ》った清正は、鍋島直茂の了解を得ると、梁山から経路を変え、その北方にある慶尚道《キヨンサンド》の道都・慶州《キヨンジユ》に向かった。慶州はかつて栄《えい》華《が》を誇った新羅《しらぎ》国の首都であり、その賑《にぎ》わいは慶尚道随一と謳《うた》われていた。

十九日、彦陽《オニヤン》に無血入城した清正勢は、二十一日、慶州への攻撃を開始する。

清正勢は、戦闘隊形を取りつつ城門に迫った。

城外の建物はすべて敵の手で焼かれたらしく、一部のものからは、いまだ煙が上がっている。城内は水を打ったように静まり返り、それが逆に、敵の戦意が高いことを表していた。

平和裏に事を収めんとした清正は、途次に捕虜とした朝鮮軍の武将を使者に立て、降伏を呼びかけてみた。しかし返答はなく、逆に矢を射掛けられ、朝鮮武将は殺された。

釜山・東莱両城の虐殺を伝え聞いている慶州の兵は、降伏しても殺されるだけだと知り、徹底抗戦を貫くつもりでいるようだった。行長の思惑は、ここ慶州では全く裏目に出ていた。

敵の決意が固いことを知った清正は、致し方なく攻撃を命じた。

「進め！」

清正の軍配《ぐんばい》が下ろされた瞬間、一万の軍勢が前進を始めた。

清正勢にとり、渡海してから初めての実戦である。事前に考えてきた朝鮮邑城《ゆうじょう》の攻略法が通用するか否《いな》かは、この戦いで試される。

先手は大木土佐麾下の和田勝兵衛隊四百である。

和田隊が敵の射程に入った時、雨のように矢が降ってきた。しかし、狙いを定めていない城内からの曲射《きょくしゃ》攻撃のため、兜や陣笠で頭上を防げば、それほどの被害は出ない。

嘉兵衛の鉄砲隊を先頭に押し立てた和田隊は、敵の矢をかいくぐりつつ城門に迫った。

城門は堅く閉ざされ、その上の甕城や楼櫓《ろうやぐら》から、おびただしい矢が放たれている。この矢は直射なので、狙いが正確である。早速、幾人かの兵が犠牲になった。

朝鮮兵の弓は角弓《つのゆみ》といい、その飛距離は三町《ちょう》（三百メートル強）に及び、一町程度しか飛ばない和弓《わきゅう》とは、比較にならないほどの威力がある。北方騎馬民族との不断の戦いの中で、朝鮮軍は牛の角や腱《けん》を巧《たく》みに使う製弓技術を会得《えとく》していたのだ。この後、至る所で展開される朝鮮軍との戦いにおいて、日本軍を最も悩ませたのが、この角弓である。

嘉兵衛率いる鉄砲隊が、ようやく城壁を射程に捉《とら》えた。

――いよいよ始まるのだな。

気持ちは高ぶっていたが、嘉兵衛は、国内の戦いでは感じたことのない割り切れなさを抱いていた。

――われらは、この国の民を救うために戦うのだ。

嘉兵衛は己に幾度もそう言い聞かせ、後ろめたさを脇に押しやった。

「使番《つかいばん》入ります」

その時、背後の竹束の間から声が聞こえた。

「和田様が攻撃を始めよとのこと」

「分かった」

嘉兵衛は大きく息を吸うと、大声で命じた。

「放て！」

鉄砲隊の〝釣瓶《つるべ》撃《う》ち〟が始まった。鉄砲に慣れた味方でさえ肝《きも》が縮むほどの轟音《ごうおん》に、敵兵が跳び上がるほど驚いている様子が見える。

朝鮮兵は鉄砲の音に慣れておらず、緒戦で戦意を挫《くじ》くのに、〝釣瓶撃ち〟ほど効果的な手はない。

横一線に連結された竹束車を押し立て、嘉兵衛率いる鉄砲隊が城門ににじり寄る。

この戦法は、最小の被害で邑城に近づくために考案されたもので、平城でさえ湿地帯や起伏《きふく》のある地形に造られることの多い日本の城では、使えない戦法である。

半ば腰が引けながらも矢を射てくる敵に向かって、再び〝釣瓶撃ち〟が浴びせられた。接近したため、狙いはさらに正確となり、石造りの城壁が周囲に砕け散るのも見える。

これに驚いた城兵は、たまらず城内に逃《のが》れていく。それを見た味方から歓声が湧き、竹束車の前進速度はさらに速まった。

城壁上の敵は、すでにそのほとんどが姿を消し、狙いの定まらない矢が、城内から散発的に射掛けられるだけである。

「筒衆下がれ。弓衆前へ」

背後から勝兵衛の命が聞こえた。

鉄砲は、銃身《じゅうしん》が熱せられると暴発しやすくなるので、二十発以上の連射には耐えられない。そのため、弓衆との連携攻撃が必須である。

今度は、敵の城壁上の構造物を燃やすべく、さかんに火矢が射掛けられた。城壁上の随所に設置された木柵《もくさく》や木盾《きだて》に刺さった矢の鏃《やじり》には、油を湿らせた布が巻かれており、すぐに周囲は黒煙に包まれた。

さらに、城壁近くまで走り寄った足軽により炮烙玉《ほうろくだま》が投げ入れられ、火の手が激しくなる。

こうした光景を眺めつつ、いったん後方陣地に下がった嘉兵衛が、銃身に水をかけて冷やしていると、大木土佐と勝兵衛がやってきた。

「敵の様子はどうだ。そろそろ惣懸りするか」

大木土佐が、野良《のら》仕事に出かけるような口ぶりで問うてきた。しかし、嘉兵衛は首を横に振った。

「邑城は、城門の防備が厳《げん》と聞きます。おそらく敵は、不退転《ふたいてん》の覚悟で城門だけは死守するつもりでしょう。このまま惣懸りすれば、味方の損害が大きくなるばかり。ここはいったん引くと見せかけ――」

「城門を打って出てきたところを叩くというのだな」

勝兵衛が言葉を引き取った。

「それがしの筒衆を、こちらに来る途中にあった藪《やぶ》に伏せておき、敵の騎馬隊が通過するところを〝釣瓶撃ち〟します」

「勝兵衛、われらは、それを合図に反転逆襲を掛けよう」

早速、大木土佐は清正の本陣に使者を走らせた。

鉦 鼓《しょうこ》の調子が変わり、弓衆の撤退が始まった。突如《とつじょ》として鈍《にぶ》った日本軍の勢いに戸惑った敵の一部が、城壁の上から顔をのぞかせている。彼らは背後に合図を送ると、再び城壁上に登り、矢を射始めた。明らかに撤収に移った日本軍に、城壁の上から勝利の歓声が浴びせられた。

嘉兵衛は打ち合わせ通り、街道脇の藪の中に百名余の鉄砲足軽を伏せさせた。

「わしの合図があるまで撃つな」

味方が退却するのを不安げに見つめていた足軽たちは、困惑したように顔を見合わせている。

「心配要らぬ。わしの命ずる通りにせよ」

嘉兵衛は落ち着き払っているように見せていたが、内心は不安でいっぱいだった。鉄砲の恐ろしさを知らない敵が、どのような反応を示すか、全く予想できないからである。

やがて、おびただしい土埃《つちぼこり》を蹴立《けた》てて、雷鳴《らいめい》のごとき馬蹄《ばてい》の音が近づいてきた。

「来るぞ」

鉄砲足軽たちの緊張が伝わってくる。

「早盒《はやごう》込め」

早盒とは、火薬の装塡《そうてん》を必要としない薬莢《やつきよう》に似たものである。

「口火薬《くちびやく》点火」

土埃の中から敵影が見えてきた。百にも及ばんとする騎馬隊である。

――南無妙法蓮華経。

清正家臣の常として、嘉兵衛も殺生《せつしよう》をする前に題目を唱えた。それにより、敵を苦しみ多き現世から浄土《じようど》に送ってやるという殺生の大義が生まれる。しかし此度ばかりは、どうしても割り切れない気持ちばかりが先に立った。

――心を鬼にするのだ。

内奥から湧き上がる疑念をねじ伏せ、嘉兵衛が采配《さいはい》を振り上げた。

騎馬隊が、嘉兵衛らの潜《ひそ》む藪の前を通り過ぎようとした時である。

「放て！」

嘉兵衛の持つ采配が振り下ろされた。次の瞬間、地をも揺るがさんばかりの轟音が空気を引き裂くと、絶叫を上げつつ、数騎がもんどりうって馬から落ちた。

二度目の斉射《せいしゃ》により、さらに多くの敵兵が斃《たお》れた。

敵との距離は三十間《けん》（五十メートル強）ほどしかない。国内の戦いであれば、捨て身で鉄砲隊の潜む藪に飛び込んでくる者もいる距離である。そうなれば、足軽ばかりの鉄砲隊は浮き足立ち、逃げ出すことも大いにあり得《う》る。

――敵がそれを知っていれば、われらはここで全滅する。

一切、面には出さなかったが、嘉兵衛は内心、固唾《かたず》をのむ思いで祈っていた。

しかし敵は、馬首を返して城内に戻っていく。

その時、反対方向から味方の騎馬隊が現れた。

鉄砲足軽たちが歓声を上げる中、大地を踏み鳴らしつつ、友軍《ゆうぐん》の騎馬隊が通り過ぎていく。

後は任せろとばかりに、勝兵衛が嘉兵衛に目配せしていった。その角張った顎は、獲物を目の前にした獣のように猛《たけ》っている。

目配せに笑顔で応えた嘉兵衛は、鉄砲隊をまとめると、騎馬隊の後に続いた。

城門をめぐる攻防は小半刻《こはんとき》（三十分）で決した。慌てて城内に戻ろうとする敵に追いすがった味方騎馬隊は、戦いながら城内に突入した。

騎馬隊に続いて駆けつけた嘉兵衛らにより、城門は瞬《また》く間に制圧された。城門さえ押さえてしまえば、落城は時間の問題である。

勝敗が決したと見た慶州城内の兵と民は、われ先にと北大門から城外に逃れていった。

その様子を聞いた清正は、南大門だけを和田隊に押さえさせると、いったん全軍を城外に引かせた。〝久留の計〟に沿って無益な殺戮をしないことを示し、後の統治を容易にするためである。敵の本営にも朝鮮人の使者を送り、退去を促《うなが》した。

さらに清正は、城内に入るとすぐに自軍による乱妨狼藉《らんぼうろうぜき》を禁じた。そこには緒戦で寛大な姿勢を示し、以後の戦いと統治を円滑《えんかつ》に進めようという意図がある。

綱紀《こうき》を厳正に保つべく、乱妨狼藉禁止の札《ふだ》が城内の諸所に立てられた。

それでも中間《ちゅうげん》小者や足軽陣夫《じんぷ》の中には、日本国内の戦場での癖が抜けず、略奪を働く者もいる。

清正は同胞《どうほう》であっても命令違背者に容赦はない。日本軍に降伏した朝鮮兵や民を集めた清正は、その目の前で、略奪を働いた日本人足軽の首を次々と刎《は》ねた。

続いて清正は、それを見て真っ青になっている朝鮮兵や民を解き放った。日本軍の軍紀が厳正であることを朝鮮国中に知らしめようという、秀吉直伝《じきでん》の人心掌握《じんしんしょうあく》術《じゅつ》である。

感涙《かんるい》に咽《むせ》びつつ、捕虜たちは、清正に手を合わせて城外に退去していった。

そうした中、一人だけ残った男がいる。

風采《ふうさい》の上がらない五十がらみのその男は、「九州平戸《ひらど》の定吉《さだきち》」と名乗った。

話を聞くと、三十年ほど前、漁夫の定吉とその仲間は嵐に遭《あ》い、漂流の末、朝鮮半島に漂着した。定吉と数人の仲間は何とか助かったものの、奴婢《ハビ》とされて離れ離れとなった。その後、定吉は、太和江《テファガン》という慶州の南を流れる大河の川船の漕ぎ手にされたという。

奴婢として生涯を終えるはずだった定吉は、突然の日本軍来襲に小躍《こおど》りし、道役（案内役）を買って出た。

清正勢に戦の疲れを癒《いや》す暇《いとま》はない。一夜だけ慶州城内に宿営した清正勢は、翌朝、慌ただしく出発した。

ちなみにこの時、清正勢が、慶州郊外の名刹《めいさつ》・仏国寺《ブルグクサ》を焼き払ったという伝承が伝わるが、これは明らかな誤伝である。

　儒教を国教とする李氏朝鮮《イシチョソン》王朝は破仏《はぶつ》政策を推進し、すでに国内の仏教寺院は、主要十八寺院を残し、ことごとく破却されていたのである。むろん仏国寺も廃墟《はいきょ》と化していた。尤《もっと》も、漢城までの先陣争いをしている清正が、経路から大きく外《はず》れている仏国寺に赴くはずがない。


　休む間もなく慶州を出発した第二軍は、北西に進路を取り、半島中央部の忠州《チュンジュ》を目指した。

　この頃には、第四軍の島津義弘《よしひろ》一万を筆頭に、第五軍の福島正則・長宗我部《ちょうそかべ》元《もと》親《ちか》ら二万五千、第六軍の小早川隆景《こばやかわたかかげ》・立花宗茂《むねしげ》ら一万五千七百、第七軍の毛利輝元《てるもと》三万も釜山浦上陸を果たしていた。

　一方、第二軍とは別の経路を取り、梁山から北西に向かった小西行長率いる第一軍は、密陽《ミルヤン》、大邱《テグ》、仁同《インドン》を経て、二十五日、尚州《サンジュ》で李鎰《イイル》率いる朝鮮軍八百を粉砕《ふんさい》した。ちなみに、この部隊は日本軍の来襲に備え、演習中だったという。

　何度かの〝大返し〟で名を馳《は》せた秀吉麾下の日本軍の行軍速度は、朝鮮政府の想像をはるかに超えていた。

　二十八日、第一軍は、忠州郊外弾琴台《タングムデ》で待ち受ける朝鮮政府軍八千と激突した。

朝鮮政府より軍司令官に任命された申砬《シンリプ》は、当初、忠州と尚州の間に横たわる鳥嶺《チョリョン》に拠《よ》って、粘《ねば》り強く戦うつもりでいた。

鳥嶺は、標高千メートルを超える山嶺《さんれい》に三つの関門が設けられた大要害である。尾根道は急峻《きゅうしゅん》な上、人が一人通れるだけの隘路《あいろ》が山肌に張り付くように続く、街道とは呼べないほどの大難路だった。申砬がこの要害に拠っていれば、日本軍は、かなり苦しめられたはずである。

ところが、かつて女真《じょしん》征伐で名を挙げた申砬は騎兵戦を得意としていたため、鳥嶺の北麓の平野部で日本軍を迎え撃つことにした。

それだけなら、まだしも戦いようはあった。申砬の騎馬隊は女真征伐で鳴らした実戦慣れした部隊だからである。しかし、二つの大河に挟まれたこの地は、水草の生い茂った湿地帯である。

やがて姿を現した日本軍は二手に分かれ、地が震えるほど鉄砲を放ちつつ、朝鮮軍に迫った。

これに対し、湿地に足を取られた朝鮮軍の騎馬攻撃は鋭さを欠き、二度にわたる波状攻撃を弾き返された末、じわじわと包囲網を縮められ、遂に進退窮《きわ》まった。

追い込まれた朝鮮軍は、破れかぶれの突撃を敢行《かんこう》したが、結果は火を見るより明らかである。

この戦いで、朝鮮政府が唯一の恃みとしていた朝鮮政府軍騎馬隊は壊滅した。生き残った兵の多くは、川に身を投げて溺れ死んだ。申砬も責任を取って川に身を投じたという。その総数は三千に上った。これにより、忠州への道が開かれた。

慶州を落とした後、永川《ヨンチヨン》、新寧《シンニヨン》、軍威《クンイ》といった中小の邑都《ゆうと》や宿駅を攻略した清正の第二軍は、翌二十九日、忠州の市街地に入った。

そこには、行長ら第一軍が待っていた。待っていたというより、あまりに速い進軍に兵站《へいたん》が追いつかず、そこにとどまらざるを得なかったのである。

早速、漢城攻略戦に関する合同軍議が催された。

むろん、行長と清正は犬猿の仲であるため、当初から軍議は険悪な空気に包まれた。しかも清正が行長の軍令違反をあからさまに非難したので、双方、刀に手を掛けるほどの騒動になった。

結局、行長と清正は漢城一番乗りを互いに譲らず、軍議は紛糾、双方は別経路を取り、競い合いながら漢城一番乗りを目指すことになった。

すなわち、行長は忠州から北に向かい、驪州《ヨジュ》を経て東大門《トンデムン》より、清正は忠州を西進し、竹山経由で南大門《ナンデムン》より、漢城を攻めることが決まった。

この時、さらに一悶着《ひともんちゃく》あった。

清正の進む道が、行長の道に比べて十里（約四十キロ）ほど短いことを知った行長が不平を唱え、どちらの道を取るか、籤引《くじび》きで決めようと主張したのだ。これに対し清正は、かつて行長が手を焼いた、九州天草《あまくさ》での一揆《いっき》平定を手伝った貸しを持ち出した。

結局、行長が折れる形で話はついたが、二人の確執《かくしつ》は深まるばかりだった。

四

五月二日、清正率いる第二軍は漢江《ハンガン》に達した。

漢江は太白《テベク》山脈を水源とし、朝鮮半島を横断して京畿《キヨンギ》湾に注ぐ全長五百十四キロの大河である。漢城《ハンソン》の南を蛇行《だこう》しながら流れており、この大河を越えれば、漢城は目前である。しかし、この辺りの川幅は一キロ近くあり、渡河は容易でない。

朝鮮政府軍は、その残る力を漢江・漢城防衛に注《つ》ぎこんでくるはずであり、清正も、一番乗りを焦って兵を損耗《そんもう》するつもりはなかった。

ところが、小西行長の第一軍が渡河を始めたと聞いた清正は、人変わりしたかのように南岸の民家を押し買いし、その材で筏《いかだ》を組み、渡河を強行した。

ちなみに押し買いとは、有無《うむ》を言わさず買い取ることである。

一方、すでにこの時、国王の宣祖《ソンジョ》と政府首脳部は漢城を退去し、平壌《ピョンヤン》を目指していた（五月七日平壌入り）。また、王子の臨海君《イムヘグン》と順和君《スンファグン》は、それぞれ咸鏡道《ハムギョンド》と江原道《カンウォンド》に向かった。半島北東部に蟠踞《ばんきょ》する女真族の警戒に当たっている兵をかき集めるためである。

一方、漢江の線で敵を防ごうとしていた都元帥・金命元《キムミョンウォン》は、雲霞《うんか》のごとき日本軍を目にするや、陣所を破壊し、運搬困難な火砲《かほう》を漢江に沈めて漢城城内に逃げ込んだ。

城内で留都《りゅうと》大将（漢城防衛司令官）・李陽元《イヤンウォン》と話し合った金命元は、とても漢城を支え切れないという結論に達し、漢城の十里ほど北方に流れる臨津江《イムジンガン》の線まで引くことにした。

前夜に入城を果たした第一軍に続き、五月三日早朝、第二軍の先頭を切り、清正勢が漢城に入った。

城門をくぐった嘉兵衛は、その凄惨な有様を見て、またしても衝撃を受けた。

城内は辺り一面焼き尽くされ、焼け残った廃墟からは、いまだ黒煙が立ち上っている。官舎や高級官人の居館《きょかん》は何者かの略奪に遭ったらしく、門扉《もんぴ》は壊され、あらゆる家財道具が持ち去られていた。

「これはどういうことだ」

嘉兵衛が憮然《ぶぜん》として問うと、馬前を進んでいた定吉が答えた。

「焼き打ちやろ」

「誰が何のために焼き打ちなどする」

「こん国には、ちと複雑なわけがあると」

三十年余も故国を離れていたとは思えない流暢《りゅうちょう》な長崎弁で、定吉が李氏朝鮮《イシチョソン》の国情を説明した。

十四世紀半ば、儒教を統治思想の根本に据《す》えた大明国《だいみんこく》が建国されると、当時、朝鮮半島を支配していた高麗国内でも、次第に朱子学者たちが発言力を持ち始めた。紆余曲折《うよきょくせつ》を経た後、高麗国は亡び、李成桂《イソンゲ》により李氏朝鮮が建国されると、明に倣った朱子学理念に基づく国家体制の整備が図られた。儒教の教えは徐々に民の生活にまで浸透し、二百年余の間に、朝鮮国は儒教一色に染め上げられた。

「それと、この焼き打ちと、どういう関係があるのか」

「ああ、そうやったね」

嘉兵衛の疑問に、定吉がわけ知り顔で続けた。

支配階層として朱子学の浸透を図った人々は、両班《ヤンバン》と呼ばれた。元々、その語源は高麗国における高級官人にあり、儀式などの折、彼らが文官・武官左右に分かれて居並んだことに始まる。両とは文字通りの意味で、班とは列の意味である。その呼称が、やがて地方の豪族層にまで波及し、社会的特権層を形成していった。

しかも、民の実力による台頭を防ぐために、両班は、科挙《かきょ》合格者を父祖に持つことが必須とされ、また祖先の系譜が明確で、祖先祭祀《さいし》を絶やさないだけの財力が必要とされた。

彼らは、自らの階層の特権を子々孫々まで伝えるために、儒教を根幹とした厳格な階層社会を構築したのだ。

すなわち李氏朝鮮の身分制度は、両班・中人《チュンイン》（医学、外国語などの専門職階級）・良人《ヤンイン》・奴婢《ノビ》の四階層から成っていた。しかも両班階級は極めて少数で、全人口のほとんどが良人以下だった。

政府は、厳密な戸籍制度で身分間の移動を禁じたため、奴婢に生まれた者は、いかに優秀でも奴婢のまま生涯を終えねばならなかった。それだけならまだしも、奴婢階級は譲渡や相続の対象とされ、一家を構えることさえ許されず、持ち主の気まぐれで贈答品となったり、場市《チャンシ》という定期市で売買されたりした。

政府は労働生産性を高めるために奴婢階層を増やすことを奨励《しょうれい》したため、この時代、奴婢階層は実に全人口の四割近くにまで達していた。

こうしたことから、奴婢階層の不満は十分に鬱積《うっせき》しており、日本軍の襲来が、その爆発の引き金となったのである。

「つまり、奴婢《ぬひ》から脱するには、戸籍を焼けばよかということになると。これは、この国では常識ばい」

「それでも、城内すべてを焼くことはなかろう」

「それは勢いさ。いつもは威張《いば》りくさっとる連中が、われ先に逃げ出したと。解放された奴婢たちは、すべてを壊したくもなるやろ」

「なるほどな」

「この国では、いつも奴婢がいじめられてきよった。そいけん、奴婢の生活は地獄に等しかさ」

　自らも奴婢としてこき使われてきた定吉である。その言は真《しん》に迫っていた。

　奴婢の戸籍を管理する掌隷院《チャンレウオン》と、警察署と裁判所を兼ねる刑曹《ヒョンジョ》から出た火の手は、景福宮《キョンボクグン》にまで及び、漢城の大半を焼き尽くした。民は国王の宝物庫である内《ネ》帑庫《タンゴ》にも乱入し、略奪の限りを尽くしたが、歴代の財宝や貴重な書物のほとんどは劫火《ごうか》の中に消えた。

　日本軍が到着する前に、すでに漢城は壊滅していた。

　やがて焼け跡から恐る恐る出てきた難民たちは、そろってひざまずき、口を指し示し、さかんに食物を欲した。大木土佐麾下の先手衆は、清正の命により救恤《きゅうじゅつ》小屋を建て、難民たちの救済に当たった。

かくして、漢城は日本軍の手に帰《き》した。

日本軍は釜山《プサン》上陸から漢城入城まで、難路も多い百十里余（約四百五十キロ）の行程を、わずか二十日という速さで踏破《とうは》したことになる。

しかし漢城一番乗りの功を、小西行長に譲った清正の心中は穏《おだ》やかでなかった。

そこで清正は、家臣の貴田孫兵衛統治《きだまごべえむねはる》を使者とし、何としても行長の使者よりも早く肥前名護屋に着き、秀吉に「漢城制圧」を伝えるよう命じた。

孫兵衛は得意の馬術と俊足を駆使し、いち早く名護屋に着いたため、秀吉により清正が一番乗りとされた。これに行長は切歯扼腕《せっしやくわん》したが、後の祭りだった。

清正は、己が一番乗りを果たしたとは述べず、ただ漢城制圧の報告をした。しかし、最初に報告をした者が一番乗りとされるのが、戦場の慣習である。清正は行長を出し抜いて、一番乗りの大功《たいこう》を己の手にした。

いずれにしても、予想を上回る戦果に秀吉は狂喜し、イエズス会宣教師ルイス・フロイスの表現を借りれば、「異常な満足と過度の歓喜のために、茫然自失《ぼうぜんじしつ》した者のようになり」といった有様だったという。

秀吉は清正への返信で、朝鮮国王の捜索と保護、乱妨狼藉の禁止、兵糧《ひょうろう》の備蓄、自らの御座所《ござしょ》の造営と道路整備等を指示した。

これを受けた清正らは、東西南北の大門外に城内住民の還住《げじゅう》を促す〝置目《おきめ》（掟書）〟を掲げ、さらに住民と確認された者には、〝帖《ちょう》（通行許可証）〟を発行して城門内外の行き来を許した。その結果、城内は、日本兵目当ての市《いち》が立つほどの活況を呈《てい》したという。

日本軍は〝久留の計〟を旗印に掲げ、早期の秩序回復を目指したため、城外に逃れていた人々も次第に戻り、わずか一月《ひとつき》ほどで、漢城の経済活動は旧に復していった。

一方、名護屋にいる秀吉は、日本の都を北京《ペキン》に移し、天皇の行幸《ぎょうこう》を仰ぐべく、公家《くげ》衆に供奉《ぐぶ》の支度《したく》をするよう命じた。さらに甥《おい》の関白《かんぱく》・豊臣秀次《ひでつぐ》に、二十五箇条からなる覚書《おぼえがき》を渡し、明を征服した後の人事や〝国分け〟まで指示した。

それは、後陽成《ごようぜい》天皇と秀次を北京に移し、秀吉自身は寧波《ニンポー》を拠点として、天竺《てんじく》（インド）攻略の総指揮を執《と》るという壮大なものだった。

さらに秀吉は、言語の違いによる意思疎通《そつう》の困難さについても配慮し、諸隊に漢文の読める僧侶を同行させたり、朝鮮語を話せる対馬人を起用したりした。

第六軍の小早川隆景隊に同行した安国寺恵瓊《あんこくじえけい》は、朝鮮の子供たちに日本語を教えるなどして、朝鮮の日本化に努めた。

また秀吉は、朝鮮在陣諸将に対して朝鮮八道《はちどう》の〝国分け〟を行った。

慶尚道《キョンサンド》	二百八十九万石	毛利輝元
全羅道《チョルラド》	二百二十七万石	小早川隆景ら第六軍
忠清道《チュンチョンド》	九十九万石	福島正則ら第五軍
江原道	四十万石	毛利吉成ら第四軍
京畿道《キョンギド》	七十八万石	宇喜多秀家《うきたひでいえ》
黄海道《ファンヘド》	七十三万石	黒田長政ら第三軍
咸鏡道	二百七万石	加藤清正ら第二軍
平安道《ピョンアンド》	百七十九万石	小西行長ら第一軍
合計	千百九十二万石	

漢城入城を果たした夜、清正勢は焼け野原となった漢城内の至る所に掘っ立て小屋を建て、思い思いの一夜を過ごしていた。

嘉兵衛は勝兵衛や定吉と共に焚《た》き火を囲み、酒を回し飲みしていた。

「そういう次第で、かれこれ三十有余年、太和江《テファガン》の川船の漕ぎ手として、わしは食うや食わずでこき使われてきたとばい」

元来が陽気な質《たち》なのか、定吉の言葉には、悲壮感が微塵《みじん》もなかった。しかも月代《さかやき》を剃《そ》り、髷《まげ》を結ってもらったので、皆の仲間に入れたという喜びが、言葉の端々からにじみ出ている。

「平戸に嬶《かかあ》と子を残してきたとあっては、さぞ帰りたかったであろうな」

勝兵衛の言葉に、定吉がその猪首《いくび》を横に振った。

「嬶は、もう誰ぞの許《もと》に嫁《とつ》いでおるやろ。そいけん、わしは帰りとうなか」

「強がりを申すな」

勝兵衛が手ずから、定吉の持つ割れ茶碗に酒を注いだ。

定吉は恐縮しつつ、爪の摩耗《まもう》した太い指で盃《さかずき》を受けた。

二人のやりとりを黙って聞いていた嘉兵衛は、もしも己が、その立場だったらどうするか考えていた。

――雪乃《ゆきの》と千寿《せんじゅ》と離れて暮らすなど考えられぬ。

雪乃と千寿とは、嘉兵衛の妻と子の名である。

「定吉、このお役目を果たしたらどうする」

それまで黙ってやりとりを聞いていた嘉兵衛が、唐突に口を開いたので、定吉は面食らったように答えた。

「平戸に帰ってもしようもなかけん、お殿様の舌官《ぜつかん》（通事《つうじ》）として、この地で余生を過ごそうかと思うとる」

「それはいい」

　勝兵衛が合いの手を入れた。

「この地の良人《りょうじん》と奴婢は大人しかけん、両班らに虐《しいた》げられとるばい。彼らの力に少しでもなれればな」

　定吉が、さもうまそうに酒を干した。

　――この男には、この男なりの志がある。われらも志を失わず、この地のために尽くさねばならぬ。

　己を励ますかのように、嘉兵衛が酒を無理に流し込んだ。しかしこの戦いが、この国の民のためによいことなのかどうか、いまだ割り切れない気持ちは残った。

「ところで、おんしらの御大将《おんたいしょう》は、どのようなお方かの」

　とぼけたような定吉の問いかけに、勝兵衛らがどっと沸いた。

「日本一の殿様じゃ」

　誰かが言うと、口々に同意の声が上がった。

「教えてやろう」

　勝兵衛が清正のことを語り始めた。

　永禄《えいろく》五年（一五六二）、加藤清正は尾張国愛知《あいち》郡中村に生まれた。秀吉とは同じ村の出身で、遠縁の間柄だったという。幼い頃、長浜城の秀吉の許に預けられた清正は、何の疑問も抱かず、武士としての道を歩み始めた。

天正十一年(一五八三)、賤ヶ岳《しずがたけ》の戦いで功を挙げ、「賤ヶ岳の七本槍《しちほんやり》」として名を馳せた清正は、小牧《こまき》・長久手《ながくて》合戦、四国攻め、九州征伐などで活躍した後、天正十六年(一五八八)、二十七歳の時、肥後《ひご》一揆によって改易《かいえき》の憂《う》き目に遭った佐々《さっさ》成政《なりまさ》に代わり、肥後半国十九万五千石を秀吉から下賜《かし》された。五千五百七十石からの異例の出頭《しゅっとう》である。

ちなみにこの時、小西行長も肥後半国を拝領した。以来、二人は競い合うように出頭の道を歩んだ。

一つ咳払《せきばら》いすると、勝兵衛が続けた。

「わが殿は清廉《せいれん》にして潔白。常に公明正大で、民を慈《いつく》しむ気持ちは誰にも劣らない。佐々殿の統治にあれほど反発した肥後の衆が、殿の気風に触れ、今は滅私《めっし》奉公しておる」

「肥後の衆だと。というこつは、おんしらは肥後の産ではなかかと」

「宿老《しゅくろう》や物頭《ものがしら》のほとんどは、殿に付き従い、尾張から来ておる」

「ああ、道理で肥後訛《なま》りがないかとね」

定吉が、いかにも得心《とくしん》がいったと言わんばかりに膝を叩いた。

清正の家臣団は肥後国に入って四年と経っていないため、物頭以上の大半は、尾張国出身者で固められていた。

「勝兵衛どんもそうか」

「そうだ。わしは、殿が賤ヶ岳で三千石賜《たまわ》った際、大木土佐殿を頼って当家に出仕し、殿の小姓《こしよう》にしてもらった。その後、功を挙げて一手の将を任された。それ以来、加藤家の先手は和田勝兵衛と決まっておる」

「ははあ、大したお方ばい」

定吉のとぼけた相槌《あいづち》に、皆が声を上げて笑った。

得意げに胸を張った勝兵衛が、唐突に嘉兵衛の肩に手を置いた。

「それで、この佐屋嘉兵衛が、われらの先手筒衆（鉄砲隊）の物頭を務めておる」

「ほう、すると嘉兵衛どんは、先手の先手ということだの」

周囲から「そうだ、そうだ」という声が上がった。

嘉兵衛は誇らしかった。

――わしは、日本軍中最強の衆の先手を任されておるのだ。

嘉兵衛は、心中に芽生えては消えていた熾火《おきび》のような迷いを消し去ろうと努めた。その迷いとは、嘉兵衛自身もうまく説明できなかったが、いかに大義があろうとも、他国を侵略する軍勢に付きものの、後ろめたさに違いない。

――すべてを殿に任せ、われらは前だけ見て進めばよいのだ。

弾ける焚き火を見つめつつ、嘉兵衛は心の迷いを封じ込めようとした。

その後は、それぞれ寄り集まり、思い思いの話に花を咲かせ始めた。

嘉兵衛が一人、盃を傾けていると、その傍《かたわ》らに定吉がやってきた。

「嘉兵衛どんの名字の佐屋とは、尾張国の佐屋のことね」

「ああ、そうだが」

「わしは漁夫《すなどり》ばしよったけん、たまに雇われ水主として商い船に乗った。尾張に行き、佐屋の港にも入ったばい」

「それは真《まこと》か」

嘉兵衛の脳裏に突然、故郷の風景が映し出された。

「佐屋は美しかところな」

「うむ、港に面した川筋には松並木が続き、両岸には、どこまでも続くと思われるほどの蔵が建ち並んでいた。荷揚げや荷降ろしの声は、早朝から日暮れまで続いたものだ」

「知っとる。わしも荷を積み降ろしした。わしらは辻ですれ違っとったかもしれんな。あっ、それでは、年が合わんばい」

定吉が欠けた歯を見せて笑った。

「わしは佐屋の廻船問屋の次男でな、商人《あきんど》になるつもりでおったが、肥後に移られることになった殿が、多くの家臣を集めていると聞いて出仕した」

「嘉兵衛どんは商人やったか」

定吉は嘉兵衛に親近感を抱いたようである。

「しかも嘉兵衛は、この国の言葉も、唐国《からくに》の言葉も話せるぞ」

いつの間にか傍らに来ていた勝兵衛が、己のことのように自慢した。

ちなみに唐国とは、この時代に使われた中国国家の総称である。

「えっ、それはなして」

「それはな――」

ずっと忘れていた懐かしい顔を、嘉兵衛は思い出していた。

「佐屋に住み着いた高麗人から、子供の頃、この国の言葉を習った。その高麗人は竹斎《ちくさい》と呼ばれ、どういうわけか唐国の言葉も知っていた」

「そういえば、あそこには唐船も入っとったな」

「ああ、さすがに南蛮人はいなかったが、明や高麗から住み着いた者はいた」

すかさず勝兵衛が言葉を引き取った。

「この嘉兵衛はな、言葉だけでなく鉄砲の扱いにも慣れ、今では加藤家中随一の放ち手（射撃手）となった」

佐屋には、すでに初期の鉄砲が入ってきており、どういうわけか竹斎の家にも、錆《さび》鉄砲が置いてあった。嘉兵衛は、竹斎が留守の折など鉄砲をいじり、その〝からくり〟を把握《はあく》した。それゆえ、加藤家に仕官してからは、鉄砲の手入れと修理を任されるようになり、やがて、その射撃の腕も認められ、物頭にまで出頭した。

しかし嘉兵衛は、それを決して自慢にしてはいなかった。

「わしよりも筒の上手《うわて》は、いくらでもおります」

「謙遜《けんそん》するな。武士は名を挙げてなんぼのもんだぞ」

焚き火の周りから同意の声が上がった。

——いかにも、わしが武功を挙げるには、鉄砲しかない。

嘉兵衛は己の白い手を見つめた。かつて女人《によにん》のようだと、しばしば笑われた細くて華奢《きやしや》な手だったが、この手は器用なことこの上なく、それが嘉兵衛を物頭にまで押し上げてくれた。

「ところで、これからどこに向かうとか」

定吉が話題を転じた。

「おお、そなたに告げるのを忘れておった」

開城《ケソン》から安城《アンソン》を経由し、咸鏡道に向かうことを勝兵衛が告げると、定吉の顔色が変わった。

「加藤様には、咸鏡道《かんきょうどう》が与えられたとか」

「そうだ」

「咸鏡道が、どがんところか知っとると」

　咸鏡道とは半島東北部に広がる辺境の地である。面積は八道一を誇るが、土地は痩せ、寒さはことのほか厳しく、物成《ものなり》（収穫）もさほどではない。

「どうせ、どの地も知らぬのだから、どこをあてがわれようと同じことだ」

「それが違うと」

「わが殿は咸鏡道二百万石を鍋島殿と分け合うので、百万石の大名となる。それだけあれば、どの地だろうが構わぬではないか」

　勝兵衛が憮然として言った。

「どがんしょうもないお人だ」

〝どがんしょうもない〟とは、長崎弁で〝救いようがない〟という意である。

　嘉兵衛は、定吉の言葉が気になった。

「咸鏡道に、何か不安でもあるのか」

「不安どころか、咸鏡道は行くのも難儀な地ばい。しかも、その民を治めるのは容易じゃなか。かの地の民を敵に回せば、地獄を見ることになんぞ」

「なぜだ」

「かの地には山と海しかなか。土地は痩せて稲は実らん。風雨が激しく飢饉《ききん》になることも多か。かの地を持て余した政府は、反逆民の流刑地《るけいち》とした。命知らずの女真族もいっぱいおる。そいけん、これだけの衆をかの地に長くとどめ、食べさせていくのは生半可《なまはんか》なことじゃなか。しかも、かの地の民の糧《かて》を奪えば叛乱《はんらん》が起こる。それほど咸鏡道とは治めにくかところよ」

「知っておる」

勝兵衛が胸を張った。

「わが殿は、最も統治が困難な地を太閤殿下に所望《しょもう》し、その地に、民のための楽土を築くと約束したのだ」

「ほう」と言いつつ、定吉が目を丸くした。

「それが、わが殿というものだ」

さも感心したように、定吉が大きなため息をついた。

「咸鏡道を治めるのは容易じゃなかけど、わしでよかなら力を貸そう」

「頼りにしておるぞ」

勝兵衛が再び定吉の盃を満たした。

五

五月半ば、加藤清正の第二軍、小西行長の第一軍、黒田長政の第三軍は漢城《ハンソン》を出ると、十里の道を瞬く間に踏破し、臨津江《イムジンガン》南岸に達した。

臨津江は、朝鮮半島の中央を分断するように東から西に流れる大河で、川幅は、この辺りの中流域でも五百から八百メートルはある。言うまでもなく、船を用いなければ渡河は不可能である。

この大河を挟み、両国軍は対峙《たいじ》した。

朝鮮軍は、漢江《ハンガン》防衛線から撤退してきた金命元《キムミヨンウオン》率いる七千の部隊と、同じく漢城防衛を放棄した李陽元《イヤンウオン》率いる五千の部隊の合計一万二千である。二人はすべての川船を北岸に集め、日本軍の渡河を防ごうとした。

一方、開城《ケソン》で漢城陥落《かんらく》を聞いた朝鮮政府首脳部は、臨津江の線で敵を防ぐことを厳命すると同時に、北方の平壌《ピヨンヤン》まで退去した国王に合流すべく、開城から撤退を始めた。

むろん、それを聞いた臨津江守備隊が浮き足立つのを防ぐため、韓応寅《ハンウンイン》率いる平安道《ピヨンアンド》の精鋭三千を援軍として送った。

韓応寅は文官ながら女真征伐で名を挙げ、北京の明政府にも知己《ちき》の多い勇将である。しかし、韓応寅を都元帥・金命元の指揮下に入れなかったため、朝鮮軍の指揮系統が混乱する。

この時、韓応寅は、かつて東萊城《トンネ》を見捨てて逃げ出した前慶尚道《キヨンサンド》兵馬節度使・李珏《イカク》を連行し、全軍の前で処刑した。これには、漢江と漢城を放棄した金命元と李陽元に対する警告の意味もあった。これにより朝鮮軍の実質的指揮権は、韓応寅が握ることになる。

「この大河をいかに渡るか」

清正の問いに答えられる者はいなかった。

漢江の時と事情は異なり、対岸に堅固《けんご》な陣所を築いた朝鮮軍は、不退転の覚悟で戦いを挑んでくるはずである。渡河を強行すれば、相応の被害が出ることを覚悟せねばならない。

「われらのいる南岸に船はなく、筏《いかだ》を組むにしても遠方まで材を求めねばならず、一月《ひとつき》はかかりましょう」

飯田覚兵衛が、そのふくよかな頬を膨らませ、ため息をついた。

漢江南岸のように周辺に民家が多くあれば、それらを押し買いして打ち壊し、手早く筏を組むこともできるが、臨津江南岸は、民家もほとんどなく荒れ野が広がるばかりで、数万の軍勢を渡すだけの筏を組む材はない。しかも敵軍が対岸にいる限り、少ない船を往復させていては、各個撃破されるだけなので、全軍をほぼ同時に渡す必要があった。

「ここに陣所を築き、後続のお味方衆が筏の材を持ち寄るまで待ったらいかがか」

「いや、太閤殿下からは、早急に朝鮮国王をお連れするよう命じられておる」

森本儀太夫の提案を清正が一蹴《いっしゅう》した。

「明軍の後詰も近いはずだ。速戦即決で勝負をつけねばならぬ」

すでに、朝鮮政府から明政府へ危急を知らせる使者が走っているはずであり、明政府はその威信を守るためにも、早急に援軍を差し向けてくるに違いない。

「御免」

その時、嘉兵衛が陣幕をくぐってきた。

「申し上げます」

「畏《かしこ》まらずともよい。こちらにきて話せ」

末席で拝跪した嘉兵衛を、清正が傍らに呼んだ。

嘉兵衛は、生まれて初めて上座から軍議の席を見渡した。

「敵の様子はいかがであった」

清正に促された嘉兵衛は、われに返ると報告した。

「はっ、川の中ほどまで船を出したところ、届かぬと知りながら、敵は矢を射てきました」

「戦意旺盛《おうせい》だな」

清正が鼻で笑った。

「目の利《き》く物見に敵陣を観察させましたところ、敵は、河畔《かはん》に幾重《いくえ》にも陣を構えておるとのこと」

「分かった」と言ったきり、清正が瞑目した。

幕僚たちも、うつむき加減で押し黙っている。

「いかがなされましたか」

嘉兵衛の問いに清正が答えた。

「南岸に兵を渡す船はなく、筏を組もうにも材がないのだ」

天を仰ぐ清正に、嘉兵衛が平然と答えた。

「それならば、敵勢を渡らせたらいかがでしょう」

「どういうことだ」

「敵勢を渡河させ、その船を奪うのです」

清正と幕僚は唖然《あぜん》として顔を見合わせた。

妙法旗が片付けられると、清正の本陣から陣幕を焼く煙が上った。それを合図に、そこかしこから同様の煙が立ち上り、清正勢の撤退が始まった。続いて、清正から策を授けられた第一軍と第三軍も、整然と兵を引き始めた。

「どうやら撤退が始まったようだな」

小丘に茂った樹叢《じゆそう》の間から、臨津江の方を遠眼鏡《とおめがね》でうかがっていた勝兵衛が呟いた。

「あれは、殿とその馬廻衆《うままわりしゆう》のようです」

嘉兵衛が、清正の馬標《うまじるし》である〝白の切裂馬簾《きつさきばれん》〟を認めた。

「おぬしの思惑通り、敵は渡河してくるかな」

「さて、分かりませぬな」と言って、嘉兵衛が他人事《ひとごと》のように笑った。

「おぬしの策だぞ。当たれば功名《こうみよう》、外れれば大恥ぞ」

「そういうものですか」

「そういうものだ。いつもながら気楽な奴だな」

二人は声を潜めて笑った。

和田隊四百は、臨津江から半里（約二キロ）ほど南に行った小丘に身を隠していた。和田隊には、鍋島家の船大将・陣内十兵衛《じんないじゆうべえ》と薗田孫三郎《そのだまごさぶろう》の船手衆が付けられている。これ以外の日本軍は、臨津江から三里ほど南の坡州《パジュ》まで引き、敵勢を待ち受けることになっていた。

「それにしても、どうしてこんな策を思いついた」

腕組みした勝兵衛が、いかにも不思議そうに首をかしげた。

「慶州《けいしゅう》の時と同様です。わが里にいた高麗人の竹斎先生が申していました。『唐国では、敵が引くのを見て掛からずば、その将は重き罪に問われる』と。むろん唐国の話ですが」

嘉兵衛は、竹斎のことを思い出す度に胸が痛んだ。

――恩師から授かった知恵を、恩師の同胞を欺《あざむ》くために使うとは、天の恩師も、さぞ怒っておいでだろう。

その時、農夫を装い河畔まで物見に出ていた定吉が、息せき切って戻ってきた。

「敵は船を連ね、渡河を始めたばい」

それを聞いた二人の顔に、緊張が漲《みなぎ》った。

やがて小半刻（三十分）もすると、黄色い砂埃《すなぼこり》を巻き上げつつ、眼下を朝鮮軍騎馬隊が通り過ぎていった。むろん和田隊が潜伏する小丘には一瞥《いちべつ》もくれない。

「行きましたな」

「いよいよだぞ」

最後尾とおぼしき部隊が通り過ぎるのを確かめた勝兵衛は、全軍に下山を命じた。すでに砂埃は、南方の平原の彼方に消え、後に続く敵勢の姿はない。

嘉兵衛率いる鉄砲隊を前面に押し立てた和田隊は、敵勢の向かった方角とは反対の臨津江を目指した。

――船を返しておらねばよいのだが。

嘉兵衛の不安はそれに尽きた。敵の中に用心深い将がいれば、いったん船を北岸に戻しているはずである。

やがて臨津江が近づいてきた。行軍を停止させた勝兵衛は土手の上に顔を出し、河畔をうかがった。

「船がおったぞ」

勝兵衛が快哉《かいさい》を叫んだ。敵は船を北岸に返さず、南岸にとどめていた。

「よし、懸《かか》れ！」

勝兵衛が背後に向かって采配を振り下ろした。

「筒衆、前へ」

土手に上った嘉兵衛が、配下の鉄砲隊に先駆け、最初の一弾を放った。

空気を切り裂く音が轟くと、嘉兵衛の放った弾は、翩翻《へんぽん》と風を受ける敵の旗の中央に命中した。一瞬の沈黙の後、敵は喚き声を上げつつ右往左往し始めた。

「放て！」

続いて〝釣瓶撃ち〟が始まった。静かだった河畔に、たちまち轟音が渦巻く。

射撃が一段落すると、勝兵衛の騎馬隊が河畔の敵陣に突入した。

敵陣といっても、百にも満たぬ船番衆が北岸から渡ってきた船を守っているだけである。〝釣瓶撃ち〟に度肝《どぎも》を抜かれた敵は、慌てて船を出し、北岸に逃れようとしている。

「逃げる敵は捨て措《お》き、船を捕獲しろ」

騎馬隊に続いて河岸に達した鍋島家の船手衆《ふなてしゅう》は、躊躇せず江に飛び込むと、敵が舫《もやい》を解いたことで、江の中ほどまで漂いつつある船を回収し始めた。

小半刻ほどで、おおよそ五十艘ほどの船が、かき集められた。

「嘉兵衛、坡州《はしゅう》に向かった敵が、そろそろ戻ってくるぞ」

勝兵衛が指し示す先を見ると、先ほどまで和田隊が隠れていた小丘から、狼煙《のろし》が上がっていた。丘に残った定吉が、敵勢の引き上げてくる砂煙を認めたのだ。

「行きましょう」

船に乗り込んだ和田隊は、鍋島船手衆と共に、声を合わせて江の中ほどまで漕ぎ出した。

「北岸から敵勢！」

物見の声に振り向くと、北岸から敵船が漕ぎ出してくるのが見える。

「筒衆は北岸から来る敵船に当たれ」

勝兵衛の命に応じ、嘉兵衛ら鉄砲隊の乗る船が敵船に向かった。

「早盒込め」

敵船から矢が放たれ始めた。それが驟雨《しゅうう》のように川面《かわも》に落ちる。

「口火薬点火」

鉄砲の威力を知らないのか、敵船の中には、恐れず近づいてくる船もある。

「放て！」

臨津江の水面が震えるほどの轟音が響いた。敵船の搔盾《かいだて》や舷墻《げんしょう》に弾が当たり、おびただしい木片を飛び散らす。先頭を走ってきた敵船が、泡を食ったように回頭していく。

「放て！」

敵船が横腹を見せた瞬間、再び鉄砲が火を噴いた。舷側が破壊され、船が傾く。漕ぎ手の幾人かは、うずくまったまま動かない。そのほかの敵船は死に物狂いで逃げ去ったが、最後尾の一艘だけは、漕ぎ手が少なくなった分、逃げ足が遅い。

「あれを追え」

嘉兵衛は、ゆっくりと愛用の鉄砲を手に取った。配下の鉄砲足軽らは鉄砲を傍らに置き、声を合わせて櫂《かい》を漕いでいる。

嘉兵衛は立ち上がると、常よりも大きく足幅を取った。いかに流れが緩《ゆる》やかでも、水の上のため、船は左右に揺れ、狙いを定めるのは容易でない。

早盒に入った火薬を巣口《すぐち》に注いだ嘉兵衛は、嚙《か》まし布に載せた弾を〝槊杖《さくじょう》（カルカ）〟で筒奥まで押し込むと、火皿に点火薬を注入し、火縄を火挟《ひばさ》みに装塡した。

その間も、敵船との距離は縮まっている。

――半町（五十メートル強）というところか。

照門《しょうもん》をのぞき、照準を合わせた嘉兵衛は、その女性のように白く細い指で、ゆっくりと火蓋《ひぶた》を開き、敵船の舵《かじ》に狙いを定めた。

――今だ。

轟音とともに放たれた弾は、あやまたず舵を破壊した。

「お見事」

足軽たちから歓声が湧いた。一方、舵を破壊された敵船からは、敵兵が次々と江に飛び込み、泡を食って逃げる味方の船を目指し、抜き手を切って泳いでいった。

その時、勝兵衛の甲高《かんだか》い声が聞こえた。

「来たぞ！」

声のした方角に顔を向けると、先ほどいた南岸の土手に黄色い砂塵《さじん》が巻き上がっている。

やがてそれは一筋の列となり、河畔目指して近づいてきた。

砂塵の中から現れたのは敵騎馬隊である。河畔に着くと、敵兵は江の中ほどにとどまっている船を味方のものと勘違いしたらしく、口々に何事か喚きつつ、さかんに手招きしている。

やがて敵兵が南岸に満ちた。さすがの嘉兵衛も不安になりかけたその時、聞き慣れた筒音が聞こえてきた。

「お味方だ」

江の中ほどにとどまる和田隊から歓声が上がった。足を踏み鳴らす者や、櫂で海面を叩く者の声で、臨津江の川面は波立つほどである。

いよいよ味方の姿が見えた時、歓喜の嵐は頂点に達した。

朝鮮軍の中にも、日本軍の策を怪しんだ者がいないわけではなかった。

南岸の日本軍が陣幕を焼くのを遠望した韓応寅と副将の申砬《シンカル》は、すぐに渡河して追撃しようとしたが、朝鮮軍随一の戦場経験を持つ老将・劉克良《リユグンリヤン》は、これに強く反対した。韓応寅の幕僚まで劉克良に賛意を示したので、怒った韓応寅は、その幕僚を斬り、渡河を厳命した。

一方、都元帥の金命元は、これを策略と見破っていたが、何も反論できず韓応寅に従った。

その結果、「わが軍が危険な地域に入ると、賊は山の背後に伏せておいた兵を立ち上がらせた。わが方の諸軍は奔走壊滅した」「（朝鮮軍は）敗走して川岸に来たものの（船を奪われ）渡ることができず、岩の上から身を投じた」（柳成竜《ユソンリョン》著『懲毖《チンピ》録《ロク》』）という事態に陥った。

死を覚悟して追撃に参加した老将・劉克良と、この追撃戦を最も強く主張した申砬も討ち死にを遂げた。

日が傾く頃、南岸に日本軍が満ちた。しかしそれは、小西行長の白地に黒の祇園《ぎおん》守《まもり》の旗印である。清正勢は内陸にいるのか、一兵たりとも姿が見えない。

嘉兵衛の乗る船に、勝兵衛の船が漕ぎ寄せてきた。

「小西勢に船は渡さん。殿が来られるまで、ここにとどまるぞ」

やがて夕日が臨津江を橙色《とうしょく》に染めた。すでに南岸に取り残された朝鮮兵のほとんどは討たれ、生き残った者も武器を捨てて投降した。

その様子が江の中ほどからも手に取るように眺められた。武器を捨てた朝鮮兵の中には、その場にひざまずき、手を合わせて命乞いをする者もいたが、彼らは縄掛けされて一列に並ばされると、次々と首を打たれた。

――摂津守（小西行長）には、慈悲の心がないのか。

嘉兵衛はやり場のない怒りを覚えた。この残虐行為を清正勢が行わなかったことだけが、せめてもの救いである。

和田隊と鍋島船手衆は臨津江の中ほどにとどまっていたが、江の下流にあたる西方に日が沈み始めると、とたんに落ち着きがなくなった。

嘉兵衛も敵の夜襲《やしゅう》に不安を抱き始めた。

やがて小西勢の中から一艘の船が漕ぎ寄せ、勝兵衛と談合に及んだ。ようやく納得した勝兵衛が南岸に戻ったのは、日が暮れる寸前だった。さすがの勝兵衛も敵の夜襲を恐れ、致し方なく、船を小西勢に託すことにしたのだ。

一方、北岸の朝鮮軍は、それどころではなかった。

この一部始終を見ていた金命元と韓応寅は、対策を協議すべく、急ぎ使者を平壌本営に送った。しかし、これを見た雑兵《ぞうひょう》たちは、金命元ら首脳部が逃げ出したと勘違いし、持ち場を捨てて逃走した。これにより、戦う術《すべ》のなくなった朝鮮軍は虚《むな》しく平壌に兵を引いた。

六

臨津江《イムジンガン》南岸に船を漕ぎ寄せると、河畔が、血で赤黒く染まっているのが見て取れた。首のない骸は、そこかしこに打ち捨てられ、どこから湧き出してきたのか、千を超える鴉の群れが寄り集まり、歓喜の声を上げながら饗宴《きょうえん》を繰り広げていた。その黒い影の動き回る様が、日没後の余光に照らされ、悪鬼羅刹《あっきらせつ》のように見える。今まで幾度となく戦場を見てきた嘉兵衛でも、この凄惨な光景を正視できない。覚悟の上で出征してきたとはいえ、血で染まった異国の山河は、想像を絶する世界だった。

やがて小西勢の小者により、和田隊と鍋島船手衆の奪った敵船が係留された。

「おい、この船は、われらのものだぞ」

暗闇の中、勝兵衛と小西家の者との激しいやりとりが聞こえたが、嘉兵衛は上の空で、それを聞いていた。

――誰のため、何のために、われらは、ここまでやらねばならぬのか。

疑問が、燎原《りょうげん》の火のように心中に広がっていった。

「弥九郎（小西行長）はどこだ！」

「おやめなさい」

小西勢の物頭らしき者の胸倉《むなぐら》を摑む勝兵衛の腕を、嘉兵衛が押さえた。

「おぬしはどちらの味方だ」

「どちらも味方ではありませぬか！」

嘉兵衛の剣幕に驚いた勝兵衛が、ようやく手を放した。

「船は摂津守の手の者に預け、殿を探しましょう」

「とは申しても、このまま船を渡してしまうのは不安だ」

勝兵衛の危惧《きぐ》は尤もである。ここで船を委ねれば、明朝、小西勢は自軍だけで渡河を始めるに決まっている。

「それほど心配なら、摂津守に掛け合いましょう」

「よし」

二人は、篝火《かがりび》が煌々《こうこう》と焚かれた行長の仮陣屋に向かった。

――世話の焼けるお方だ。

勝兵衛は清正好みの勇猛な武将だが、直情に過ぎ、誰かが傍らで補佐しないと、危なっかしいこと、この上ない。

行長の仮陣屋では、すでに首実検が始まっているらしく、検使役の高らかな声が聞こえる。

「おい、おぬしらは何者だ。いったい、どこへ行く」

陣幕をくぐろうとすると、小西家の家臣が二人の前に立ちはだかった。

「摂津守様にお会いしたい」

名を名乗り、用件を伝えた勝兵衛が、そのまま押し通ろうとするのを、小西家の家臣たちが押しとどめた。

「今は首実検の最中《さなか》だ。通すわけにはまいらぬ」

「火急の用だ！」

短気な勝兵衛が早くも怒鳴《どな》り声を上げた。

――これはまずい。

慌てて勝兵衛を背後に押しやった嘉兵衛が、立ちはだかる男たちに穏やかな声音《こわね》で言った。

「御家老《ごかろう》でも構いませぬので、ご面談いただけませぬか」

「あいにく誰でも構わぬような家老は、小西家におらぬ」

押し問答をしているうちに、二人を取り巻く小西勢の数が増えてきた。

「勝兵衛どん、これはまずい。引き上げましょう」

何事かと集まってきた小西勢は百を数え、すでに二人の周囲を取り巻いている。

その時、人垣をかき分け、定吉が現れた。

「ここにいなさったか。探したばい」

「おう定吉、われらがここにいると、よく分かったな」

勝兵衛が、場違いなほど陽気な声を上げた。

「あんたの声は、どこにおってもよう聞こえる」

「そんなことはどうでもよい。それより殿はいずこにおられる」

「ここから半里ほど離れた地におるよ」

「なぜ、半里も離れた地におられる！」

勝兵衛の唾《つば》が飛んだのか、定吉が迷惑そうに額をぬぐった。

「なぜも何もなか。小西様がここを陣所と定められては、殿が近くに陣を張るわけにはいかんたい」

定吉の言うことは尤もである。反目し合う双方が陣を接していれば、いかなる揉《も》め事が起こるか分からない。

「それで、船はどうなる」

「すでに殿から使者が送られ、小西様と話をつけたと聞いとる」

「これで摂津守様に会う用もなくなりました。さあ、兵を連れて帰りましょう」

嘉兵衛が勝兵衛を促した時である。陣幕の裏手から異様な声が聞こえた。それはかなりの人数らしく、何かを哀訴《あいそ》しているようにも聞こえる。

「何事でしょう」

そちらに行きかけた嘉兵衛の腕を、「行かんと」と言いつつ、定吉が押さえた。

「なぜだ」

「行かんでも分かっとる。あれは──」

その時、絶叫が闇《ほど》を切り裂いた。

定吉の手を振り解いた嘉兵衛は、本能的に駆け出していた。

小高い丘の上に張りめぐらされた陣幕の端からは、広い河川敷《かせんじき》が見下ろせた。そこには、大きな竹矢来《たけやらい》がめぐらされ、その中に、縄掛けされた多くの捕虜がひしめいていた。その周囲を、薙刀《なぎなた》や槍といった長柄《ながえ》を手にした日本軍の足軽が取り巻いている。

──何をやっておるのだ。

茫然と見ていると、足軽どもが、竹矢来の外から長柄で捕虜を突いているではないか。

竹矢来の中の捕虜は裸に剝《む》かれた上、腕を背中に回され、縄掛けされていた。

彼らは口々に何事か喚きながら、長柄を避けるように竹矢来の中を逃げ回っている。しかし捕虜の数が多すぎて、竹矢来の中の空間はほとんどない。彼らは中央の安全な場所を求め、仲間どうし押し合いへし合いしながら逃げ回っている。

中には長柄に突かれまいと、仲間の体の間に自らの体をもぐり込ませようとする者もいる。その勢いに負け、群れの外に弾き出された者は、竹矢来の外から突き出された長柄に刺し貫かれる。その度に、外の足軽たちは歓声を上げた。

仕留めた捕虜の数を競っているらしく、記帳係らしき者が札に何か書き付けると、討ち取った者に渡している。

足軽たちは、餓鬼《がき》のごとく竹矢来の周囲を走り回り、刺すのに都合のよい位置を占《し》めようとしていた。

「こいつはひどいな」と言いつつ、勝兵衛が追いついてきた。

「どうせ逃げても殺さるっとに」

あまりに凄惨な有様に、定吉も目を背《そむ》けた。

嘉兵衛は、この世のものとは思えぬこの光景に茫然としていた。

次の瞬間、嘉兵衛の脳裏に、佐屋に住みついていた朝鮮人・竹斎の面影《おもかげ》が浮かんだ。

竹斎は無口な老人で、普段は商家の子弟に漢籍《かんせき》や算用を教え、唐船《からふね》や高麗船が入ると、その通事を買って出て小金をもらっていた。

穏やかな微笑を浮かべつつ、竹斎は、嘉兵衛たちに朝鮮や明の話をしてくれた。

その話の中に出てくる国は、夢のように美しかった。

竹斎の話を聞いて育った嘉兵衛は、異国の地に強い憧《あこが》れを抱いた。そして、いつの日か大陸に渡ってみたいと思うようになった。

「ソウカ、嘉兵衛ドンハ大陸ニ行キタイカ」

「ああ、行きたい」

「嘉兵衛ドンナラ、朝鮮ノ衆ト、キット仲ヨウナレル」

「朝鮮の衆は、われらに優しいか」

「当タリ前ダ、ワレラハ隣人デハナイカ」

片言《かたこと》の日本語であっても、竹斎の言葉は確信に溢れていた。

嘉兵衛は竹斎が好きであったし、竹斎も日本人の子供たちをかわいがってくれた。いかなる事情から日本に移り住んだのか、遂に知ることはなかったが、地域社会に溶け込んだ竹斎は、佐屋の人々から何ら差別されることなく、静かにその生涯を閉じた。

――われらは、隣国の傍輩《ほうばい》を殺しておるのだ。

気づいた時には、嘉兵衛は走り出していた。

背後から勝兵衛の呼ぶ声がしたが、もはや嘉兵衛の耳には何も聞こえてこない。

「やめろ！」

「なんじゃい」

突然、現れた見知らぬ武士にたじろぎつつも、数人の足軽が、怪訝《けげん》な顔つきで嘉兵衛を取り囲んだ。

「誰の許しを得て、この者たちを殺しておる」

「見ない顔だが、あなた様は誰《だい》ねん」

足軽が肥後弁で問うてきた。

「わしは、加藤主計頭様家臣の佐屋嘉兵衛だ」

「はっ、なしてわしらが、加藤様の命を聞かなならんとか」

その足軽の言う通りである。

嘉兵衛が言葉に詰まった時、背後から勝兵衛が肩を押さえた。

「よせ、かかわるな」

「しかし」

「ここで弥九郎の兵と事を構えて何とする。殿に迷惑がかかるだけではないか」

「嘉兵衛どん、勝兵衛どんの申す通りばい」

確かに、ここで嘉兵衛が揉め事を起こしたところで、捕虜たちが助かる見込みはない。

嘉兵衛は唇を噛んで堪《こら》えた。

それを見た足軽たちは、悪態《あくたい》をつきながら行ってしまった。

しばしの中断の後、殺戮が再開された。

一時は救われるかと思い、ひざまずいて口々に助命を嘆願《たんがん》していた捕虜たちは、再び絶望すると、助かる当てのない逃走を再開した。それでもあきらめきれない数人が「お助け下さい！」と喚きつつ、竹矢来越しに嘉兵衛の近くに駆け寄ってきた。

言葉が分かるだけに、嘉兵衛には辛《つら》かった。

「お願いです。わたしは農夫です。死にたくない」

いまだ二十歳にも満たぬ陣夫らしき男が、嘉兵衛に懇願した。

「すまぬ。真にあいすまぬ」

嘉兵衛には詫《わ》びることしかできない。

「どうかお助け下さい。わたしには年老いた父と母がいます。わたしがいないと、食べていくことができません」

「すまぬ、わしには何もできぬのだ」

「嘉兵衛、かかわり合いになるな」

勝兵衛が嘉兵衛を竹矢来から離そうと、その肩に手を掛けた時である。背後から、その陣夫を突こうと近寄ってきた足軽の槍の柄《え》が、勝兵衛の草摺に当たった。

「無礼者《ぶれいもの》！」

勝兵衛の太刀《たち》が妖《あや》しい光を放ったと思った次の瞬間、何かが宙を飛び、地に落ちた。

足軽の首である。

一瞬の沈黙の後、今度は、竹矢来の中から歓声が上がった。

「あっ、しもうた」

瞬く間に、三人は小西家の足軽に取り囲まれた。

「この御仁《ごじん》は、われらの傍輩を殺したとばい！」

その中の一人が、仲間を呼び寄せるように大声で喚いた。

「知るか！　この者が無礼にも――」

喚く勝兵衛を、定吉が背後に追いやった。

「近寄るな！　ここにおわすは加藤家の侍大将・和田勝兵衛様ぞ。侍大将を殺したら、うぬらは獄門《ごくもん》ぞ」

「ここには、加藤家の者は誰もおらん。おんしらば殺しても分からんばい」

物頭らしき男がそう言うと、「そうだ、そうだ」という声が周囲から上がった。

「まあ、その通りだ」

勝兵衛は頭をかきつつ、妙に納得している。その間も、包囲の輪は、じりじりと縮んだ。

その時である。捕虜たちが一丸となり、奇妙な掛け声を上げつつ竹矢来に体をぶつけた。河畔であるため地盤がゆるく、竹矢来は大きく揺らいだ。それに勇を得た捕虜たちは、再び後ろに下がって勢いをつけた。

「よせ」

慌てた足軽たちが竹矢来越しに長柄を構えても、捕虜たちの突進はやまない。まさにそれは、寄せては返す波のようである。長柄に刺されて仲間が斃れても、捕虜たちはたじろがず押し寄せてくる。

遂に竹矢来が倒れた。

次の瞬間、解き放たれた獣のように、捕虜たちが逃げ出した。しかし、すでに異変は小西勢全体に知れ渡っており、捕虜たちは、次々と走りくる武士たちの白刃《はくじん》の餌食《えじき》となっている。それでも一部は土手の向こうに逃れたようだ。

「えらいことになった」

茫然とこの光景を見ていた嘉兵衛だったが、勝兵衛の声で、われに返った。しかし、配下は河畔に残してきており、三人だけで、この場から逃れるわけにはいかない。

「定吉、このことを殿に伝えるのだ」

「分かった」

定吉と別れた二人は、配下の待つ河畔に走った。その間も、二人と入れ違うようにして、捕えられた捕虜が連行されていく。彼らは一様に泣き喚き、体を身悶《みもだ》えさせている。

元の場所に連れてこられた捕虜は、命乞いをする暇もなく、次々と首を打たれていった。

足軽の憂《う》さ晴らしのために、小西家の武士は残虐な賭けを黙認していたが、こうした混乱を招いたため、躊躇なく処刑を実行に移したのだ。

嘉兵衛は、その悲惨極まりない光景から目を背けた。

何とか逃れた捕虜とて助かる見込みは薄い。南岸にいるのは日本兵ばかりで、北岸に渡る船はない。周囲は隠れるものとてない平原なので、朝になればすぐに見つかる。しかも全裸で後ろ手を縛られていては、飢えと寒さに抗する術はない。

嘉兵衛は暗澹《あんたん》たる思いにとらわれた。

やがて勝兵衛と共に河畔に戻った嘉兵衛は、一塊《ひとかたまり》となって身を縮めている配下の者と鍋島船手衆を見つけた。

翌朝になり、ようやく和田隊と鍋島船手衆は、清正の許に戻ることができた。

しかし、事件の責任は勝兵衛と嘉兵衛にあるとされ、行長は先に渡河させるよう要求してきた。さすがに清正も、これを認めざるを得なかった。

清正は和田隊を収容すると、二人に何の事情も聞かず、叱責もなかった。

勝兵衛は当然のような顔をしていたが、清正の泰然自若《たいぜんじじゃく》とした態度は、逆に嘉兵衛を苦しめた。

二十八日の午前、小西勢に続き、妙法旗を押し立てた清正勢が渡河を開始した。

嘉兵衛は複雑な思いを抱き、臨津江を渡った。嘉兵衛の提案した戦法は見事に当たったが、それにより多くの朝鮮兵の命が失われたことは、嘉兵衛の気持ちを重くさせていた。

北岸に溢れていた朝鮮軍は、すでに逃げ去った後であり、開城《ケソン》まで日本軍の行く手を阻《はば》むものは何もなかった。

ちなみにこの頃、背後の漢城《ハンソン》では、日本軍が着々と統治体制を整えていた。清正や行長と入れ替わるように漢城に入った八番隊・宇喜多秀家は、様々な置目や法度《はっと》を定め、民に危害を加えないことを宣言すると、城内の中心に楼閣《ろうかく》を築き、日本軍の統治の象徴とした。

ここでいう楼閣とは、天守《てんしゅ》を伴う城郭建築のことである。秀吉の御座所として築かれたその天守は、京の聚楽第に匹敵《ひってき》するほど壮麗なものだった。

七

五月二十九日、小西行長・宗義智ら第一軍と、加藤清正・鍋島直茂ら第二軍が、そろって開城《ケソン》郊外に到着した。その威容に恐れをなし、申し訳程度に矢合わせした朝鮮政府軍は、早々に平壌《ピョンヤン》目指して落ちていった。

これにより日本軍は、無傷で開城入城を果たした。

この日の夕刻、日本からの補給物資が黒田長政率いる第三軍により届けられた。第一軍と第二軍の進軍速度が、あまりに速かったため、ようやく後続する荷駄《にだ》隊が追いついたのだ。

それぞれの故郷からの便りも届き、陣所内の各所で歓声が上がっていた。酒を飲んで騒ぐ傍輩たちから少し離れた場所で、嘉兵衛は一人、鉄砲の手入れをしていた。

幼い頃より嘉兵衛は、何かに惹《ひ》かれると、時を忘れて熱中するのが常だった。鉄砲などの〝からくりもの〟をとくに好んだ嘉兵衛は、その仕組みを会得《えとく》するまで放そうとしなかった。

そうした嘉兵衛の頑《かたく》なな性癖《せいへき》を知る父母や兄は、嘉兵衛が「武士になる」と言い出しても、さして反対はせず、激励《げきれい》の言葉と共に送り出してくれた。

——佐屋の父母は、つつがなく過ごしておられるだろうか。商いは、うまくいっておるだろうか。

嘉兵衛が佐屋の実家に思いを馳せていると、勝兵衛がやってきた。

「嘉兵衛、探したぞ。痩せ我慢しよって。これを待っておったのだろう」

勝兵衛が懐から取り出したのは、一通の文《ふみ》である。

「すみませぬ」

気を利かせて去っていく勝兵衛を見届けた嘉兵衛が、二重に覆われた渋紙《しぶがみ》をもどかしげに破ると、雪乃の香りがほのかにした。

周囲を見回し、誰も見ていないことを確かめた嘉兵衛は、その文に鼻を近づけた。

——会いたい。今すぐ飛んで帰りたい。

嘉兵衛が大切なものを扱うように、それを開くと、そこには、千寿がすくすくと育っていること、佐屋の父母がさかんに心配していること、馬が子を産んだことなどが、連綿とつづられていた。そうした取るに足らない日常の些事《さじ》ほど、異国の地では、やけに心にしみる。

文末には、雪乃が近所の内儀《ないぎ》たちと藤崎八幡宮《ふじさきはちまんぐう》にお百度参りしているので、嘉兵衛は必ず帰ってこられると書かれていた。

——雪乃、必ず帰るぞ。千寿と待っていてくれ。

空いっぱいに広がる星辰《せいしん》を仰ぎ、嘉兵衛は誓いを新たにした。

嘉兵衛が清正家臣団と共に肥後に移住したのは、天正十六年（一五八八）七月である。右も左も分からぬ地で、粗末な長屋の一部屋をあてがわれた嘉兵衛は、隣り合う傍輩たちと新生活を始めた。

清正は、尾張から移住した者と新参の肥後の者とを分け隔《へだ》てなく扱った。当面は、信のおける尾張者を要職に就けざるを得なかったが、実力次第で、在地土豪や旧佐々家家臣からも抜擢《ばってき》登用すると触れを出した。

さらに、尾張者に対する優遇措置《そち》を次世代まで引きずらないよう、尾張者に肥後の女を娶《めと》らせることを奨励《しょうれい》した。

そんなある日、河原で行水《ぎょうずい》していると、女の悲鳴が聞こえた。駆けつけてみると、河原で洗濯している百姓女たちに、尾張から来た足軽がちょっかいを出している。嘉兵衛は足軽らを叱りつけて追い散らした。その女たちの中に、儚《はかな》げに肩を震わせる少女がいた。

それが雪乃だった。

嘉兵衛が優しく声をかけると、雪乃の顔に笑《え》みが広がった。成り行きで家まで送ることになった嘉兵衛は、道中、雪乃と親しくなった。

若者にとって、それが恋慕《れんぼ》の情に変わるのに、さほどの月日はかからない。隣家から何かもらえば、嘉兵衛は雪乃の家に持っていき、縁側に座して共に食べた。何を語るということもなかったが、雪乃と一緒にいる時間が、嘉兵衛には貴重だった。雪乃も次第に嘉兵衛に好意を抱き、自然な成り行きで二人は結ばれた。

雪乃の家は貧しい小作農《こさくのう》だったが、嘉兵衛とて元は商人である。鉄砲に詳しかったことから物頭に抜擢されただけで、一つ間違えば、足軽とされてもおかしくなかった。それゆえ嘉兵衛は、嫁の家柄などにこだわらなかった。

清正の奨励策とも合致し、嘉兵衛と雪乃は何の障害もなく結ばれた。二人は、貧しいながらも幸せな新婚生活を始めた。嘉兵衛は十八、雪乃は十五の時である。

「おい嘉兵衛、すまぬが黒田陣まで兵糧を取りに行ってもらえぬか」

勝兵衛の声でわれに返った嘉兵衛は、慌てて文を懐にねじ込むと立ち上がった。

すでに日は暮れ、開城城内は蜩《ひぐらし》の声に満たされている。

嘉兵衛は十にも及ぶ荷車を従え、住人のいなくなった町の中を進んだ。

「あそこが黒田様の陣ばい」

定吉の示した方角には、昼のように篝火が焚かれ、紺地《こんじ》に白の藤巴《ふじどもえ》の描かれた流れ旗が林立している。そこには、山のような兵糧が積まれていた。

朝鮮在陣衆に日本米を食べさせたいという、秀吉ならではの豪気な振る舞いである。

「行くばい」

物頭気取りの定吉が、足軽小者に指図したその時である。

「この小僧！」

傍らの路地から罵声《ばせい》が聞こえた。嘉兵衛が暗がりを凝視《ぎょうし》すると、数名の足軽に取り囲まれた少年が、寄ってたかって足蹴《あしげ》にされている。

「よせ」

すかさず走り寄った嘉兵衛は、少年に覆いかぶさった。

「なんばすっと」

突然の闖入者《ちんにゅうしゃ》に、足軽たちは不服そうに口を尖《とが》らせた。

少年の左眉《ひだりまゆ》の端はぱっくりと裂け、おびただしい血が流れている。

「この者が何をしたのか」

「おんしゃ誰《だい》だ」

嘉兵衛が名乗ると、不貞腐《ふてくさ》れたように一人の足軽が事情を説明した。

彼ら黒田家の足軽は大量の兵糧を運ぶため、釜山《プサン》からの道々、朝鮮の男たちを捕えては労役に就かせた。そのため開城に着く頃には、日本人の足軽の仕事がなくなるほどだった。

しかし、朝鮮人に十分な食事を与えなかったため、開城に着いたとたん、逃げ出す者が相次いだ。この少年も、その中の一人だという。

「もうよいではないか。許してやれ」

「それはいかんたい。殿から、逃げた高麗人は、殺してもええという沙汰《さた》が出とる」

「それでは買い取る」

嘉兵衛の言葉を聞いた足軽たちは、顔を見合わせた後、大きくうなずいた。

過分な金をもらった黒田家の足軽たちが、弾むように去るのを確かめた嘉兵衛は、定吉に兵糧を取りに行かせ、自らは少年の傷を調べた。

「大丈夫だ。このくらいなら、すぐに癒える」

突然、嘉兵衛が朝鮮の言葉を話したので、少年が驚いて顔を上げた。その双眸《そうぼう》は聡明そうな光をたたえている。

「名は何という」

「余大男《ヨデナム》」

「そうか、よい名だ。日本語でも呼びやすい」

「あなたは、いったい誰ですか」

大男が恐る恐る問うてきた。

「わしの名は佐屋嘉兵衛。それより、これを食え」

嘉兵衛が懐から出したのは、きな粉をたっぷりまぶした兵糧丸《ひょうろうがん》である。

大男の顔色が変わったのを見た嘉兵衛は、手を開かせ、それを握らせた。

「食べろ」

嘉兵衛をじっと見つめていた大男は、一瞬、躊躇した後、兵糧丸を頬張った。

「おぬしは奴婢《ノビ》か」

兵糧丸を懸命に咀嚼《そしゃく》しながら、大男がうなずいた。

「では、家族の居所を問うても無駄だな」

大男が「当たり前のことを問うな」と言わんばかりに顔を上げ、嘉兵衛をにらみつけた。

「どこの生まれだ」

「河東《ハドン》」

「慶尚道《キョンサンド》と全羅道《チョルラド》の境にあるという町だな」

黒ずんだ手に付いた兵糧丸のかすを丁寧に嘗《な》めながら、大男がうなずいた。

「どこで捕まった」

「統営《トンヨン》だ。小さい頃、わたしは、河東の両班《ヤンバン》から釜山の商人に売られた」

階層社会の生み出した悲劇を悲劇とも思っていない大男の様子に、嘉兵衛は、慰《なぐさ》めの言葉も見つからない。

「最初に来た倭人《わじん》が去ったので、もう倭人は来ないと思い、皆で山を下りたところを、次に来た倭人に捕まった。倭人がこれほどいるとは、思ってもみなかった」

「皆で山に逃げ込んでおったのだな」

「鉱山で働かされていたので、坑道に隠れていた」

「そうか、坑道を掘らされておったのか」

その言葉を聞いた大男は、むっとしたように答えた。

「いや、わたしは焔硝《えんしょう》を作っていた。硝石《しょうせき》と硫黄《いおう》と木炭《もくたん》を混ぜて火薬とし、岩盤《がんばん》に仕掛ける役回りだ。鉱山では、焔硝は作った者の責《せき》とされ、仕掛けるのは作った者だ。爆発が大きいと生き埋めになるが、それを恐れて岩盤を砕けないと、材料を無駄にしたとされ、百叩きになる」

「それは真か」

「ああ、それゆえ焔硝作りの子らは、十度に一度くらい生き埋めとなって死ぬ。でもな——」

大男の顔に得意げな笑みが浮かんだ。

「わたしは、誰よりも焔硝作りがうまかった。わたしの調合なら自在の大きさで爆発させられる」

うれしそうに自慢話をする大男を見て、嘉兵衛は暗澹たる気分になった。

「これから、どうやって戻る」

「戻っても、また山に戻されるか、どこかで奴婢にされるだけだ」

「奴婢は嫌か」

「ああ、嫌だ」

大男が憮然として答えた。

――この国は平和に見えても、その実は、かような奴婢の犠牲の上に成り立っておるのだ。

両班たちの豊かな生活を陰で支えているのが奴婢であることに、嘉兵衛ら日本兵は気づき始めていた。

「では、どうする」

「あんたは、わたしを買ったではないか。だから、あんたの奴婢になる」

「わしは奴婢など要らん」

大男は驚いたように目を丸くした。

「では、どうして買った」

「おぬしを助けようと思っただけだ」

「倭人は、それだけで人を買うのか」

「そうだ」と言いかけて、嘉兵衛は口をつぐんだ。

——日本人に過大な期待を抱かせてはならない。

「たまたま、わしの気分がよかったからだ」

「それでも買ったことに違いあるまい」

「わしは奴婢など要らぬ」

二人の押し問答が続く中、定吉が戻ってきた。

「兵糧は、小者頭に命じて陣に運び込むよう指示したばい」

「分かった。われらも戻ろう」

「この者をどうすっとか」

「救ってやったら、わしの奴婢にせいと言って聞かんのだ」

「ははあ、このまま故郷に戻っても、奴婢に戻されるだけやもんな。ここで食べていけんなら、日本人の小者にでもなるしかなかもんな」

「致し方ない。好きにせい」と、嘉兵衛がため息交じりに言って歩き出すと、大男も、とぼとぼついてきた。

陣所に着いた嘉兵衛は大釜を用意させ、粥《かゆ》を炊《た》いた。粥を腹いっぱい食べ、酒まで振る舞われた兵の間に、陽気な笑いが戻った。その片隅で、大男も懸命に粥をかき込んでいた。

五月二十九日、開城を落とした日本軍は、六月一日には、馬首を並べて平壌に向かった。

戦意旺盛な清正とは対照的に、小西行長はいまだ〝仮途入明〟にこだわり、清正に告げずに平壌に使者を先行させ、平和裏に事を収めようとしていた。

行長は、柳成竜《ユソンリョン》ら朝鮮政府首脳部に抵抗が無駄なことを諭《さと》した上、朝鮮国は日明間の和議斡旋《あっせん》に当たり、それが成らなかった際は、日本に協力することを勧めた。むろん朝鮮政府からの回答はなかった。

ちなみに、領議政の李山海《イサンヘ》は、倭軍の侵入を許した責を問われて罷免《ひめん》されたため、以後、朝鮮政府の代表は柳成竜となった。

六月七日、小西行長率いる第一軍と、黒田長政率いる第三軍に続いて、平壌に向かった清正の第二軍は、黄海道《ファンヘド》の安城《アンソン》に着いた。ここで、日本軍首脳部は軍議を開き、「八道国割」の方針に従い、袂《たもと》を分かつことになる。すなわち第一軍と第三軍は、それぞれ平安道《ピョンアンド》と黄海道を押さえるべく平壌に向かい、第二軍は進路を東北に取り、咸鏡道《ハムギョンド》に向かうのだ。

　平安道の道都・平壌に向かった行長らは、八日には大同江《テドンガン》河畔に至った。大同江は平安南道《ピョンアンナムド》東端に源を発して南西に向かい、黄海《こうかい》に注ぐ朝鮮半島有数の大河の一つである。

　河畔に陣を布《し》いた行長は、朝鮮政府に対して講和交渉を申し入れた。それに応えた朝鮮側は、大司憲《テサホン》（司法長官）・李徳馨《イドクヒョン》を派遣し、日本側の景轍玄蘇、柳川調信らと会談に及んだ。

　この講和交渉は、大同江に船を浮かべ、酒を酌《く》み交わしつつ和《なご》やかに行われたが、結局、物別れに終わり、平壌をめぐる攻防戦は避け難い情勢となった。

　十一日、戦闘開始を前にして、朝鮮国王は平壌を脱し、鴨緑江《アムノツクカン》を挟んで明と国境を接する義州《イジュ》に向かった。

　十三日深夜、朝鮮政府軍奇襲部隊は大同江を渡河、日本軍陣地に夜襲《やしゅう》を仕掛けてきた。不意を突かれた小西勢と宗勢は苦戦を強《し》いられるが、たまたま遅れて着いた黒田勢が、すかさず参戦したので、形勢は一気に逆転した。

　朝鮮軍奇襲部隊の船手衆は、この負け戦に浮き足立ち、兵を残したまま船を返してしまった。一方、日本軍で埋め尽くされた大同江東岸に取り残された朝鮮兵は、命惜《お》しさに、軍事機密となっていた王城灘《ワンソンタン》の浅瀬を渡ってしまった。

この浅瀬は、朝鮮政府が反転逆襲のために、石を敷き詰めるなどして造っておいたものである。まさか大同江ほどの大河に、徒歩で渡れる浅瀬があると思わなかった日本軍は、競うようにその後を追った。

夜のうちに王城灘の浅瀬を渡った日本軍は、日が昇ると同時に平壌邑城へ惣懸りした。

十四日、日本軍の猛攻にたじたじとなった朝鮮政府は平壌撤退を決定、その日のうちに民を北に逃した上、運搬困難な火砲を城内の池に沈めて脱出した。

翌日、無人の平壌城に入った第一軍は、朝鮮軍の残していった兵糧十万石を手に入れ、当面、兵糧の心配がなくなった。

かくして平壌を奪取した行長らは、この地を拠点にして講和の道を探ることになる。

一方、安城から北東に道をとった清正の第二軍は、道々、咸鏡道への道役（案内者）を探したが、道を知る者はなかなか見つからず、ようやく見つけた二人は、そろって「知らない」と答えたため、一人を斬ることで、もう一人に道役を引き受けさせた。

清正は協力者には極めて寛容だったが、協力を拒否した者に容赦はなかった。

江原道から咸鏡道に至るには、険阻《けんそ》な馬息嶺《マシクリヨン》山脈の中でも屈指の峠・老里峴《ノリヒヨン》を越えねばならない。日本では見られない剣を天に向かって突き立てたような山肌に、張り付くような狭い崖際道《がけぎわみち》が続く中を、第二軍は粛々《しゆくしゆく》と進んだ。

しかし、あまりに狭い道幅に、せっかくの兵糧も運び切れず、途次、その大半を千尋《せんじん》の谷底へ放棄せざるを得なかった。それでも武器だけは運ぼうとしたが、その重さに耐えかね、途中、転落する馬と人夫が後を絶たなかった。

六月十七日、息も絶え絶えとなりつつ、第二軍が咸鏡道の安辺《アンピヨン》に入ると、清正は咸鏡道の農民に向けた告示文を掲げた。

・豊臣秀吉は朝鮮の国政改易《かいえき》のため、われらを派遣したが、われらは朝鮮国王を誅罰《ちゆうばつ》しない
・われらに理解を示す朝鮮人には、これまで通りの安住を保障する
・われらは、道理に外れる政治は行わないので、すみやかに還住し農耕に励め

咸鏡道の民はすでに農耕を放棄し、いずこかに逃げ散っていた。それを元の地に戻すことが、清正にとって急務である。

清正は自らの本陣を咸鏡道の最南端・安辺に定め、そこから二十里ほど北の咸興《ハムフン》

を鍋島直茂の本陣とした。

安辺を咸鏡道の統治の中心とし、清正は咸鏡北道《ハムギヨンブクド》を治める。一方の直茂は、咸興を拠点として咸鏡南道を治めるという変則的な統治体制である。

かくして第二軍の咸鏡道統治が始まった。清正と直茂の統治は、置目と法度が徹底されたものだったため、当初は、咸鏡道人民の歓迎を受けるほどだった。

咸鏡道の民が日本軍を歓迎したのには、理由がある。

清正の報告書中の言を借りれば、咸鏡道は「日本にては八丈《はちじょう》ガ島、硫黄《いおう》ガ島などの様なる流罪人《るざいにん》の配所であり」、そこに住む人々にとり、「帝王は代々の敵」だという。それというのも咸鏡道は、流刑《るけい》となった反逆民や在地の女真族を、中央から左遷《させん》された守令《しゅれい》（官人）が支配するという構造になっており、中央に対する反感が伝統的に根強い地だからである。

しかも咸鏡道や平安道出身者は、科挙に合格しても中央の官職に就けず、いかに優秀でも、地方官人のまま生涯を終えねばならなかった。差別を是認《ぜにん》する儒教社会では、出自による階級差別だけでなく、出身地においても差別するという硬直性を生んでいた。

清正は、肥前名護屋に陣を布く秀吉に、「咸鏡道の農民は拙者《せっしゃ》を待ちかねていたようであり、彼らをそれぞれの家に落ち着かせ、掟《おきて》を厳しく申し付けました」と報告している。

また、清正が咸鏡道支配を任された理由の一つに、明侵攻経路の調査がある。朝鮮から明に至るには、平安道から鴨緑江を渡り、遼東《りょうとう》半島の沿岸を進むのが最短距離だが、そちらには、明軍が総力を挙げて防衛線を張っている恐れがあり、別の侵入経路も探らねばならない。

事実、明政府は遼東・山東《さんとう》方面に軍勢を集結させ始めていた。しかし、当初の日本軍の進撃があまりに速かったため、朝鮮政府が日本と通じていることを疑い、再三にわたる救援要請にも応じないでいた。

六月になり、半島に送った使者や斥候《せっこう》により、激戦の様子が北京にも伝わり、明政府も、ようやくその重い腰を上げようとしていた。

七月初旬、鍋島直茂勢と共に安辺を後にした清正は、進路を北に取った。徳源《ドクウォン》、文川《ムンチョン》、永興《ヨンフン》、定平《ジョンピョン》を経て、咸興で鍋島直茂勢と分かれた清正勢は、さらに北進を続け、洪原《ホンウォン》、北青《プクチョン》、利原《イウォン》、端川《タンチョン》を経て、磨天嶺《マチョンリョン》という老里峴に匹敵する天嶮《てんけん》に差し掛かった。

その道行きは困難を極めたが、十八日、ようやく磨天嶺を越え、最初の宿駅である海汀倉《ヘジョンチャン》に着いた。しかし清正勢は、咸鏡北道兵馬節度使の韓克誠《ハンクックカム》と、兵馬評《ひょう》事《じ》（兵馬節度使の下職）の鄭文孚《チヨンムンブ》の待ち伏せを受けた。

彼らは、朝鮮の北辺に住む女真族と闘争を繰り広げてきた実戦慣れした部隊のため、清正勢の鉄砲攻撃にも怯《ひる》むことなく、執拗《しつよう》な騎射攻撃を仕掛けてきた。

この神出鬼没《しんしゅつきぼつ》の攻撃に悩まされ、進軍がままならなくなった清正勢は、たまらず近くの穀倉《こくそう》に逃げ込んだ。この地方の穀倉は女真族の襲撃を受けることが多いため、高い塀をめぐらしており、臨時の陣城の役割を果たす。

清正勢は日本軍の得意とする籠城《ろうじょう》策に出た。

これに勇を得た韓克誠らは倉を囲み、援軍の到着を待とうとした。しかし彼らには、籠城兵の反転逆襲という発想がない。

翌朝は、いつになく霧が深かった。その朝靄《あさもや》を切り裂くように一発の筒音が轟くと、鬨《とき》の声が上がり、清正勢が倉から飛び出してきた。しかも、夜の間に敵の目をかいくぐり、伏勢《ふくぜい》を敵の背後の山に隠すことに成功していたため、朝鮮軍は挟撃《きようげき》される形になった。

瞬く間に攻め立てられた朝鮮軍は四散《しさん》し、その多くが泥田の中で討ち取られた。清正らが泥田の広がる方角に逃走路を開け、そちらに追い立てたのだ。

大将の韓克誠は、かろうじてこの場から脱出したが、後に咸鏡北道の中心都市・鏡城《キヨンソン》で清正勢に捕えられた。それでも韓克誠は脱走に成功し、政府軍に復帰したが、この戦いの責を問われて処刑された。

敗軍の責を問い、すぐに将官を処刑してしまうのも、朝鮮軍の問題の一つだった。

一方、副将の鄭文孚は市井《しせい》に深く潜み、日本軍の追及の手から逃れた。この鄭文孚を逃したことが、日本軍にとって後に大きな禍根《かこん》となる。

海汀倉の惨敗《ざんぱい》の知らせを聞いた臨海君《イムヘグン》と、江原道から逃れてきていた弟の順和君《スンファグン》の二王子は、さらに北方の会寧《ヘニョン》を目指して落ち延びた。清正勢の来襲により、彼らは兵を集めるどころではなくなっていた。

吉州《キルジュ》から鏡城へと、さしたる抵抗も受けずに進んだ清正勢は、二王子が会寧に向けて落ち延びたという情報を摑み、清津《チョンジン》から進路を内陸部に取り、七月二十四日、豆満江《トゥマンガン》河畔の宿駅・会寧に至った。

八

陣所の背後にある小丘に登った嘉兵衛は一人、豆満江の対岸に広がる平原を眺めていた。

そこは一面、荒れ野が続くだけで、耕地はいっこうに見えず、生き物の気配すら感じられない。

――随分と遠くに来たものだな。

無限とも思われるほどの水を湛《たた》え、西から東に流れる豆満江は、かつて釜山《プサン》近海で見た海面と同じ濃藍色をしていた。

――雪乃と千寿は、どうしておるか。

四月十八日に釜山に上陸してから、すでに三月《みつき》が経っていた。


一人目の子を流産した雪乃は、二人目だけは無事に授かりたいと、懸命に神仏に祈った。その甲斐《かい》あり、玉のような女の子を得た時は、二人して手を取り合って喜んだものである。

千寿を囲み、貧しくても幸せな日々が始まった。幸いにして天下は収まり、戦乱は遠のいたように思えた。

主君の清正も、戦よりも領国統治に熱心となり、肥後一揆を鎮圧した翌年の天正十七年（一五八九）頃より、干拓による耕作地の拡大や治水・灌漑《かんがい》事業に力を注いでいた。幸いなことに清正は、秀吉の天下統一の総仕上げとなる関東、東北への出兵を求められず、内政に専心することができた。

もう鉄砲も要らなくなったと、傍輩たちと戯《ざ》れ言《ごと》を言い合っていたその矢先、大息《そく》した。

陸出兵の噂が流れてきた。しかも清正が東国遠征から外されたのは、大陸進出の尖《せん》兵《ぺい》となるためであることが分かり、一部の野心家を除き、嘉兵衛らは天を仰いで嘆《たん》

しかし清正は意気軒昂《いきけんこう》で、大陸で百万石の大名となり、それぞれの功に見合った石高を取らせると宣言した。

しかし嘉兵衛は、異国になど渡りたくなかった。かつては異国に関心を寄せた時期もあったが、戦うために異国に行くなど真っ平だった。しかも、嘉兵衛の身にもしものことがあれば、雪乃と千寿は路頭に迷ってしまう。

――何としても、無事に帰国せねばならぬ。

とは思いつつも、いざ戦場に立てば、そうした怯懦《きょうだ》の心だけは隠さねばならない。清正家中では、一度でも臆病者の烙印《らくいん》を押された者は一人前に扱ってもらえず、次に汚名《おめい》をそそぐ機会を待たねばならない。

いずれにしても、ここに至るまで、清正の咸鏡道制圧は順調で、少なくとも早い時期に、安辺《アンピョン》に戻れる可能性が高まった。

――安辺《あんぺん》に戻れたら、この地でもらった禄《ろく》を返上し、故郷に帰してもらおう。そして肥後で百姓となり、家族と共に暮らすのだ。

それが許されるかどうかなど、皆目《かいもく》、分からなかったが、嘉兵衛は何としても我《が》を通すつもりだった。むろん清正のことである。比類なき働きを示せば、望みを叶《かな》えてくれるはずである。

傍輩たちの間では、この地に家族を呼び寄せるのがいつになるか、ちらほら話題に出始めていた。むろん中には、「この地での禄など要らぬから帰してくれ」と言う者もいた。嘉兵衛も全く同感だったが、立場上、口をつぐんでいた。

「何を見ているのですか」

突然かけられた朝鮮語に、嘉兵衛はぎくりとした。

「何だ、大男《デナム》か」

背後にいたのは余《ヨ》大男である。大男は嘉兵衛の部隊の雑役夫《ざつえきふ》に収まり、荷運びから煮炊《にた》きまで手伝うようになっていた。

「驚かせてしまい、すいません」

「よいのだ。そこに座れ」

二人は、草の生い茂る丘の上にそろって腰を下ろした。

「不思議なものだな。こうして見るはずのない風景を、出会うはずのないおぬしと見ている」

どう答えていいか戸惑う大男に、嘉兵衛は運命《さだめ》の不思議について語った。

「こうした不思議を、われらは〝縁《えにし》〟と呼ぶ」

「不思議なめぐりあわせを、日本では〝縁〟と呼ぶのですか」

「うむ、それは、仏の御意思によるので仏縁ともいう」

「仏縁と」

「そうだ。おぬしは仏を知るまい」

仏について嘉兵衛が分かりやすく説明すると、大男の顔は、見る間に紅潮《こうちょう》していった。

「仏というのは不思議なものですね」

「うむ、世の中は分からないことだらけだ。しかし仏の教えを知れば、何となく分かった気になってくる」

二人の笑い声が聞こえたのか、背後から草を踏む音が近づいてきた。

「嘉兵衛どん、ここにおったとか」

息を喘《あえ》がせながら丘を登ってきたのは定吉だった。

「勝兵衛どんが呼んどる」

「分かった」と答えるや、嘉兵衛は足早に勝兵衛の陣所へと向かった。

小走りに丘を駆け下り、勝兵衛の陣に着くと、ちょうど勝兵衛が出かけるところだった。

勝兵衛によると、嘉兵衛を伴い、清正の陣所に来るよう命じられたという。

会寧《ヘニョン》郊外の守令屋敷を占拠した清正の本陣には、すでに幕僚たちが集まってい
た。早速、招き入れられた二人が末席に連なると、小姓を従えた清正が悠然とした
足取りで現れた。

「朝鮮二王子の居所が判明しました」

飯田覚兵衛の一言に軍議の座はどよめいたが、清正は眉一つ動かさず、床几《しょうぎ》に
腰を下ろした。

「会寧城から一里ほど離れた山里におると、密偵が知らせてきました」

「罠《わな》ではござらぬか」

森本儀太夫が疑念を口にしたが、覚兵衛が即座に否定した。

「いや、すでに孫兵衛に確かめさせました」

孫兵衛とは、漢城《ハンソン》入城の第一報を二週間で名護屋に届けた、〝韋駄天《いだてん》〟貴田孫兵
衛統治のことである。

「孫兵衛をこれに」

清正の一言で、陣幕の外に控えていた孫兵衛が入ってきた。

「孫兵衛、何を見た」

「朝鮮政府の官服を着た人々と、それを守る兵が、山麓の村を行き来しておりました。それがしが見たのは、それだけです」

無駄のないきびきびした身ごなしで一礼すると、孫兵衛は出ていった。

物見とは主観や憶測《おくそく》を交えず、己の見てきた事実だけを報告する者が最上とされる。その点、孫兵衛は最も優れた物見だった。

「どうやら間違いないようだな」と言いつつ、清正が覚兵衛に顔を向けた。

「ただし二王子は、会寧府使の軍勢に守られておるようで、一戦《ひといくさ》は覚悟せねばなりませぬ」

「敵はどれほどいる」

「百ほどかと」

「それだけか。それなら戦う前に降伏を勧めてみよ」

「はっ」と答えるや、覚兵衛の視線が末座に控える嘉兵衛を捉えた。

嘉兵衛は、ようやく己が通事として呼ばれたことを知った。

「明朝、勝兵衛と嘉兵衛は筒衆と共に山に迫り、威嚇の筒を放て。われらは、山麓を取り巻いて敵を逃がさぬようにする。敵の出方を見て、降伏勧告の矢文《やぶみ》を射よ」

清正の断が下るや、土地の者に描かせた絵図面を指し示しながら、覚兵衛が、詳細を手際よく段取りしていった。

すでに、夜は白々と明け始めていた。二十人ばかりの鉄砲足軽を引き連れた勝兵衛と嘉兵衛は、孫兵衛の案内で、王子たちがいるという山と、谷を隔てて隣接する山の峰《みね》に登った。

「あれを」

孫兵衛から渡された遠眼鏡をのぞくと、木々の間に孔子廟《こうしびょう》のような亭子《ていし》が垣間《かいま》見《み》られ、多くの影が行き交っている。

「間違いない。嘉兵衛、では頼むぞ」

嘉兵衛の肩を叩くと、勝兵衛は後方に下がっていった。

「口火薬点火」

その時、嘉兵衛の視野の端に何かが捉えられた。

「待て」

それは両手に桶を持った女官たちだった。彼女たちは、白のチョゴリに青や緑のチマを着け、髪を三つ編みにしている。

「どうした」

嘉兵衛が躊躇していると、後方から勝兵衛が戻ってきた。

「あれをご覧下さい」

嘉兵衛から手渡された遠眼鏡をのぞいた勝兵衛が、おどけた声を上げた。

「ほほう、これはよき眺めだ」

戯れ言を言った後、勝兵衛はすぐに顔を引き締めた。

「構わぬ、放て」

「とは申しても」

「女官を狙うわけではない」

——致し方ない。

嘉兵衛は内心、女官らに謝りつつも命を下した。

「放て！」

地をも揺るがさんばかりの轟音が、空気を引き裂いた。突然のことに、一瞬、動きを止めた女官たちだったが、すぐに状況を覚り、その場に桶を投げ捨てると、悲鳴を上げて逃げ出した。朝餉《あさげ》の支度をしていたらしい下人《げにん》たちも、山頂目指して駆け登っていく。

その時、背後から「ビュン」という音がすると、勝兵衛の放った矢文が山頂めがけて放たれた。見事、矢文は山頂の亭子らしき建築物の壁に突き刺さった。

亭子の中から、すぐに兵らしき者が飛び出してきた。

兵たちは頭頂から繊毛《せんもう》を垂らす戦笠《せんりゅう》をかぶっているが、甲冑《かっちゅう》は着けておらず、上衣《じょうい》と短袴《たんこ》だけで、手に角弓を構え、四方を見回している。

その後方から、藤鞭《ふじむち》を持った指揮官らしき人物が現れた。彼は中央に幹柱《みきばしら》の立った朝鮮特有の鉢形《はちがた》（兜）に、多数の鋲《びょう》を打った皮革《ひかく》で作られた全身鎧《ぜんしんよろい》を着けている。

指揮官は用心深げに左右を見渡すと、壁に突き刺さった矢文に気づいた。それを読み終えると、指揮官は何事か考えている風である。

――なぜ、すぐに取って返し、王子らに報告しないのか。

嘉兵衛には、指揮官の行動が理解できない。

「おい、嘉兵衛、今一度、放て」

後方の勝兵衛から、再度の射撃の催促があった。

再び筒音が空気を切り裂くと、指揮官と兵は飛び上がらんばかりに驚き、一目散《いちもくさん》に亭子の中に駆け入った。

しばらく待っていると、竹竿の先に書状らしき物を挟んだ使者が、飛ぶようにして山を下りてきた。使者は竹竿を掲げて周囲を見回している。

勝兵衛が嘉兵衛と共に丘を下っていくと、使者は初めて見る日本兵の姿に驚き、拝むようにひざまずいた。

「心配要らぬ」

嘉兵衛が朝鮮語で語りかけると、使者は慌てて竹竿から書状をむしり取り、それを頭上に掲げるように差し出した。

それを受け取った嘉兵衛は、中に書かれている文を日本語に訳した。

「わたくしは鞠景仁《クッギョンイン》といい、会寧府使をしております。お察しの通り、二王子を守護しておりますが、抵抗する気は毛頭《もうとう》ありません。二王子を引き渡し、降伏いたしますので、どうぞお許し下さい」

嘉兵衛が読み終わると、勝兵衛が吐き捨てるように呟いた。

「存外、情けない奴だな」

早速、合意の旨《むね》を伝えた勝兵衛は、後方にいる清正の許にも使者を走らせ、陣を進めるよう促した。

やがて鞠景仁らしき将が、配下を伴って姿を現した。先ほどの皮革の甲冑を着た指揮官である。

「われらは降伏いたします。すでに王子は捕えておりますので、すぐにでも、お引き渡しいたします」

「捕えておると申すか」

嘉兵衛の顔色が変わった。

「はい、われらが降伏を勧めましたところ、一行の中に一人、頑《がん》として聞き入れぬ者がおりましたので、やむなく捕縛いたしました」

「王子も縛ったのか」

「ええ、まあ――」

「嘉兵衛、この者は何と申しておる」

二人のやりとりに痺《しび》れを切らした勝兵衛が問うてきたので、嘉兵衛が、手短に状況を説明した。

「この国の者には、忠義心がないのか」

勝兵衛が、うんざりしたようにため息をついた。

「分かった。早速、王子のおるところまで案内《あない》せい」

勝兵衛の命を鞠景仁に伝えると、鞠景仁は、王子らを幽閉《ゆうへい》しているという山頂の砦《とりで》に向かった。


「こちらでございます」

木柵で囲まれた砦の前庭には、鞠景仁の手勢により縄掛けされた二王子らが座らされていた。二人の王子は十五にも満たぬ少年だが、嘉兵衛ら日本兵を見ても、臆《おく》する風もなく、運命《さだめ》に身を任せたかのように悠然《ゆうぜん》と座していた。

しかし、王子に随身《ずいしん》している五十人ほどの重臣や女官は違った。彼らは恐怖に駆られて悲鳴を上げ、兵の足に額をすり付け、命乞いする者もいる。

「心配は要りません」と言いつつ、嘉兵衛が恐慌状態の一同をなだめようとしたが、悲鳴は高まるばかりである。

嘉兵衛が困っていると、二人の王子を守ろうとするかのように、その前に座す男が声をかけてきた。

「王子の縄を解け」

その男の眼光は、空飛ぶ大鷹さえ射殺せるかと思うほど鋭い。

「逃げぬと約束できますか」

「知るか」と言うや、男は憮然として横を向いた。

その態度を不快に思いつつも、男の言うことを尤もと思った嘉兵衛は、鞠景仁に命じた。

「まずは、縄をお解き下さい」

嘉兵衛の言葉に、鞠景仁が首を横に振った。

「そんなことはできません」

「いみじくも、貴国の王子と重臣ではありませんか」

「とは申されても――」

鞠景仁は懸命にその愚を説いた。縄を解くと逃げ出す恐れがあり、たとえ日本軍の手から逃れても、深山《しんざん》で道に迷い、虎や狼の餌食になるというのだ。

「構わぬから縄を解け」

少し遅れてやってきた勝兵衛も、嘉兵衛の命を追認した。

「致し方ない」とばかりに首を横に振った鞠景仁は、兵に縄を解くよう命じた。

王子たちの縄は解かれたが、鞠景仁の言うような混乱は起こらなかった。

勝兵衛は二王子を上座《かみざ》に据え、嘉兵衛を通じ、山麓まで連行することを告げた。

むろん二王子には、否《いや》も応《おう》もない。

二王子は、帖裏《ちょうり》という襟《えり》が長く腰に襞《ひだ》を重ねた武官の公服を着て、騣笠《そうりゅう》という馬のたてがみで編んだ冠物《かんもつ》をかぶっていた。憂色《ゆうしょく》に包まれたその顔を除けば、どこから見ても、二人は一人前の武人に見える。

「それではこちらへ」

砦の外に出た一行が、一列となって下山を始めた時である。王子の傍らに控えていた先ほどの眼光鋭い男が身を翻《ひるがえ》し、鞠景仁の配下の一人から剣を奪った。

「あっ」と思う間もなく血飛沫《ちしぶき》が噴き上がると、配下が絶叫を残して斃れた。

「さあ早く」

男は二王子を促し、藪の中に走り込んだ。

「しまった。追え、追え」

最後尾にいた嘉兵衛は、人垣をかき分けて前に出ると、迷わず王子たちの後を追った。

この混乱に乗じて逃げ出そうとした重臣や女官は、たちまち捕えられたが、二王子と男は、若いだけに足が速く、瞬く間に姿が見えなくなった。

——何とか捕まえねば、たいへんなことになる。

身の丈ほどもある熊笹《くまざさ》をかき分けて進む音だけを頼りに、嘉兵衛は後を追った。いつの間にか、背後に従っていた配下の姿も見えなくなり、嘉兵衛は一人になっていた。

しばらく進むと、それまで聞こえていた藪をかき分ける音が途絶えた。

——近くにいる。

嘉兵衛は目を凝らした。

——いた。

嘉兵衛は三人を驚かさないよう、慎重に距離を詰めた。

「お待ち下さい」

五間（十メートル弱）の距離まで近づいたところで、嘉兵衛が朝鮮語で声をかけると、二王子と男が、ぎくりとして振り返った。

三人は行く手を断崖に阻まれ、進退窮まっていたのだ。

「どうか、お戻り下さい」

嘉兵衛は手荒なまねをしないことを示すため、その場に拝跪した。一方、二王子を庇《かば》うように立ちはだかった男は、鞠景仁の配下から奪った剣を構えた。

「近づくな！」

「抵抗しても無駄です。皆様はすでに包囲されております。山に逃れても道に迷い、虎の餌食になるだけです。どうか剣を収めて下さい」

「おぬしは同胞か。まさか附逆《ふぎゃく》ではあるまいな」

男は、嘉兵衛の流暢な朝鮮語に戸惑っているようだった。附逆という言葉の意味が分からず、嘉兵衛が答えないでいると、男は、そのよく張ったえら骨を膨らませて声を荒らげた。

「附逆ならば見逃せ。さすれば後に寛典《かんてん》もある」

附逆とは、日本軍に協力する朝鮮人のことだと嘉兵衛は覚った。

「わたしは日本人です。残念ながら見逃すわけにはまいりません」

「日本人ならこの場で斬る」

男は腕に相当の自信があるらしく、二王子を背後に庇いつつ剣を構えた。

――致し方ない。

斬るつもりは毛頭なかったが、嘉兵衛も腰の太刀に手を掛けた。

「どうか、抵抗はおやめ下さい」

「倭賊《わぞく》め、死ね！」

大きく太刀を振りかぶった男は容赦なく打ち込んできた。体を一回転させ、最初の一撃をかわした嘉兵衛は、立ち上がりざまに太刀を抜いた。たちまち二人の間に殺気が漲る。

「間もなく、ここに日本兵がやってきます。無駄なことです」

「うるさい！」

再び上段から振り下ろされた次の一撃を、嘉兵衛の太刀がしっかと受け止めると、すかさず跳びのいた男は、頭上で太刀を振り回しつつ、次々と攻撃を仕掛けてきた。

男の使う剣は柳葉刀《りゅうようとう》なので、振り下ろすだけでも相当の力が要る。しかし男は、膂力《りょりょく》に自信があるらしく、上へ下へと次々と技を繰り出してくる。

——この国にも、これだけ気骨《きこつ》のある人物がいたのか。

懸命に太刀を受けながら、嘉兵衛は、この官吏《かんり》らしき男を救いたいと思った。

男の剣が胴を薙《な》ごうとしたが、すでに太刀筋の鋭さはなく、嘉兵衛は、難なくその一撃をかわした。

嘉兵衛は男の息が切れるまで、適当に攻撃を受け流そうと思った。しかしその前に、騒ぎを聞きつけた日本兵と、鞠景仁の兵が周囲に集まってきた。

「もう十分です。おやめ下さい」

「ふざけるな」

男の次の一撃を払った嘉兵衛は、間合いの内に入り、鍔迫《つばぜ》り合いに持ち込んだ。

間近で嗅《か》ぐ男の汗の臭《にお》いは、日本人のものとさして変わらない。

「ワレラハ隣人デハナイカ」という竹斎の言葉が、耳朶によみがえった。

すでに男の吐く息は荒くなっており、これ以上の戦いは無理である。

「王子のために剣を収めなさい」

「うるさい！」

二人は跳び下がり、再び太刀を構えた。

男の双眸は、依然として怒りに燃えている。

その時、「おう、やっておるな」という勝兵衛の声が聞こえた。双方の太刀筋を見極めた勝兵衛は、嘉兵衛に危険がないと見切っているのだ。

「金宦《キムクワン》、もうよいのです」

その時、男の背後から臨海君《イムヘグン》の穏やかな声が聞こえた。周りは、すでに日本兵に囲まれており、王子も逃走をあきらめたに違いない。

金宦と呼ばれた男は、天を仰ぐと、いかにも無念そうに柳葉刀を捨てた。

「さあ、こちらへ」

指し出された嘉兵衛の腕を払った金宦は、高らかに宣言した。

「ここにおわすは朝鮮国王の王子、臨海君と順和君《スンファグン》である。お二人に危害を加えようとする者は、わたしが許さぬ」

「それは分かっております。しかし、われらの手を煩《わずら》わせることだけは、おやめいただきたい」

厳しい口調で諭した後、嘉兵衛が左右の足軽に目で合図すると、すばやく背後に回った足軽は、金宦を縛り上げ、連れていこうとした。

「おい、おぬし」

後ろ手に縛られつつ、金宦が嘉兵衛に声をかけた。

「見事な腕であった。名は何と申す」

「佐屋嘉兵衛忠善と申します」

「わたしの名は良甫鑑《リヤンボカム》、勘定方《かんじようかた》の小侍官《ソチラン》だ。それゆえ皆は金宦と呼んでいる」

そう言い残すと、金宦と名乗った男は官服の裾《すそ》を翻し、堂々と連行されていった。

勝兵衛の丁重《ていちよう》な招きにより、王子も兵に囲まれて連れていかれた。

――かの男は金宦という通称か。わしより十ほど年上と思うが、見事な太刀さばきだった。

　日本軍を恐れることなく王子を守ろうとした金宦に、嘉兵衛は敬意を抱いた。

　会寧城内に二王子一行を迎えた清正は、主立つ者を貴賓室《きひんしつ》に招き、宴を催した。

　上座に二王子を迎え、自らはあえて下座《しもざ》に着き、臣下の礼まで取るほどの低姿勢である。

　嘉兵衛も通事として、清正の傍らに座を与えられた。

「日本は仁義の国であります。たとえ降伏されたとはいえ、朝鮮国とその王族に礼節を尽くすのは、当然のことです」

　清正が堂々と言上《ごんじょう》した。しかし二王子は、いかに返答していいか分からず、ただ聞き入っているだけである。

　その時だった。

「それでは隣国に土足で踏み入り、それを手中に収めんとするのも、仁義に適《かな》ったことと仰せか」

　金宦である。その怒気《どき》もあらわな口ぶりを見れば、言葉が分からない清正と幕僚にも、何を言っているのか、容易に察しがつく。

「嘉兵衛、これは何者だ」

「良甫鑑《りようぼかん》という勘定方です。皆は金宦《きんかん》と呼んでいます」

「勘定方とな。して、何と申しておる」

嘉兵衛は清正を刺激しないよう、言葉を選んで伝えた。それを瞑目して聞いている清正の目尻が、ぴりぴりと痙攣《けいれん》した。清正が癇癪《かんしやく》を起こす前兆である。しかし王子の前でもあり、清正は怒りを抑え、礼節を守ろうとしていた。

「いかにも仰せの通り。しかしわれらには、貴殿らのような両班《ヤンバン》から民を解放するという大義がある」

清正の返答を嘉兵衛が訳すと、すぐに金宦が応酬《おうしゆう》してきた。

「大義と仰せか。他国に攻め入ることに大義などない。われらは、それを野心と呼ぶ」

その頃になると、朝鮮側の重臣らが金宦を抑えようと、口々にいさめていた。清正を怒らせれば、自分たちの命が危《あや》うくなるからである。

両手を挙げ、その喧噪《けんそう》を鎮めた清正は、鋭い視線を金宦に向けた。

「われらは、野心によって此度の出師《すいし》を起こしたわけではない。われらの大義は、太閤殿下の徳を諸国に広め、万民が安んじて暮らせる世を創ることにある」

「他国の民を苦しめる徳など、われらには要らぬ」

「それでは問うが、貴国の奴婢がどれだけひどい目に遭っておるか、貴殿は考えたことがあるのか。牛馬のようにこき使われ、売り買いされる奴婢の身になったことはあるのか。貴国の静謐《せいひつ》は見せかけにすぎず、その陰では、奴婢が塗炭《とたん》の苦しみに喘いでおるではないか」

嘉兵衛はこの時、清正が、本気でこの国の民を救おうとしていると知った。

「金宦とやら、ここに一杯の酒がある。われらの国では上下の別なく盃を回し、酒を分かち合う。ところが貴国はどうだ。両班のみが酒を楽しみ、ほかには酒を与えず、昼夜を分かたず働かせておるではないか」

「それは違う。われらは儒教により社会の秩序を保ち、世に静謐を生み出した。たとえ身分により序があろうが、皆、幸せに暮らしている。それに比べて貴国はどうか。長きにわたり戦乱がやまず、民は虐げられ、飢《かつ》え死にさえしておるというではないか」

「そんなことはない。貴殿らこそ、大切な仏の教えをないがしろにし、民の救いたるべき寺院を破却しておるではないか」

敬虔《けいけん》な仏教徒である清正には、仏教を廃絶しようとする儒教国のあり方が、我慢ならないのだ。

「われらは朱子学を重んじ、それを国家の統治理念に据えた。欲に駆られ、肉食妻《さい》帯《たい》する坊主どもは、すでに誰の助けにもならない。そうしたわが国の事情を、いちいち賊に申し開きする必要はない」

しまいには互いに怒鳴り合い、嘉兵衛が訳す暇とてなくなった。しかしその方が、双方にとっても幸いである。

「金宦、もうよい」

見かねた臨海君の一声により、ようやく口論は収まった。清正は機嫌を直し、片《かた》口《くち》に入れた酒を金宦の器に注《つ》ぐよう、小姓に命じた。

小姓は金宦の前に進むと、その酒器に酒を注いだ。

「囚《とら》われの身となっても何ら臆さず、堂々と己の考えを述べる気骨ある者が、この国におるとは思わなんだ。しかも、勘定方の守令というではないか」

清正の皮肉交じりの一言を嘉兵衛が訳すと、重臣らは一様にうつむいた。

「金宦、いただきなさい」

臨海君が金宦を促した。金宦が、清正の酒に手を付けないからである。

王子の方を一瞥した金宦は、大きくため息をつくと、一気に酒を飲み干した。

「金宦とやら、見事な飲みっぷりだ」

清正の高笑いに追従《ついしょう》するように、双方の重臣たちにも笑顔が広がった。

ようやく酒席は打ち解けた雰囲気となったが、金宦だけは憤然《ふんぜん》として宙を見つめたままだった。

九

二人の王子を捕虜とした清正勢は、意気揚々と会寧《ヘニヨン》を後にし、半里ほど西方を流れる豆満江《トウマンガン》河畔に至った。すでに会寧府使の鞠景仁《クケギヨンイン》と、その手勢を傘下《さんか》に収めているため、今度ばかりは、船を集めるのも容易である。

しかし、軍夫を集めるのは一苦労だった。

手当をはずむと言っても、会寧の男たちに軍夫を引き受ける者はいない。豆満江を渡った先に広がるオランカイの女真族が、しばしば朝鮮国内に侵入し、女子供から牛馬までも奪っていくため、男たちは、家を空けることができないと言うのだ。

それを聞いた清正は、会寧の民のために女真族を討伐《とうばつ》すると説き、それに協力するのは、この地に住む民の義務であると唱えた。これにより、ようやく頭数をそろえることができた。

力に訴えれば容易なことでも、〝久留の計〟を念頭に置いている清正は、何事も辛抱《しんぼう》強く説得しようとしていた。

豆満江を渡ると明の領土である。

そこには、さらに荒涼《こうりよう》たる原野が広がっていた。盛夏の今は、それでも緑溢れる草原だが、冬ともなれば昼夜を問わず寒風が吹きすさび、半ば氷と化した雪による白一色の景色が、どこまでも続いているという。

船の数に限りがあるため、七千の軍勢が渡河するのは、一日がかりとなった。

しかもこの頃になると、兵の間に、栄養の偏《かたよ》りからくる脚気《かっけ》と鳥目が急速に広がり、重症の者は戦闘力を失いつつあった。そのため清正は、傷病兵を会寧にとどめようとしたが、「連れていってくれ」と懇願《こんがん》する彼らの姿を見て、最後には同行を許した。

何よりも配下のことを思いやる清正ならではの決断だが、傷病者を介護する要員を割《さ》かねばならず、一行の負担を重くした。

嘉兵衛の鉄砲隊にも、いよいよ鳥目の症状が出始め、早暁と夕刻の戦闘には、鉄砲が役に立たなくなってきた。清正勢は女真族以上に強力な敵である〝病魔〟と戦いつつ、オランカイを転戦することになった。

成り行きから二王子一行の警固役を任された和田隊は、行軍の後備《うしろぞなえ》を担うことになる。ここまで先手を務めることが多かった和田隊に、傷病者が増えたことが、その一因である。

警固役の苦労の種は、二十名にも及ぶ女官の世話である。食べ物や衣類から行水《ぎょうずい》の手配まで、物資の乏しいオランカイでは何かと不便を来《きた》した。

七月二十七日、オランカイの最初の町に着いた時のことである。

清正率いる主力勢と離れ、小さな町に宿営することになった和田隊が、薄暮《はくぼ》の中、二王子一行の宿の手配をしていると、突然、悲鳴が街路に響きわたった。

続いて、遠ざかる馬蹄の音が聞こえてきた。

市《いち》で食料の買い入れをしていた嘉兵衛が、二王子一行の行在所《あんざいしょ》に走っていくと、途中、余大男《ヨデナム》と出会った。

「どうした」

「たいへんです。女官が女真族に奪われました」

「何だと」

行在所に走り込むと、警固を任せていた鞠景仁の兵数名が殺されている。

嘉兵衛が息のある者を探していると、町の首長と交渉していた勝兵衛も駆けつけてきた。

目撃した者によると、行商人に化けて町に入った女真族が、行在所に押し入り、警備に当たっていた兵を殺し、女官二名を奪って逃げたというのだ。

「追っ手を差し向けましょう」

手近にいた馬の鐙《あぶみ》に足を掛けようとする嘉兵衛の肩を、勝兵衛が押さえた。

「駄目《だめ》だ。もう夜になる」

いかに日本軍が精強でも、この地の夜の支配者は女真族である。

「しかし、明日になれば手遅れになります」

「それでもいかん。明朝、殿に急使を出し、兵を送ってもらう。探索は、それから行えばよい」

日本人が被害に遭ったわけではないためか、勝兵衛は落ち着いている。

「智淑《ジスク》、智淑はどこだ！」

その時、すでに人影さえ定かでない夕闇の中、男の絶叫が聞こえた。

「智淑が連れ去られただと！」

一人の男がその場にひざまずき、地面に拳《こぶし》を叩きつけた。

「略奪されたのは、あの男の妹のようです」

大男が嘉兵衛に耳打ちした時、突然、男が立ち上がると、勝兵衛と嘉兵衛の許に走り寄ってきた。よく見ると、男は金宦《キムクワン》である。

「お願いだ。わたしに馬と剣を貸してくれ」

「それはいかん」

膝にすがりつく金宦の腕を、勝兵衛が払った。

「今ならまだ間に合う。明日になってからでは探しようがない」

確かにその通りだった。平原のただ中なので、明日になってからでは、略奪者の足跡は風にかき消され、逃げた方角さえ分からなくなる。

「お願いだ」

金宦が、肺腑《はいふ》を抉《えぐ》るような声を上げた。

「致し方ない。勝兵衛どん、わしが行く」

嘉兵衛が意を決したように言った。

「馬鹿を申すな。敵のただ中に、虎の子の鉄砲隊を出すわけにはいかん」

「いや、わしだけで行く」

「おぬしを一人で行かすなど論外だ」

「和田殿」

二人がやりあっていると、背後から声がかかった。臨海君《イムヘグン》である。

「わたしからもお願いします」

「そう申されても――」

躊躇する勝兵衛に嘉兵衛が言った。

「殿からは、王子の望むことはすべて叶えてやれと命じられておるはず」

「屁理屈《へりくつ》を申すな」

「こうしている間も、賊との距離は開いています。手遅れになる前に、追っ手を差し向けるべきです」

「わしは――、わしは、おぬしに死んでほしくないのだ」

勝兵衛が泣きそうな顔をした。

「それなら、わたしも同行させて下さい」

金宦が、勝兵衛の草鞋《わらじ》に額をすり付けた。

「わたしであれば、彼奴《きやつ》らの足取りを摑めます」

迷った末、遂に勝兵衛が怒鳴った。

「分かった。好きにせい。しかし、おぬしが嘉兵衛を殺して逃げたら、地の果てまで追っていくぞ」

「ありがたい」とばかりに、勝兵衛に手を合わせた金宦は、「馬の支度をせい」と、近くにいる兵に怒鳴った。

「それなら、われらの馬で行け」

「王子――」

「知っての通り、わが兄弟の馬は朝鮮一の名馬だ。すぐに追いつく」

「このご恩は、生涯、忘れませぬ」

王子に頭を下げると、金宦は引き出されてきた馬に飛び乗った。

甲冑を着け、鉄砲を背に括《くく》り付けた嘉兵衛も、それに続いた。

「剣を渡してやれ」

勝兵衛の言葉に応じ、誰かが太刀を放った。馬上でそれを受け取った金宦は、賊が逃げたという方角に向かって馬を走らせた。

「明日中に帰ってこいよ。さもないと置いていくぞ」

「分かっております」

王子の馬の脚力に驚きつつも、嘉兵衛は馬の尻に鞭《むち》を入れ、懸命に金宦の後を追った。


町の外に出た二人は、満月の下、砂に付いた敵の馬蹄の跡をたどった。

やがて平原が途切れ、切り立った崖の多い地に出た。そこから先の足取りは摑めなかったが、丘に登って四方を見渡すと、三町ほど北の崖際に、ちらちらと炎が見える。

金宦によると、この辺りは虎の出没が多く、焚き火がないと十中八九、虎に襲われるため、賊は火を焚かざるを得ないという。

「ここだ」

尾根を伝い、賊が野営する地を見下ろせる丘に至った二人は、その崖の縁《ふち》から身を乗り出し、眼下の様子をうかがった。

賊は急崖《きゅうがい》の下に八角形の包《パオ》と呼ばれる天幕を張り、食事の支度を始めていた。

包の中からは、女人のすすり泣きが聞こえる。

「敵は五人のようですね」

嘉兵衛が、ゆっくりと背に括り付けた鉄砲を外した。

「そのようだな」

「どうしますか」と問いつつ、嘉兵衛は不安になっていた。

嘉兵衛には、こうした地での戦闘経験がなく、金宦の知恵に頼らざるを得ない。

「初弾を放った後、次の弾を装塡して撃つまで、どれくらいかかる」

「三十、数えるくらいです」

「随分とかかるものだな」

「これでも、誰よりも速いと言われます」

嘉兵衛の装塡速度は、日本軍の中でも群を抜いていた。

「何とか、二人斃せぬか」

「やってみましょう」

「うまくいかぬと、智淑らは殺される」

憮然としてそう言うと、金宦がまた問うた。

「ここからでも命中させられるか」

月を見上げ、敵との距離を測った嘉兵衛がうなずいた。

「よし、初弾で一人斃し、わたしが一人を殺す。次にまた一人撃ち殺せば、残りは二人だ。後は出たとこ勝負となる」

「無理です。危険過ぎる」

　嘉兵衛が首を横に振ったが、金宦はそれに耳を貸さずに言った。

「短刀を貸せ」

「いけません。ここは焦らず慎重に進めるべきです。敵の居場所が分かったのですから、夜のうちに陣営に戻り、兵を連れてきましょう。王子の馬であれば朝になる前に戻れます」

「いや、少しでも道に迷えばそれまでだ」

「お待ち下さい。周囲を兵で固め、降伏を呼びかければ、敵もあきらめます」

「この国ではな――」と言いつつ、金宦が嘉兵衛に顔を寄せた。

「己しか頼る者はおらぬのだ。衆など当てにはならぬ」

　それは、何事も自力で解決しようとする、この国の人々ならではの考え方である。

　――われらはすぐに衆を恃む。そんな考え方は、ここでは通用しないのだ。

　嘉兵衛は仕方なくうなずいた。

二人の女官に給仕させつつ、賊は食事を始めた。暗がりの中、すでに金官は、敵の近くまでにじり寄っているはずである。金官が向かった方角を見ると、短刀が月明かりを反射し、青白い光を発している。

——いよいよだな。

賊はしたたかに酔っているようである。酒がなくなったためか、碗《わん》を逆さにして何事か喚いている者もいる。それに応えた女官の一人が、パカジと呼ばれる小さな甕《かめ》に入った酒を入れに行った。今一人の女官も何か命じられ、包の中に入った。

賊と女官の距離が離れている今こそ好機である。

嘉兵衛は早盒《はやごう》に入った火薬を巣口に注ぎ込み、嚙まし布に包まれた三匁《もんめ》半の鉛弾を槊杖《さくじょう》（カルカ）で筒の奥に押し込んだ。続いて、火蓋《ひぶた》を開いて黒色火薬を口薬入れから注ぎ、火のついた火縄を火挟みに装塡した。

射撃準備を終えた嘉兵衛は、金官の潜む場所から最も遠いところにいる男に狙いを定めた。

——南無妙法蓮華経。

次の瞬間、嘉兵衛の鉄砲が轟音を発すると、弾は見事、狙った賊の胸板を貫いた。賊は手にしていた碗を取り落とすと、もんどりうって背後に倒れた。

一瞬の後、何があったのか分からないといった様子で、残る賊が一斉に立ち上がった。

嘉兵衛は慌てず同じ装塡動作を繰り返した。その時、耳朶に絶叫が飛び込んできた。暗がりから忍び寄った金宦が、今一人の賊を殺したのだ。

何が起こっているのか、賊もようやく気づき、大声を上げて騒ぎ出した。

嘉兵衛は、瞼《まぶた》に残った残影を頼りに二人目に狙いを定めた。

二人目に狙った賊は、弓を手にして周囲を見回していた。その腹に弾が命中する。血飛沫が飛び散り、男は膝を折ると、前のめりに焚き火に倒れた。

その時、沸かしていた湯が焚き火の中にこぼれ、白い湯気が上がると、突然、周囲が暗くなった。

――しまった。

続いて闇の中から絶叫が聞こえた。金宦が二人目を殺したのだ。慌てて三弾目を装塡し、狙いをつけた嘉兵衛の目に、何かが飛ぶのが見えた。

――何ということだ。

一人残った賊は、逃げる女官の首を背後から刎《は》ねるや、もう一人の女官を捕えるべく、包に向かった。そこに嘉兵衛の三弾目が放たれた。しかし一瞬、暗がりに入ったため、嘉兵衛は的を外した。賊は、包から出てきた女官を背後から抱き締め、その首に刃《やいば》を当てている。

あと一歩というところまで近づいていた金宦も、その動きを止めた。

——仕損じたか。

嘉兵衛は唇を噛んだ。

気を取り直して崖下まで駆け下りると、三人が口々に何か喚いていた。小柄な賊は女官の体を盾《たて》にしており、すっぽりとその陰に収まっている。

——これでは、鉄砲が使えぬ。

嘉兵衛は側面に回り込もうとしたが、賊は崖を背にしているので、確実な射角が得られない。

「逃がしてやるから放せ」

金宦の声が聞こえた。

「うるさい」

その時、嘉兵衛は、再び焚き火が、赤々と燃え始めていることに気づいた。日本軍が占領した邑城で常に嗅がされてきた、あの人肉の焼け焦げる臭いと共に——。

先ほど焚き火に倒れ込んだ賊の衣服と皮脂《ひし》が、燃え始めたのだ。

暗がりにいるため、いまだ嘉兵衛の存在は賊に気づかれていない。

岩陰に半身を隠した嘉兵衛は、弾を込めて火蓋を開くと、狙いを定めた。女官を盾にした賊の頭の半分だけが、焚き火に照らされている。

――南無妙法蓮華経。

次の瞬間、轟音をたなびかせて発射された弾は、賊の頭を粉砕した。飛び散る血と脳漿《のうしょう》にまみれ、女官は絶叫を残して卒倒した。

すかさず走り寄った金宦は、いまだ痙攣している賊の腕を解くと、女官を抱きかかえ、焚き火の近くに横たえた。

「怪我《けが》はありませんか」

嘉兵衛が近づいていくと、金宦が非難の眼差《まなざ》しを向けてきた。

「何と危ういことをするのだ」

「それでは、ほかに手があったのですか」

「おぬしが三弾目を外さねば、こうしたことにはならなかった」

「あの暗がりでは無理です」

「倭賊め」

憎々しげにそう言い捨てると、金宦は首を刎ねられた女官の許に赴き、膝をついた。

「殺されたのは、あなたの妹だったのですね」

その凄惨な様に、嘉兵衛は目を背けた。

「そこに倒れておるのが妹の智淑だ。殺されたのは妹と親しかった女官だ」

「それは幸いでした」と言おうとして、危うく嘉兵衛は続く言葉をのみ込んだ。

賊に仲間がいることも考えられるため、二人は死んだ女官を手早く埋葬すると、気を失った智淑を馬に乗せ、その場を後にした。

平原をわたる風に、初めて寒気を感じる夜だった。


七月末日、豆満江沿いにオランカイを北に進んだ清正勢は、オランカイ東端の宿駅・局子街《きょくしがい》郊外で、初めて女真族と本格的戦闘を展開した。

女真族は、騎射が巧みで清正勢を散々に悩ませたが、苦戦を強いられながらも、この地の城を皮切りに、清正勢は十三もの部族の城を落城に追い込んだ。

女真族の城は、木柵を結い回しただけの城塢《じょうお》と呼ばれる簡易なもので、常であれば何ほどのこともないものだが、戦力が低下しつつある清正勢の損害も、決して軽微《けいび》ではなかった。

オランカイがいかなる地か、自らの目で確かめた清正は、局子街から南進し、豆満江を再び渡って朝鮮領に戻ると、会寧からさらに北の宿駅・鐘城《チヨンソン》に至った。

この辺りは朝鮮国内であっても、地味《ちみ》はオランカイとさして変わらず、兵糧の現地調達にも限界がある。

それゆえ清正は、これ以上の探索行をあきらめ、八月二十二日、咸鏡北道《ハムギヨンプクド》の中心都市・鏡城《キョンソン》まで戻った。

清正は秀吉あての書状の中で、オランカイについてこう記している。

・オランカイは朝鮮の二倍ほどの広さで、韃靼国《だったんこく》を通過せねばならない（明の都・北京に至るまで、相当の戦闘を覚悟せねばならないということ）

・オランカイは畠地ばかりで雑穀しか収穫できない（兵糧を調達しつつ北京に至るのは、困難であるということ）

・オランカイには守護のような統率者がおらず、伊賀《いが》や甲賀《こうか》のように、諸部族が要所に砦を構え、一揆国のようなので、通過が困難である（国家間の交渉ができないということ）

これにより、咸鏡道からでは、北京への一番乗りができないと覚った清正は、秀吉に平安道《ピョンアンド》から侵入することを勧めると共に、小西行長の担当する平安道の在地支配が行き届いていないことを理由に、自らを平安道経路の先手とするよう訴えた。

いまだ清正は、北京に一番乗りを果たすつもりでいた。

第二章

酷寒《こっかん》の雪原《せつげん》

一

九月初旬、鏡城《キョンソン》まで引いた加藤清正《きよまさ》は重大な決定を下す。地味《ちみ》に乏《とぼ》しく、冬季には補給も困難な咸鏡北道《ハムギョンブクド》の北半分、明川《ミョンチョン》以北の地を放棄し、吉州《キルジュ》から南に在番役を置くことにしたのだ。

むろん放棄といっても、統治そのものを放棄するわけではなく、それぞれの都邑《とゆう》や宿駅にいる親日派の朝鮮人に支配を任せるのである。

これにより、明川の南六里《り》の地・吉州に加藤清兵衛《せいべえ》ら精鋭七将、城津《ソンジン》に近藤四郎《しろう》右衛門《えもん》、端川《タンチョン》に九鬼《くき》広隆、利原《イウオン》に小代下総守《こしろしもうさのかみ》、北青《プクチョン》に吉村橘左《きちざ》衛門《えもん》という具合に、それぞれの担当支配地が決まった。とくに銀山のある端川には、「死守すべし」という命《めい》が下された。

咸鏡南道《ハムギョンナムド》では、鍋島直茂《なべしまなおしげ》のいる咸興《ハムフン》を本陣として、洪原《ホンウオン》、定平《ジョンピョン》、永興《ヨンフン》、文《ムン》川《チョン》、徳源《ドクウオン》に、その家臣団を在番させ、清正自身は咸鏡道《ハムギョンド》南端の安辺《アンビョン》に腰を据《す》えた。

こうして、それぞれの支配地域も定まり、清正は各地に向け、「朝鮮国租税牒《そぜいちょう》」と題した指出《さしだし》検地の記録を作成することを命じ、厳しく置目《おきめ》や法度《はっと》を定めた。

　嘉兵衛《かへえ》が自らの陣所の前で鉄砲の手入れをしていると、勝兵衛《しょうべえ》が、綿入りの朝鮮官人の公服を着て現れた。

「今日は冷えるな。これでは、冬が思いやられる」

　嘉兵衛の隣に座を占《し》めた勝兵衛が、襟《えり》をかき合わせつつ言った。

「それは、どうしたのですか」

「王子付の守令《しゅれい》から借りた」

　勝兵衛がにやりとした。

「あなたという人は――」

「勘違いするな。後で返すつもりだ」

　一つ咳払《せきばら》いすると、思わせぶりに勝兵衛が問うた。

「いい話と悪い話がある。どちらから聞きたい」

「悪い話から」と答えると、嘉兵衛は視線を落とし、作業に戻った。

「われらの在番地は最北端の吉州《きっしゅう》と決まった」

「ということは、最も寒さが厳しい地ですな」

「そういうことになる」

　清正は日本軍の駐屯する最北端の地・吉州に、諸隊から選抜した千五百の兵を配置した。家中の組織を無視した変則的な編成ではあるが、諸隊に傷病者が多く出ており、致し方ない措置《そち》だった。

「それで、いい話は」

黒搾《くろしぼ》り（黒胡麻油《くろごまあぶら》）に浸《ひた》した手巾《しゅきん》を槊杖《さくじょう》（カルカ）で筒口の奥に押しやりつつ、嘉兵衛が問うた。

「われらの吉州在番は年内いっぱいで、それ以後は安辺駐屯《あんぺん》となる」

勝兵衛が、いかにもうれしそうに言った。吉州在番七将は、咸鏡北道の支配が安定するに従い、順次、後方部隊と在番を代わるというのだ。

「われらの寄親《よりおや》である大木土佐《とさ》殿は、いったん安辺に戻り、肥後《ひご》から来ているはずの新手《あらて》を率いて吉州に戻る。われらの吉州在番は、それまでの三月半《みつきはん》ほどとなる」

「正月には、安辺まで戻れるということですね」

「そうだ」

その話を聞き、嘉兵衛は心底、ほっとした。寒さも嫌だが、吉州は日本人在番地の最北端であり、北方で叛乱《はんらん》でも起きれば、最初の攻撃目標とされるからである。

「王子らはどうなります」

「殿と共に安辺にとどまり、その後のことは、太閤殿下《たいこうでんか》の指示を仰《あお》ぐそうだ」

「それにしても、此度《こたび》は大したお手柄でしたな」

朝鮮二王子を捕えた上、遠くオランカイまで遠征できたのは、清正の将としての資質によるところが大だった。将が清正だからこそ、家臣は死を恐れず、未踏《みとう》の地・オランカイまで行《こう》を共にしたのだ。

「太閤殿下も、さぞご満足であろう」

赫々《かくかく》たる戦果を挙げている日本軍の中でも、清正勢の働きは際立《きわだ》っており、当然、秀吉から、それに見合った恩賞が下されるはずである。

その時、朝鮮官人らしき者が、足早にこちらに向かってくるのが見えた。しかも、その背後に女官を伴っている。めったに見ることのない若い女性の姿に、周囲の兵たちは、一様に作業の手を止めて見入っている。

二人は兵たちの間を縫い、勝兵衛と嘉兵衛の前で足を止めた。

――金宦《きんかん》と智淑《ちしゆく》ではないか。

嘉兵衛は、近くに来るまで二人が誰か分からなかった。知らぬ間に、嘉兵衛の視力も落ちていたのだ。

「これは借りたのだ。取り上げたのではない」

立ち上がった勝兵衛が言い訳がましく言った。

「わたしたちが用のあるのは、あなたではありません。こちらの方です」

金宦《キムクワン》が、お呼びでないといった顔つきで答えると、勝兵衛が拍子抜けしたように、石を蹴《け》り上げた。

「妹の智淑《ジスク》が命を救ってくれたお礼を申し上げたいというので、連れてきました」

嘉兵衛が二人の来た理由を訳すと、勝兵衛は「そうか、よかったな嘉兵衛」と言うや、未練がましく背後を振り返りつつ、その場から去っていった。

「元気そうだな」

「はい、何とか無事にやっています」

二人は、共に戦った者だけに通じる笑《え》みを交わした。

「ここは冷えます。どうぞこちらへ」

嘉兵衛は、陣所にしている板葺《いたぶき》の小屋に二人を導いた。入口を入ったところにある土間に、粗末な机と椅子《いす》が置かれ、奥に二つ部屋があるだけの、下級官吏《かんり》の小さな家である。

座を勧めた嘉兵衛の耳に、小川のせせらぎのような、か細い声が聞こえた。

「あなた様にお助けいただいたことを、後《のち》に兄から聞きました。ずっとお礼を申し上げたかったのですが、虜囚《りょしゅう》の身で出歩くこともままならず、失礼いたしました」

智淑が、控えめな笑みを浮かべた。

あらためて見る智淑の美しさは眩《まぶ》しいほどだった。薄く白粉《おしろい》を塗った顔は、朝鮮人特有の頬骨《ほおぼね》やえら骨の張りが少なく、その瞳《ひとみ》も切れ長というより小豆《あずき》のような楕《だ》円《えん》をしている。笑った時にできる笑窪《えくぼ》も、その気立てのよさを表していた。しかも、身の丈《たけ》は高く骨柄はしっかりしている。

「あの、何か」

つい智淑を見つめてしまっていた嘉兵衛は、思わず赤面した。

「いや、何でもありません。それがしは当然のことをしたまでです」

「いいえ、あなた様が命懸けで敵と戦ったと、兄から聞きました」

消え入るようにうつむく智淑に代わり、金宦が言った。

「貴殿《きでん》は、全力を尽くしてわが妹を救ってくれた。あの時は厳しいことを言ってしまったが、深く感謝している」

「わたしは、ただ必死なだけでした」

嘉兵衛がきまり悪そうに視線を落とすと、智淑が遠慮がちに口を開いた。

「嘉兵衛様、わたくしは王子に仕《つか》える身です。これからも王子に随身《ずいしん》しなければなりません。嘉兵衛様とは、ここ吉州でお別れとなります」

「そうでしたね」

「これで、もうお会いすることはないかもしれませんが、ご恩に報いる機会があらば、必ずやお力になります」

「お気持ちだけで結構です」

「嘉兵衛殿、ご武運をお祈りいたしておる」

金宦が智淑を促《うなが》し、立ち上がった。三人が外に出ると、家の周囲には、黒山の人だかりができていた。二人は、それを気にするでもなく、幾度も頭を下げつつ去っていった。

——二人の行く手は、決して明るいものではないはずだ。しかし、何があっても生き抜いてほしい。

多くの死を見てきたからこそ、嘉兵衛は兄妹の行く末を案じた。

二人が去り行く彼方《かなた》に霞《かす》む朝鮮の山々には、すでに薄絹《うすぎぬ》を掛けたように雪が積もり始めていた。

清正が咸鏡道を制圧し、オランカイへと進出している間、小西行長《ゆきなが》・宗義智《そうよしとし》ら第一軍は、いまだ平壌《ピョンヤン》にとどまっていた。

本来であれば、平安道《ピョンアンド》全域を支配下に収めるべく、北進しているはずの第一軍だが、七月初旬、李舜臣《イスンシン》という海将に率いられた朝鮮水軍が、閑山島《ハンサンド》と安骨浦《アンゴルポ》で日本水軍を破り、兵站線《へいたんせん》が不安になり始めていたため、これ以上、進むことができないでいたのだ。

それだけならまだしも、遼東《りょうとう》に駐屯していた明軍《みん》が、いよいよ動き出したとの一報が入り、行長らは平壌防衛に徹することに決した。

案《あん》の定《じょう》、七月中旬、明の遼東副総兵・祖《そ》承訓《しょうくん》に率いられた五千の先手勢《さきて》が、平壌に攻め寄せてきた。

この戦いは大雨の中で行われ、日本軍は明軍を城内に引き入れ、鉄砲で迎え撃った。つまり、騎馬兵主体の明軍をあえて城内に入れ、泥濘《ぬかるみ》に馬が脚《あし》を取られる中、堡塁《ほるい》に拠《よ》り、待ち伏せ攻撃を仕掛けたのである。

遊撃将《ゆうげきしょう》（侍大将格）を五名も失うほどの損害を受けた明軍は、逃げるように遼東まで退却した。

しかし、明軍がやってきたという報が半島全域に伝わることにより、勇を得た民が各地で立ち上がった。

義兵闘争である。

諸地域の有力者が自発的に組織した義兵軍の決起により、日本軍は陸上でも兵站線を断ち切られ、前線への補給が先細っていく。

日本軍は当初、〝久留の計《きゅうりゅう》〟に沿って、とくに農民には寛大な統治を行おうとしていたが、補給が滞《とどこお》ることで食料を現地調達せねばならなくなり、それが義兵闘争に、さらに油を注いだ。

義兵の中には、さらに闘争を広げるために、あえて農村を襲い、荒廃させる者までいた。

『武功夜話《ぶこうやわ》』によると、「宿々は勿論《もちろん》、在郷諸村へ乱入、悉《ことごと》く放火焼払い、免《まぬか》れ候《そうろう》民家まこと稀《まれ》なり。稲田《いなだ》は黄《きば》み刈取《かりとり》の期に候も人影見当たらず、荒れ果て」といった有様だった。

　まさに初期の義兵闘争は、「肉を斬らせて骨を断つ」凄《すさ》まじいものとなった。

　こうしたことが、これまで比較的、順調だった清正の咸鏡道支配にも影を落とす。補給が滞ったことから、日本軍の年貢の取り立てが厳しくなり、民の反発を招き始めたのである。

　これを憂慮《ゆうりょ》した秀吉は八月、上使《じょうし》の黒田孝高《よしたか》（如水《じょすい》）と、石田三成《みつなり》、増田長盛《ましたながもり》、大谷吉継《おおたによしつぐ》ら「朝鮮三奉行」を漢城《ハンソン》に派し、宇喜多秀家《うきたひでいえ》、小西行長、黒田長政《ながまさ》、島津《しまづ》義弘《よしひろ》、小早川隆景《こばやかわたかかげ》ら在陣諸将を呼び寄せ、大軍議を催させた。

　議題は、朝鮮水軍・義兵闘争・明軍の参戦といった問題に、いかに対処していくかである。この大軍議に参加できなかったのは、咸鏡道を担当する清正と鍋島直茂だけである。

　軍議の場で、黒田孝高と奉行衆は、来春の秀吉渡海までの守勢はやむなしとし、漢城以北の地を放棄することを提案したが、行長は譲らず、勝手に平壌に戻ってしまった。

むろんこれは、行長が強硬派に転じたからではない。咸鏡道での清正の活躍が過度に華々しく在陣諸将に伝えられ、しかも、平安道から明に攻め入る先手を清正が希望しているとの雑説《ぞうせつ》（情報）も聞こえ、この戦いの主導権を、清正に渡したくない一念からである。

すなわち、清正が戦いの主導権を握ってしまえば、止めどない泥沼に突入することになり、行長の目指す「適度に戦って和議を結ぶ」という目論見《もくろみ》など、吹き飛んでしまう。

行長は、和平を望むがゆえに強硬にならざるを得ないという矛盾《むじゅん》を抱《かか》えつつ、平壌に戻った。

そこで行長を待っていたのは、明政府から派遣された正使・沈惟敬《しんいけい》である。「其《そ》の人、貌《かたち》痩《や》せて、しかも口、懸河《けんが》の如《ごと》し」（『宣祖実録《ソンジョ》』）とまで謳《うた》われた希代《きたい》の弁舌家・沈惟敬は、八月二十九日、行長との間で五十日の停戦協定を結ぶと、行長から出された停戦条件である「仮途朝貢《ちょうこう》（道を借りて明に朝貢する）」を明政府に伝えるべく、遼東に戻っていった。

この頃から、外交交渉は明と日本の間で行われるようになった。すなわち、朝鮮政府は蚊帳《かや》の外に置かれ、沈惟敬と小西行長の密室談議により、様々な講和条件が決められていくことになる。

こうした頭越しの外交に、朝鮮政府は徐々に不安を募《つの》らせていった。

二

九月十日、吉州《キルジュ》に着いた清正勢は加藤清兵衛ら七将を残し、翌日には安辺《アンピヨン》目指して南下することとなった。そこでその夜、吉州在陣七将との惜別《せきべつ》の宴《うたげ》が、王子一行同席の下、吉州城内で催された。

終始、清正は上機嫌で、王子二人やその重臣たちに日本のことを語り聞かせた。飯田覚兵衛《かくべえ》と森本儀太夫《ぎだゆう》の二人は、肩を組んで尾張《おわり》の杵歌《きねうた》を歌い、田植え踊りを披露《ひろう》した。宴は佳境《かきょう》に入っていたが、王子一行は居心地《いごこち》の悪そうな笑みを浮かべつつ、早々に寝所《しんじょ》に引き取っていった。

通事《つうじ》の仕事から解放された嘉兵衛は、その場からそっと抜け出すと、吉州城内にある庭園の亭子《ていし》に足を向けた。

亭子の椅子に腰掛け、空を見上げると、白布を掛けたように雪が薄く降り積もった山々の上に、十三夜の月が昇っていた。それは日本で見るより、はるかに弱々しげな光を放っている。

大陸中央部に広がる平原の黄砂《こうさ》が風に乗って飛んでくるので、この地の月はいつも朧《おぼろ》だと、定吉《さだきち》が話していたことを、嘉兵衛は思い出した。

この先、明《みん》国に討ち入り、月も定かでなくなるほどの広漠《こうばく》とした平原で、女真族《じょしん》よりも凶暴な北方民族と戦うなど、とても嘉兵衛には想像できない。

――今頃、雪乃《ゆきの》はどうしているだろう。

月の明るい夜は仕事ができると言って、夕餉《ゆうげ》の後まで庭先に出て、蓆《むしろ》を織っていた雪乃の姿が懐《なつ》かしく思い出された。

――貧しくても幸せな日々であった。

嘉兵衛は出発の朝のことを克明《こくめい》に覚えていた。まんじりともしない一夜を明かした嘉兵衛が、外の白《しら》むのを障子《しょうじ》越しにぼんやりと見ていると、そっと床《とこ》から起き出した雪乃は、常の朝と変わらず、朝餉《あさげ》の支度《したく》を始めた。湯を沸かす音と菜《な》を切る音が聞こえると、嘉兵衛の腹が鳴った。

――雪乃の作る朝餉を食べるのも、これが最後になるやもしれぬ。

そう思うと涙がにじんできた。泣くまいとしても、どうしても涙がこみ上げてくるのだ。布団《ふとん》をかぶって嗚咽《おえつ》を堪《こら》えていると、千寿《せんじゅ》の泣き声がした。嘉兵衛を起こさぬよう、雪乃が抱き上げたのか、すぐに千寿は泣きやみ、笑い声が聞こえた。

「ご武運をお祈りいたしております」

「うむ、それでは行く」

草鞋《わらじ》の紐《ひも》をしっかりと締めて立ち上がると、雪乃が嘉兵衛の腕を押さえた。

「これを」

それは、加藤家中ゆかりの藤崎八幡宮《ふじさきはちまんぐう》の札《ふだ》を入れた手縫いの守り袋だった。

「どうか、ご無事でお戻り下さい」

雪乃は泣くまいとしていたが、その瞳は潤《うる》んでいた。

「千寿を頼む」

「分かりました。命に代えても守ります」

嘉兵衛は大きくうなずくと家を出た。長屋が見える最後の角で振り向くと、雪乃が千寿の小さな手を持ち、〝さよなら〟をさせていた。

こみ上げるものを抑え、嘉兵衛は二人に背を向けた。


その時、背後に人の気配がした。

――雪乃か。

一瞬、どきりとして嘉兵衛が振り向くと、そこに智淑《ジスク》が立っていた。

「ご迷惑でございましたか」

「いえ」と答えつつ、嘉兵衛は慌《あわ》てて亭子の椅子を勧めた。

「今宵《こよい》でお別れと聞き、どうしても、また言葉を交わしたくなりました」

「わたしとですか」

　嘉兵衛は思わず左右を見回した。

「あなた様は、ほかの日本人と違います」

「そんなことはありません」

「いいえ、あなた様の瞳を見れば分かります。わたしたちの古い教えには、『真実が分からなくなったら、相手の瞳を見よ』というものがあります。あなた様の瞳は、いつも澄みきっており、ほかの方のように血走っておりません」

　嘉兵衛は深くため息をついた。

「智淑殿、わたしは、あなたの国を侵《おか》しに来た日本人の一人にすぎない。それ以外のものを見てはいけません」

「いいえ、わたしには分かります。自らのお命を危険に晒《さら》してまで、他国の女を救おうとする方に悪い方などおりません」

　嘉兵衛が口辺《こうへん》に自嘲《じちょうてき》的な笑みを浮かべた。

「あなた方から見れば、われら日本人はまさに〝鬼子《おにご》〟でしょう。しかし、わたしにとっては皆、大切な同胞《どうほう》なのです。彼らは皆、善良な人間です」

「それではなぜ、わたしたちの国を侵そうとするのですか」

「それは——」と言いかけて、嘉兵衛は言いよどんだ。しかし相手が誰であろうと、己《おのれ》の見解をはっきりと述べるべきと思い直した。

「それは、われらの意思ではないのです。一人の男の野心に振り回されているだけなのです」

「それでは、どうして皆で力を合わせ、そのように邪悪な者を倒さないのですか」

嘉兵衛の脳裏に、はるか彼方に見たことのある秀吉の姿が浮かんだ。

秀吉は濃紅色《のうこうしょく》の短い胴服《どうぶく》を着て、ビロードで覆《おお》われた緋《ひ》色の帽子をかぶり、肩《かた》丈《たけ》四尺五寸（百四十センチ弱）はある栗毛の馬にまたがっていた。その前後を、太《たい》閤桐《こうぎり》の旗指物《はたさしもの》を誇らしげに翻《ひるがえ》した母衣《ほろ》衆《しゅう》や旗本衆などが固め、高く掲《かか》げられた金《きん》瓢箪《ひょうたん》の馬標《うまじるし》が初春の陽光に輝いていた。

——あれが天下人なのだ。

嘉兵衛は、秀吉が手の届かぬ高みにいることを思い出した。

「その者は絶大な権力を握っており、われらの国で逆らうことのできる者は、一人としていないのです」

「本当にそうでしょうか。皆が力を合わせて説けば、こうした企《くわだ》てをやめさせることもできたのではありませんか」

智淑の言うことは正論である。しかし日本において、秀吉がどれほどの権力を握っているか説明したところで、決して分かってもらえないのも確かである。

「そうなのかもしれません。しかしわれらには、その勇気がなかったのです」

「勇気ですか」

「そうです。われらには他国を侵す勇気はあっても、一人の天下人をいさめる勇気はなかったのです」

「なぜですか」

その問いに嘉兵衛は答えなかった。

――こんな話をしていても、二人が分かり合えるはずはない。われらの間は、黒《くろ》南風《はえ》の吹く海よりも隔《へだ》たっておるのだ。

明るい声音《こわね》で、嘉兵衛が話題を転じた。

「ときに金宦《キムクワン》殿と智淑殿は、どこのお生まれですか」

「わたしたち、ですか」

智淑の指が自らの胸に当てられた。その白魚《しらうお》のような指が、嘉兵衛には眩しい。

「わたしたちは、漢城《ハンソン》近郊の没落した両班《ヤンバン》の家に生まれました。家には奴婢《ノビ》もおらず、牛が一頭いるだけでした。祖先の祭祀《さいし》を絶やしては両班の身分を取り上げられるため、わたしが物心ついた頃には、すでに両親と兄は懸命に働いておりました。

しかし貧しさはいかんともし難く、わたしたちが両班でいるためには、兄が登科《トングウ》するしかありませんでした」

登科とは科挙《かきょ》に合格することである。

「兄上は、それをやり遂《と》げたのですね」

「はい、昼は汗水垂らして働き、夜は月光の下で勉学に励んだ末、兄は登科し、金宦となりました。しかし、これからという矢先に――」

「この戦《いくさ》が始まったというわけですね」

智淑が悲しげにうなずいた。

どうしてもそこに行き着いてしまう会話が、嘉兵衛にはもどかしかった。

「それで兄上は、王子の金宦となられたのですね」

「いえ、兄は咸鏡道《ハムギョンド》の金宦となることを望み、この地に参ったのです」

「それはどうして」

この地が朝鮮国内でも僻陬《へきすう》にあり、望んで来る者などいないことを、嘉兵衛は知っていた。

「兄は、咸鏡道の民に対する中央政府の搾取《さくしゅ》を、少しでも和《やわ》らげようとしたのです」

金宦が漢城政府に様々な陳情《ちんじょう》を繰り返し、この地の民の生活の向上に尽くしてきたことを、智淑は淡々《たんたん》と語った。

――それほどの人物だったのか。

あらためて嘉兵衛は、金宦に尊敬の念を抱《いだ》いた。

「それで智淑殿も、この地に呼び寄せられたというわけですね」

「はい、あるお方との縁談を、兄が調《ととの》えてくれましたので」

智淑が恥ずかしげにうつむいた。

「そのお方とは誰なのですか」

「咸鏡道一の人望と財力を誇る――」

その時である。

「こんなところで何をしておる！」

暗闇の中から険《けわ》しい声が聞こえると、金宦が姿を現した。

「あっ、嘉兵衛殿ではないか」

そこに嘉兵衛がいることを知り、金宦が驚きの目を向けた。

「兄上、わたしが嘉兵衛殿の後を追ってきたのです。嘉兵衛殿は――」

「いいから戻っておれ！」

有無《うむ》を言わさぬ金宦の声音に、智淑は、袖で目頭《めがしら》を押さえて走り去った。

「妹をお誘いになられたか」

「何を仰《おお》せか」

さすがの嘉兵衛も鼻白《はなじろ》んだ。

「わたしは、ここで月を眺めていただけです」

「それは失礼いたした」

金宦は軽く一礼すると、智淑が座していた場所に座った。

「月を眺めておられたとは意外だ。倭人《わじん》にも、そうした雅《みや》びな心があるのですな」

「わたしには雅びな心などありません。ただ故郷を懐かしんでいただけです」

「この地の月は、貴殿の故郷の月と同じか」

「もちろんです」

それを聞くや、突然、立ち上がった金宦が亭子の欄干《らんかん》に拳《こぶし》を叩《たた》きつけた。

「それではなぜ、かような戦をしに来られたのか！」

「それは――」

「われらは、同じ月を眺める親しき隣人ではないか。共に盃《さかずき》を傾け、楽しく語らえるはずだ。それをなぜ――」

金宦の嗚咽が闇の中に消えていった。

――金宦殿の言う通りだ。われらは隣人ではないか。

さしたる確執《かくしつ》もない隣国に攻め入るということが、いかなる暴挙であるかを、嘉兵衛は、あらためて思い知った。

しばしの沈黙の後、金宦が呟《つぶや》いた。

「しかし、それはそれだ。貴殿の恩には、いつか報いねばならぬと思っておる」

「それは不要なことです」

金宦の隣に行き、欄干に手を掛けた嘉兵衛は、共に月を眺めた。

「われらがしていることは、正しいことではありません。それは、われらにも分かっております。ただわれらは、それに抗《あらが》うことができないのです。今となっては、この戦乱が早く終わることを祈るだけです」

「祈るだけでは何も進まぬ！」

「その通りかもしれません。しかし――」

「嘉兵衛殿、わたしは王子に随行し、日本に行くことになろう。おそらく今宵が別れとなる。わたしが貴殿に望むのは、わたしに代わり、この地の民に降りかかる禍《わざわい》を、少しでも和らげてほしいということだけだ」

金宦の手が突然、嘉兵衛の肩に置かれた。

「人北去雁南飛。人は北に去り、雁《かり》は南に飛ぶ。われらの国では、故郷を後にした者は、たとえその身が帰れなくなっても、その思いを雁に託《たく》すことができるという。しかしわたしは、貴殿が故郷に帰れることを祈っておる」

日本人に対する憎悪《ぞうお》と、嘉兵衛に対する感謝の念が入り混じった金宦の複雑な心境が、嘉兵衛にもよく分かる。

――このお方は、われらに対する憎しみを抑えて、わたしにこの国の民のことを託そうとしておるのだ。

嘉兵衛の内奥《ないおう》から沸々《ふつふつ》とした熱い思いが溢《あふ》れてきた。それは言葉で喩《たと》えようもない、やむにやまれぬ思いだった。

――もしや、これが「恕《じょ》」の心では。

嘉兵衛は、かつて竹斎《ちくさい》から習った「恕」という言葉を思い出していた。

「恕」とは、『論語』において孔子《こうし》が唱《とな》えた言葉で、他人の悲しみや苦しみを見て、我慢できずに駆け寄っていく衝動や本能に近い心のことである。

これを読んだ孟子《もうし》は、「恕」を「忍びざるの心」と解釈した。

――わたしは、この国の民のために尽くす運命《さだめ》にあるのではないか。金宦殿との出会いはもちろん、はるか昔の竹斎先生との出会いさえ、すべては天の仕組んだ運命《さだめ》ではないのか。

「金宦殿、わが力の及ぶ限り、この地の民のために尽くします」

「お願いいたしましたぞ」

そう言うと、金宦は踵《きびす》を返した。

「いつの日か、金宦殿がこの地にお戻りになられることを、お祈りいたします」

立ち止まった金宦は振り向かず、大きくうなずくと闇の中に消えていった。

順調な滑《すべ》り出しを見せていた清正と鍋島直茂の咸鏡道統治は、一転して行き詰まりつつあった。

ほかの地域と同様、李舜臣《イスンシン》水軍の兵站破壊により、日本から送られる兵糧が滞っていた咸鏡道在陣衆は、年貢《ねんぐ》の取り立てを厳しくしたため、民の反感を買い始めたのである。当初は救世主のように思われた咸鏡道在陣衆だったが、住民と利害が対立するに及び、義兵闘争の起こりやすい土壌に種を蒔《ま》く形になった。

清正らが吉州を後にした六日後の九月十六日、咸鏡北道《ハムギョンブクド》で決起した鄭文孚《チョンムンブ》率いる義兵軍が、咸鏡北道の中心都市・鏡城《キョンソン》に迫り、この地を守る親日派朝鮮人を降伏に追い込んだ。鏡城以北の地である会寧《ヘニョン》などの都邑や宿駅も、すでに義兵軍の手に帰《き》していた。

鄭文孚とは、かつて咸鏡道に入った清正勢が、最初の宿駅である海汀倉《ヘジョンチャン》で戦った敵軍の副将である。

文孚は、咸鏡北道の兵馬評事《へいばひょうじ》を兼ねる在地の有徳人《うとくじん》（名士）である。上司の韓《ハン》克誠《クックカム》が逃げ、ほとんどの官人が粛清《しゅくせい》されるか日本軍に服属する中、文孚は鏡城の市井《しせい》に潜伏し、ひそかに同志を集め、兵を挙げる機をうかがっていた。

そんな折、明軍が平壌《ピョンヤン》に迫ったと聞いた文孚は、この機を逃さじとばかりに挙兵した。「鄭文孚決起」の報は、咸鏡北道各地に燎原《りょうげん》の火のように広まり、瞬《また》く間に義兵は万余を数えた。

一方、「義兵決起」の報に接した吉州では、在番衆に動揺が走っていた。鏡城は吉州の北十八里（約七十キロ）ほどにあり、その間には、明川《ミョンチョン》という宿駅があるものの、そこは親日派朝鮮人に支配を任せているため、自落《じらく》は避けられない情勢にあった。

吉州在番衆の指揮官である加藤清兵衛は、吉州から六里ほど南の城津《ソンジン》に在番する近藤四郎右衛門に飛札《ひさつ》を出し、後詰《ごづめ》を請《こ》うと同時に、清正への連絡も託した。

十月、明川を制圧した義兵軍は吉州に迫った。それぞれの都邑や宿駅では、日本軍に協力した多くの官人や民が殺されていた。そのため、日本軍に積極的に協力をしないまでも、その支配に従順だった各地の官民が、吉州城に逃げ込んできた。

こうした事態を憂慮《ゆうりよ》した義兵将の鄭文孚は、吉州攻撃に先立ち、咸鏡道人民の心を一《いっ》にすべく、一度は赦《ゆる》した諸都邑・宿駅を仕切っていた十三人の附逆《ふぎやく》朝鮮人を処刑の上、「残るは皆、同胞である」と宣言して一切の罪を水に流した。

勢いに乗る義兵軍は十一月十五日、明川付近まで偵察に出てきた山口与三右衛門《よざえもん》の部隊を攻め、これを吉州城の東方一里の長徳山《チャンドクサン》で壊滅させた。これにより長徳山に陣を定めた義兵軍は、吉州城への攻撃に移ろうとしていた。

この知らせを受けた城津の近藤四郎右衛門は、後詰部隊四百を率いて吉州に向かった。一方、吉州城を取り囲みつつあった鄭文孚は、これを迎え撃つべく、すぐさま一部の部隊を南下させた。

十二月十日、吉州と城津の中間にある臨溟《イムミョン》で両軍は衝突したが、義兵の戦意が高いことを知った近藤四郎右衛門は兵を引き、清正の後詰を待つことにした。

咸鏡道での義兵軍と日本軍の最初の接触は、日本軍の撤退という結果に終わり、義兵軍に凱歌《がいか》が上がった。

吉州と城津からの後詰要請を受けた端川《タンチョン》の九鬼広隆は、清正に後詰を要請するが、清正は「現在、動かせる兵力は三千しかなく、この三千のうち千五百は寒さのために〝悴《かじ》けてしまい（病《やまい》で戦えないという意）〟、五百を王子一行の護衛に回すと、北道へ送れるのは千しかいない」と答えてきた。

清正勢は、予想を上回る寒気と補給物資の不足に、身動きが取れなくなっていたのだ。しかも戦った上での損耗《そんもう》ならまだしも、戦わずして病に倒れる者が続出するという事態に、清正でさえ打つ手がなくなっていた。

清正は九鬼広隆に籠城《ろうじょう》に徹することを指示し、どうしても吉州と城津を保てないなら、両城の兵を端川の線まで引かせ、そこで冬を越すよう命じた。

咸鏡道以外でも、この年の九月以降、日本軍の侵攻作戦は停滞していた。漢城のある京畿道《キョンギド》の北隣に位置する黄海道《ファンヘド》支配を託された黒田長政は、七月七日、道都《どうと》の海州《ヘジュ》に入り、統治を開始したが、八月、義兵が決起し、海州から東方十里ほどの延安《ヨンアン》城に籠《こも》ったと聞き、その攻略に向かった。この城は海州と開城《ケソン》・漢城をつなぐ街道沿いにあり、海州を維持するためには、是《ぜ》が非でも落とさねばならない城である。

しかし九月、長政はその攻略に失敗し、海州の東方十二里の白川《ペクチョン》まで撤退せざるを得なかった。

一方、半島西南端の全羅道《チョルラド》統治を託された小早川隆景は、いったん漢城に入った後、忠清道《チュンチョンド》南端の錦山《クムサン》城を本拠とし、北方から全羅道への侵入を図った。七月七日、全羅道の熊峙《ウンチ》で全羅道義兵軍と激突した小早川勢は、峠を攻め登る形になったものの、数千に及ぶ義兵軍を全滅させた。ところが、これは陽動作戦だった。別の道を通り、義兵軍主力六千が錦山城に迫っているとの報に接した隆景は、全羅道進出をあきらめ、錦山城に戻らざるを得なかった。

またこの十月、細川忠興《ただおき》、長谷川秀一《ひでかず》、太田一吉《かずよし》ら二万の日本軍が、慶尚南道《キョンサンナムド》の義兵の拠点となっていた晋州《チンジュ》城攻略に失敗した。晋州は慶尚南道の西南端にある道都で、この城を攻略しないことには、東から全羅道への進出が図れない。

日本軍は城際まで迫り、長梯子《ながばしご》を掛けて攻め入るところまでいったが、牧使《ぼくし》（知事）の金時敏《キムシミン》に率いられた義兵の奮戦に手を焼き、後に義兵闘争の象徴となった「天降紅衣将軍《チヨンガンホンイチヤングン》」郭再祐《クワクチエユ》勢に背後を脅《おびや》かされたこともあり、撤退のやむなきに至った。

これらの知らせを受けた秀吉は、さすがに意気消沈《しようちん》し、「来春、自分が渡海し、一揆《いつき》ばら（義兵）を撫《な》で斬りとするまで、釜山《ふざん》・漢城《かんじよう》・平壌《へいじよう》を確保せよ」という指示を出した。

日本軍の支配は面から線へ、そして点へと縮小を余儀なくされていった。

三

十二月初旬、吉州《キルジユ》城を囲んだ義兵軍の攻撃が始まった。義兵は城から二町《ちよう》（約二百二十メートル）以上も離れ、角弓《つのゆみ》による曲射《きよくしや》攻撃を繰り返した。まさに雨のごとく降りかかる矢箭《やせん》に、日本軍は城内の移動もままならず、反撃の糸口も摑《つか》めない。

鉄砲の殺傷可能な射程は二町ほどで、確実に的に当てるとなると、さらに三十間《けん》

（約五十メートル）ほどまで敵に近づかねばならない。これまでの戦いを通じ、それを知った朝鮮義兵は、射程内に入ろうとしない。

義兵軍の矢は火矢が多く、城壁沿いの建物から出火した火は、すぐに城の中心部にまで燃え広がった。日本兵は、防戦どころか消火で手いっぱいだったが、水不足でそれもままならず、為《な》す術《すべ》もなく、城内の建物が焼けるに任せるしかなかった。

まずは城内に火災を起こし、雨露を凌《しの》げる建造物を失くし、冬季の装備が十分でない日本兵を厳しい寒気に晒させるという、鄭文孚《チョンムンブ》の周到な策である。真綿《まわた》で首を絞《し》めるような義兵軍の攻撃に、さすがの加藤家精鋭部隊も次第に戦意を衰えさせていく。こうした閉塞《へいそく》状況に耐えかねた兵の中には、精神の安定を欠く者まで出始めた。

敵将の鄭文孚は、これまでの日本軍との戦いがいかなるものであったか情報を集め、対策を練り、周到な準備をしていたのだ。

じっと嘉兵衛は耐えていた。幸いにして、持ち場の城壁上にある雉城《ちじょう》という半円形に突出した曲輪《くるわ》には、瓦葺《かわらぶき》の豪壮な屋根が付き、曲射攻撃への心配はなかった。しかし、外に出れば矢で狙われる恐れがあるため、雉城間の移動はままならず、鉄砲隊が歩調を合わせて防戦に当たることは、極めて困難となっていた。

十二月十四日夕刻、遂に義兵軍が動いた。

矢の雨が降る中、嘉兵衛は持ち場の雉城を飛び出し、城壁上に並んだ鉄砲隊に射撃の準備を命じた。しかし、いったん萎《な》えた心を奮《ふる》い立たせるのは容易でない。

「役所《やくしょ》（配置）に着け」

嘉兵衛の声に、ようやく鉄砲足軽たちが、それぞれの籠っていた雉城を出てきた。しかし皆、病人のように動きは緩慢《かんまん》な上、生気がない。

上陸当初とはまるで違う兵の動きに、嘉兵衛は愕然《がくぜん》とした。

「しっかりせい」

嘉兵衛が足軽を叱咤《しった》しているところに、勝兵衛がやってきた。

「嘉兵衛、どうだ」

「勝兵衛どん、まともに戦える者は三十ほどだ。とても支え切れん」

竹束車や大盾を押し立てた敵勢は、すでに一町の距離まで迫り、さかんに矢を射掛けてくる。

「こちらも手が足らぬ。何とか持ちこたえろ」

「分かりました」

薄暮《はくぼ》の中、ようやく敵の姿が見えてきた。地平線まで埋め尽くすほどの雲霞《うんか》のごとき大軍である。さすがの嘉兵衛も、体の震《ふる》えが止まらない。

「嘉兵衛、援護を頼む」

「ということは、勝兵衛どんは城を打って出るおつもりか」

「うむ、総大将の加藤清兵衛殿は、筒音に敵がひるむのを待って城門を開き、敵を蹴散らすとのことだ。動ける馬はすべて出す。こちらの支度が整うまであと小半刻《こはんとき》(三十分)、何とか持ちこたえてくれ」

勝兵衛の顔にも、必死の色が浮かんでいた。

——いよいよ覚悟を決めねばならぬな。

嘉兵衛は、首からぶら下げていた守り袋を握りしめた。

「頼むぞ」とばかりに嘉兵衛の肩を叩き、城内に下りていこうとする勝兵衛の腕を、嘉兵衛が摑んだ。

「勝兵衛どん、死ぬな」

「おぬしもな」と言いつつ、にやりと笑うと、勝兵衛が踵を返した。

城外を見ると、すでに敵は城壁近くまで迫っている。嘉兵衛は自らの鉄砲を手にすると、一連の装塡《そうてん》動作を行い、狙いを定めた。

——わしは死なぬ。生きて故郷に帰り、雪乃と千寿を抱きしめるのだ！

嘉兵衛の射程に、鞭《むち》を手にして農兵たちを追い立てている物頭《ものがしら》らしき者の姿が入った。

——南無《なむ》妙《みよう》法蓮華《ほうれんげ》経《きよう》。

嘉兵衛の放った初弾が物頭の胸を貫いた。血飛沫《ちしぶき》が一間ばかりも噴き上がり、仰《あお》向《む》けざまに倒れると、物頭らしき者は、それきり動かなかった。それを見た周囲の農兵が引こうとするのを、背後から鞭を持った義兵らが押しとどめている。

竹束を押し立てているとはいえ、兜《かぶと》も陣笠もない農兵は、城に近づけば近づくほど、鉄砲の餌食《えじき》になる可能性が高まる。城壁が高く、射撃角度ができるからである。

敵の先頭が半町ほどに近づくと、ほとんど撃てば当たる状態となった。それでも嘉兵衛は農兵を狙わず、皮革の甲冑《かっちゅう》を着けた指揮官らしき者を狙い撃った。

敵は、農民を盾として日本軍の玉薬《たまぐすり》を使い果たさせ、頃合いを見て、背後にいる精鋭を城壁に取り付かせるつもりでいるらしい。

敵軍の後方から長梯子が運ばれてきた。城壁に梯子が掛けられてしまえば、敵の侵入を防ぐのは容易でない。

「梯子を持つ者を狙え」という嘉兵衛の命に応じ、鉄砲隊の狙いが、梯子を持つ者に集中した。それを知った敵兵は、梯子を捨てて後方に引いていく。敵は農民が中心なので、危険な仕事を好んでする者はいない。

嘉兵衛は、苦戦の中に唯一の光明を見つけた。

「定吉、大男《デナム》！」

嘉兵衛の声に、背後で玉薬の箱を運んでいた二人が走り寄ってきた。

「城壁上にいる鉄砲足軽に、梯子持ちを狙うよう伝えよ。それがいなければ、指揮官らしき者を狙え」

うなずいた二人は、城壁上を左右に走り去った。

――これで半刻は稼げる。

しばらくすると城門が開き、勝兵衛ら騎馬隊が飛び出していった。日本軍得意の反転逆襲である。これを見た城壁上の兵から歓声が湧く。

日本軍騎馬隊は扇状に広がり、敵を蹴散らしていく。

城門を中心にして瞬く間に空隙《くうげき》が広がる様は、池に投げられた波紋のようである。

小半刻ばかり経つと、騎馬隊が勝鬨《かちどき》を上げつつ戻ってきた。城壁上の嘉兵衛らもそれに応えたが、戻ってきた騎馬隊は半数近くに減っていた。城外では、そこかしこに黒山の人だかりができ、落馬させられた騎馬兵が嬲《なぶ》り殺しに遭《あ》っている。

――何ということだ。

その様は、黒蟻《くろあり》の群れに襲われた蜂《はち》のようである。

戻ってきた騎馬隊の中に、勝兵衛の無事な姿を認めた嘉兵衛は、ほっとため息をつくと、その場に腰を下ろした。緊張が解け、寒気と疲労が同時に襲ってきた。

この日の攻撃は何とか凌いだものの、義兵軍の断続的な攻撃に、吉州城守備隊は日に日に疲弊《ひへい》していった。

十二月二十日、鍋島直茂は清正に諮《はか》らずに漢城《ハンソン》へ使者を送り、咸鏡道《ハムギョンド》の窮状を訴えた。

比較的、安定しているとばかり思っていた咸鏡道の支配が、危機に瀕《ひん》していると聞いた増田長盛ら奉行衆は驚き、翌文禄《ぶんろく》二年（一五九三）一月十日、秀吉に委細を報告した。その中には、嘉兵衛ら吉州守備隊三千（千五百の誤り）のうち約半数が死傷し、端川《タンチョン》の銀山が奪還されたことも含まれていた。

肥前名護屋《ひぜんなごや》で、この報告を聞いた秀吉は激怒した。清正が見栄《みえ》っ張《ぱ》りなのは知っていたが、統治が危機に瀕しているにもかかわらず、それを隠して何の報告もしてこないのは、重大な軍令違反だからである。

しかもこの頃、明軍は朝鮮救援に本腰を入れようとしていた。

七月に平壌《ピョンヤン》に攻め入った祖承訓《そしょうくん》が惨敗《ざんぱい》を喫《きっ》したことに、明政府は衝撃を受けていた。儒教の影響により中華思想が浸透《しんとう》している明では、日本軍など東方の蛮族くらいにしか思っていなかったが、祖承訓の敗戦で、その認識が一変した。

明政府の責任者である兵部尚書《ひょうぶしょうしょ》（軍務大臣）・石星《せきせい》は、文官の宋応昌《そうおうしょう》を征倭経《せいわけい》略《りゃく》（文官の最高責任者）、李如松《りじょしょう》を東征提督《とうせいていとく》（東部方面軍司令官）に任命し、十二月二十二日、四万三千の軍勢に鴨緑江《アムノックカン》を渡らせた。

李舜臣《イスンシン》の水軍の活躍と義兵闘争により、苦境に陥《おちい》りつつあった日本軍にとって、明の進出は脅威《きょうい》以外の何物でもなかった。

ちなみに明は、儒教国なので文官による軍の統制が堅持《けんじ》されていたというが、それは誤った認識である。

東征提督に任命された李如松は、満州鉄嶺《てつれい》の出身で、父の代より女真・韃靼《だったん》征伐を家業としている傭兵《ようへい》集団の長だった。その配下は〝李家軍《りかぐん》〟と呼ばれる私兵である。寧夏《ねいか》を征伐した折は、一木一草《いちぼくいっそう》も残らぬほどの殺戮《さつりく》と略奪の限りを尽くし、その軍団は明政府からも恐れられていた。〝李家軍〟は大陸北方を転戦し、点と線の支配を維持しながら、略奪により財を成していた。

明政府の使者・黄応暘《こうおうよう》は、李如松に先駆けて平安道《ピョンアンド》の義州《イジュ》に入ると、朝鮮国王・宣祖《ソンジョ》に拝謁《はいえつ》し、「李如松は白黒の分別もなくただ殺戮を好むため、日本軍占領下の都邑にいる高麗《こうらい》人は皆殺しに遭うでしょう。自分は一万余通の『免死帖《めんしじょう》』を持参したので、早急にこれを配り、こちらに迎え入れるべきです」と力説した。

すなわち〝李家軍〟は、明政府の言うことなど聞かず、日本人も朝鮮人も見境なく殺しまくるので、日本軍占領地帯で商いなどをしている朝鮮人に「免死帖」を配り、身の安全を保障した上で、迎え入れるべきというのだ。

　これを聞いた朝鮮政府首脳は震え上がった。

〝李家軍〟の恐ろしさは、〝久留の計〟により略奪・強姦《ごうかん》・私刑を禁じ、朝鮮人民との融和を図ろうとする日本軍と比ぶべくもなかった。

　暗雲垂れ込める中、朝鮮半島は文禄二年（一五九三）の正月を迎えようとしていた。

四

　平壌《ピョンヤン》の冬は過酷である。

　一月の平均気温は零下《れいか》二十度を超え、平壌城の東西を流れる大同江《テドンガン》、普通江《ポトンガン》等の河川は、すべて凍結する。平壌城内に駐屯する第一軍一万五千は、そうした中、兵糧も乏しくなり、不安な日々を送っていた。

　小西行長は、五十日の停戦期間がすぎても、沈惟敬《しんいけい》から返事がないことに苛立《いらだ》っていた。

　行長が提示した「秀吉を日本国王に封《ほう》じ、勘合《かんごう》貿易を復活させる」という和睦《わぼく》条件は、何ら明政府の名誉を傷つけるものではなく、これをのむことに支障はないはずである。この条件に同意さえしてもらえれば、行長は漢城《ハンソン》まで撤退するつもりだったが、いくら待っても、返書は来ない。

正月一日、行長の待っていた使者がやってきた。李如松《りじょしょう》の片腕である副総兵の査大受《さたいじゅ》である。

査大受は講和受諾《じゅだく》を知らせ、三日には、沈惟敬が正使として平壌北方の宿駅・順《ス》安《ナン》にやってくると告げた。

この知らせに行長は小躍《こおど》りし、将兵も飢えと寒気から解放されることを喜び合った。行長は順安まで家臣の竹内吉兵衛《きちべえ》を派遣し、沈惟敬を迎える支度をさせた。

これにより、明軍との戦の可能性がなくなり、第一軍は残る兵糧を食べ尽くし、武具も梱包《こんぽう》し、撤退の時を待っていた。

平壌撤退は秀吉も認めるところであり、それを押して平壌に居座り、明政府から講和を勝ち取った行長の功績は大きかった。この結果、少なくとも現時点での敵は朝鮮だけとなり、朝鮮半島南部の制圧は確実となった。ゆくゆくは石田三成と共に秀吉を説き、全軍を半島から撤退させるだけである。

行長ら平壌の日本軍が、出征地のささやかな正月を祝った直後の一月五日、白一色の平原の彼方《かなた》に、黒い線が現れた。最初は目の錯覚《さっかく》かと思えるほど頼りなかったその線は、次第に濃く太い線になり、こちらに向かってきた。

明軍がやってきたのだ。

物見の知らせは、すぐに行長の許《もと》に届けられた。しかし行長は、自らの目でそれを確かめるまで、その言葉を信じなかった。

やがて明軍の攻撃が始まり、行長は、ようやく一杯食わされたことを覚《さと》った。

行長は地団駄《じだんだ》踏んで明政府の表裏《ひょうり》をなじったが、明と朝鮮にとり、侵略軍に表裏をなじられても笑止《しょうし》でしかない。

明軍の攻撃力は、朝鮮軍の比ではなかった。

西域《せいいき》までを活動範囲とする〝李家軍《りかぐん》〟には、天字銃筒《てんじじゅうとう》・大将軍砲・仏狼機砲《ふらんきほう》・震天雷《しんてんらい》といった強力な火器が装備されており、その射程も、鉄砲を主武器とする日本軍とは比べものにならない。

天字銃筒に至っては六町（六百メートル強）前後の射程を持っており、欧州も含めて当時、最強の火器だった。むろん砲弾は、広範囲な殺傷力を持つ炸裂弾《さくれつだん》や榴弾《りゅうだん》ではないため、着弾地点付近にいない限り、さほどの脅威ではないが、その大音響は、人間の本能的な恐怖心を呼び覚ますのに十分である。

平壌城は、東に流れる大同江と西に流れる普通江を外堀に見立て、北に牡丹台《モランデ》という山塊《さんかい》を取り込んだ後ろ堅固《けんご》の要害である。

明軍は、東の大同江側を除いた三方から城を取り囲むと、八日、攻撃を開始した。

大小の砲を中心とした明軍の攻撃により、平壌城の南に広がる外城《そとじろ》が、まず制圧された。ここは民の居住地であり、防衛に難があるため、放棄は致し方なかったが、城の一部を制圧されたことで、日本軍は一気に浮き足立った。この時の明軍の重砲攻撃は凄まじく、城内に達した弾により、建造物のほとんどが破壊された。

内城《うちじろ》に籠り、敵の攻撃を何とか凌いでいた日本軍だったが、ようやく迎撃《げいげき》準備が整い、堅固な陣所に拠り、千五百挺《ちょう》の鉄砲を主武器として反撃に出た。これにより、明軍にも死傷者が出始めた。

驚いた李如松は、行長に「退路を開けるので撤退せよ」と告げてきた。行長はこれを了承し、凍結した大同江を渡り、南方十二里にある鳳山《ボンサン》へと向かおうとした。

ところが退却を勧告しておきながら、日本軍が城を出たとたん、李如松は追撃を始めた。殿《しんがり》軍を引き受けた日本軍三百六十は、査大受の軍勢三千と激闘を演じ、大同江河畔で全滅した。

これにより日本軍は、大友義統《よしむね》勢六千が駐屯する鳳山目指し、算を乱して敗走を始めた。

しかし息も絶え絶えになりながら、行長が鳳山に到着した時、すでに鳳山は、もぬけの殻となっていた。平壌陥落《かんらく》を聞いた大友義統が、恐怖に駆られて逃げ出したのだ。

十一日、黄海道白川《ファンヘドペクチヨン》に至り、ようやく黒田長政勢五千と合流できたが、酷寒と飢餓《きが》の中での四十余里の逃避行により、小西勢だけでも、その六割以上が犠牲となっていた。

行長と長政は白川を放棄し、東方六里の開城《ケソン》に踏みとどまっていたが、明軍が南進してきているとの報に接し、漢城まで撤退した。これにより平壌―鳳山―白川―開城と続いた日本軍の占領拠点が一気に崩壊した。

漢城にいる総大将の宇喜多秀家、石田三成、小早川隆景らは軍議を催し、全軍を漢城に集め、明軍に無二の一戦を挑むことに決した。この決戦には、咸鏡道《ハムギヨンド》の義兵に手を焼く加藤清正と鍋島直茂、慶尚道《キヨンサンド》で兵站を確保する毛利輝元《もうりてるもと》と福島正則《まさのり》を除く全朝鮮在陣将が参加することになる。

一方、日本軍撃滅に自信を深めた李如松は、漢城攻略を決意した。むろん漢城を攻略しないことには、配下を飢えさせてしまうので、李如松としても取るべき策はそれしかない。しかも漢城に眠る朝鮮王朝の財宝は、〝李家軍〟にとり、あまりに魅力的だった。

餓狼《がろう》と化した明軍は、開城を経て臨津江《イムジンガン》を越え、坡州《パジユ》に陣を置いた。坡州から漢城までは十二里ほどだが、その間に横たわるのが碧蹄里《ビヨクジエリ》の隘路《あいろ》だった。

一月二十九日、吉州《キルジュ》の寒気はいよいよ厳しくなり、〝やけくさり〟すなわち凍傷《とうしよう》により、手や足の指を切断せねばならない兵や、鳥目と雪目により、ほとんど視力を失う兵が相次いでいた。

日本軍の寒さ対策は皆無《かいむ》に等しく、着衣は布製の鎧下《よろいした》程度で、防寒衣の準備は一切なく、とても大陸の寒気に耐えられるものではなかった。

それだけならまだしも、明や朝鮮軍の用いた革靴《かわぐつ》を履《は》くこともなく、武将は足袋《たび》ひとえ、雑兵《ぞうひよう》は草鞋《ぞうり》の直履《じかば》きで通したため、足指を失い、歩行のままならなくなった兵が続出した。

このような状況は、咸鏡道に侵攻した清正勢に最も多かった。

これまでは優遇されてきた嘉兵衛の鉄砲隊だったが、衣類や燃料の配給も乏しくなり、雪目を緩和する薬草や、鳥目を防ぐ野菜類も底をついた。食料は一日一食、薄い稗粥《ひえがゆ》の中に草の葉を入れたものが、わずかに給されるだけである。

かくして吉州城内の日本軍は、寒さと飢餓の中で、清正の救援を待つだけとなった。

定吉が指に巻いた布切れを剝《は》がし、指をもんでいる。その傍《かたわ》らで、大男《デナム》が火の気《け》を絶やさぬよう、粗朶《そだ》を投げ入れたり、小枝で榾《ほた》を裏返したりしている。

鼻水はすぐに凍りつき、顔の下半分を光らせ、こけた頬には、頬骨ばかりが目立つようになり、「高麗人と変わらぬ顔相《がんそう》になった」と、皆で虚《むな》しい戯《ざ》れ言《ごと》を言い合うまでになっていた。

――わしも、さして変わらぬ顔をしているに相違ない。

嘉兵衛は凍る手に息を吹きかけながら、襦袢《じゅばん》の襟に守り袋を縫い付けていた。骸《むくろ》となっても雪乃と離れないためである。しかし寒気は厳しく、指がかじかんで幾度も針を落とした。その度に、かつて白くしなやかだった手指が、赤黒く節《ふし》くれ立ってきているのを見ねばならない。

――以前と変わらず、この指が働いてくれればよいのだが。

鉄砲の腕で出頭した嘉兵衛には、やはりそれが気がかりである。

その時、一陣の風が吹き寄せ、消えかかっていた榾の炎を消そうとした。

「あっ、火の消えてしまう」と定吉が泣きそうな声を上げたが、大男は笑みを浮かべていた。

「こうした時には、いい手があります。鉱山で働いていた頃に習いました」

懐《ふところ》から小さな筒を取り出した大男は、その中に入っている黒い砂状のものを手の平に載せた。

「何をやっておる」

嘉兵衛の問いに答えず、大男が手の平の砂を吹くと、砂は消えかかった焚《た》き火の方に吹き飛び、小さな爆発を起こした。

「びっくりさせんと」

火勢が一時的に強まり、定吉ら火を囲んでいた者が飛びのいた。

「危ないことをするな」

「すいません」

嘉兵衛の叱責《しっせき》に、大男が襟をかき合わせてうなだれた。火薬類を扱い慣れた大男が吹きかけたのは、黒色火薬に違いない。

「大男、おぬしは高麗人だ。敵が高麗人を解放しろと言ってきておるので、皆と共に城を出ろ」

嘉兵衛が、常にない厳しい口調で申し渡した。

吉州城内には、日本軍相手の商人や、日本軍に協力したとして各地を追われた多くの朝鮮人がいた。彼らは成り行き上、日本軍に協力していたが、「同胞を決して罰しない」という鄭文孚《チョンムンブ》の触れを聞き、投降したがっていた。城内に残していても、戦いの最中《さなか》に内応《ないおう》されてはたまらないので、加藤清兵衛ら吉州在番将も、これに応えることにした。

　しかし、大男は首を横に振った。

「あちらに行っても、奴婢《ノビ》は奴婢として扱われるだけです」

「それでも、生きられるだけましではないか。ここにいては十中八九、殺される」

「仏の御許《みもと》に参れるだけでも、ありがたいというものです」

　嘉兵衛はじめ多くの日本人から仏の教えを聞いた大男は、いつしか敬虔《けいけん》な仏教徒になっていた。

「殿様は、やってこんとかな」

　何気ない定吉の言葉が、嘉兵衛の胸に刺さった。

「わが殿は、一兵を救うために万余の兵を動かすお方だ。必ずやってこられる。しかしこの雪では、それもままならぬ」

「雪には、誰も勝てんけんね」

　定吉が、あきらめたように笑った時である。

「敵陣に動きあり！」

　雉城にいる物見の絶叫が響いた。

「行くぞ」

　嘉兵衛が陣所にしていた民家を飛び出すと、定吉らも後に続いた。別の民家から勝兵衛も飛び出してきた。二人は、先頭を切って雉城に飛び込んだ。

「あれは何だ」

目を凝《こ》らすと、雪原《せつげん》の彼方から、こちらに向かって、黒い線が延びてきている。その線は雪煙にかき消されながらも、少しずつ近づいてきていた。その背後から、敵が追いかけてくる。

「味方だ。味方に相違なし」

雉城の銅鑼《どら》が鳴らされ、けたたましく鉦鼓《しょうこ》が叩かれた。

「城門を開け！」

すぐに城門が開かれ、支度の整った者から順に、味方を迎え入れるべく出ていった。やがて、城を囲む敵から矢が射掛けられてきたが、さほどの勢いはない。

嘉兵衛は、やきもきしながら敵が射程に入るのを待った。

——もう少しだ。

日本軍らしき黒い線は、城から出た者らと合流し、こちらに向かってくる。そこに矢が射掛けられるが、さしたる数ではない。

「早盒《はやごう》込め」

横一線に並んだ筒衆の吐く息が白く立ち上っている。味方の先頭が城門に至った時、追撃してきた敵が射程に入った。

「放て！」

鉄砲の轟音《ごうおん》に驚いた敵は、それ以上の追撃をあきらめ、射程外に退却していった。

援軍を率いてきたのは、佐々平左衛門《さっさへいざえもん》・庄林隼人《しょうばやしはやと》・近藤四郎右衛門らである。

二十八日、清正の命を受け、後詰勢を率いてきた佐々と庄林は、臨溟《イムミョン》で足止めされていた近藤らと合流し、臨溟と吉州の中間に位置する白塔郊で敵方と交戦し、大勝利を収めた。これにより、鄭文孚の主力勢は明川《ミョンチョン》まで退却し、吉州を囲んでいる敵はわずかとなった。

「撤退するには、今を措《お》いてない」

佐々らが力説したので、吉州在番将の加藤清兵衛も一月末日の撤退を決めた。

ところがこの頃、明川まで引いていた鄭文孚の許に、明軍による平壌奪回の報が飛び込んできた。息を吹き返した義兵軍は明川を出撃し、吉州に向かっていた。

いつものように悪態《あくたい》をつきながら、勝兵衛が、嘉兵衛の受け持つ雉城にやってきた。

「嘉兵衛、籤《くじ》に負けて、われらが殿軍となった」

「ということは、筒衆が最後尾ですね」

嘉兵衛が「やれやれ」といった口調で応じた。

「すまぬがそうなる。われらは荷駄隊《にだ》も任された。城津《ソンジン》まで二日ほどの行程だが、荷駄隊を伴うので難儀な道行きとなる」

「敵は明川まで引いておるらしく、城を取り巻いておるのは小勢《こぜい》です。追っ手を掛けてはきますまい」

佐々ら後詰勢の入城が容易だったことからも分かるように、ここにいる敵は、城の動きを見張っているだけの小勢である。

「嘉兵衛、荷駄隊を南門から送り出した後、高麗人を一所《ひとところ》に集め、敵陣に投降させ、それから城に火を掛けよう」

「それであれば、わが手勢だけで十分。勝兵衛どんは、荷駄隊と共に先に出て下され」

「そういうわけにはまいらぬ」

勝兵衛が口を尖《とが》らせた。

「行程二日とはいえ、途中、何があるか分からぬのです。武具や兵糧を積んだ荷駄隊が、本隊から遅れるわけにはまいりませぬ」

「それは尤《もっと》もだが、筒衆だけで大丈夫か」

「寄親が籤に弱いのです。致し方ありますまい」

「此奴《こやつ》」

二人の哄笑《こうしょう》が、晴れ上がった空に広がっていった。

日本軍の撤退が始まった。嬉々《きき》として城門を出ていく兵を眺めながら、嘉兵衛の気持ちも次第に弾んできた。

——これで、われらは安辺まで引ける。帰国もそう遠くはないはずだ。

「北門を開け」

南門から勝兵衛率いる荷駄隊が去っていくのを確認した嘉兵衛は、北門を開け、朝鮮人に退去を促した。門内で待っていた朝鮮人たちは、門が開かれると、重い足を引きずりつつ北に向かった。

「大男、早く行け」

城門の辺りで、幾度もこちらを振り返っている大男に、嘉兵衛が怒鳴《どな》ったその時である。

「敵が押し寄せてきます！」

雉城から物見の絶叫が聞こえた。

しかし、敵の来襲は十分に予想されており、嘉兵衛に動揺はない。

「民を迎えに出てきたのだ。心配要《い》らぬ」

城を出た民を収容するために、敵が近づいてきているものと、嘉兵衛は信じていた。

「大男、早く行け。城門を閉めるぞ！」

嘉兵衛が大男を怒鳴りつけると、大男は意を決したように一礼し、外に飛び出していった。

「よし、城門を閉めろ。城を焼く支度をせい」

その時、血相《けっそう》を変えて定吉が走り込んできた。

「嘉兵衛どん、違うと。敵は雲霞のごとき大軍たい！」

「戯れ言を申すな。昨日、見た通り、敵は千もおらぬ。鉄砲で蹴散らすよう物頭に伝えよ」

「そいが違うって！」

定吉の顔色は蒼白《そうはく》だった。

――まさか。

定吉と共に雉城に走った嘉兵衛は、わが目を疑った。

「これは何だ」

万余の大軍が、北方から城を押し包むように迫ってきていた。

今すぐに南門から撤退を始めても、追いつかれるに違いなく、城で敵を防ぐ以外、手はない。

「嘉兵衛どん、今から使者を飛ばせば、勝兵衛どんは戻ってくるばい」

「いや」と言いつつ、嘉兵衛が首を横に振った。

「勝兵衛どんを無駄死にさせるわけにはいかぬ」

「ということは、われらだけで防ぐというこつか」

嘉兵衛が黙ってうなずいた。

――雪乃、どうやら故郷には帰れぬようだ。

襟に縫い込んだ守り袋に触れた嘉兵衛は、すぐに心中から家族のことを追いやり、防戦の指示を飛ばした。

五

碧蹄館《ビョクジェグアン》とは、漢城《ハンソン》を訪れる明の使節が、漢城に入る前に必ず止宿《ししゅく》する宿館の名である。

その碧蹄館のある碧蹄里《ビョクジェリ》は、漢城の北西五里ほどにあり、長さ一里の渓谷《けいこく》地形を成す景勝地である。そこが日本軍と明軍の歴史的衝突の場となった。

正月二十五日、査大受《さたいじゅ》率いる三千の先手衆と、加藤光泰《みつやす》・前野長康《ながやす》両勢から選ばれた百五十の偵察部隊が接触し、六十余の日本兵が討ち取られることで、両軍の戦いは始まった。

日本軍を撃破した査大受は渓谷を抜け、漢城へ三里の距離まで迫ってきた。それを迎え撃つ日本軍も、先手はすでに漢城を出陣している。

この時、日本軍の先手大将に指名されたのは、二十六歳の立花宗茂《むねしげ》である。

漢城大軍議でも、宗茂は出戦《でいくさ》を強硬に主張し、小早川隆景から「立花殿こそ、先手を仕《つかまつ》っても決して過《あやま》つことのない御仁《ごじん》である」と、お墨付きをもらっていた。

前日まで降り続いた雪は氷雨《ひさめ》と変わり、碧蹄里の峠道は泥濘と化していた。それが戦いの帰趨《きすう》を左右するとは、この時、双方共に気づいていない。

二十六日未明、碧蹄里渓谷の南に広がる丘陵地帯を進撃してきた査大受勢の先手に、立花勢が仕掛けることで、両軍の戦いが始まった。

先手勢どうしの衝突の隙を突き、立花勢第二陣の十時伝右衛門《ときでんえもん》五百が突出し、錐《きり》のように敵陣深くに突き入った。しかしこの時、本隊からの支援も得て、七千に膨《ふく》れ上がっていた査大受勢主力が碧蹄里渓谷から現れ、高所から霹靂砲《へきれきほう》などを撃ってきた。

この砲撃により、深追いしていた伝右衛門をはじめとした七十三名が討ち死に、これを助けようとした小野和泉《いずみ》、立花三右衛門《さんえもん》ら立花勢先手衆七百も、査大受勢の砲撃にたじたじとなり、退却を始めた。

これに気をよくした査大受は追撃を命じた。

誰の目から見ても、明軍の勝利は疑いない。勢いに乗った明軍騎兵隊は、ここを先途《せんど》と立花勢を攻め立てる。しかしそれは、「倭は最も奸悪狡猾《かんあくこうかつ》で、戦いに際しても、どれ一つとして、策を打たないということがなかった」（『懲毖録《チンビロク》』）という日本軍を甘く見たものだった。

明軍が怒濤《どとう》の進撃を開始した時、礪石嶺《リエンソンリヨン》という小丘の西麓に隠れていた立花宗茂と、弟の直次《なおつぐ》に率いられた二千の軍勢が、明軍の右翼側面を突いた。

予想もしなかった攻撃に、たちまち明軍が崩れ立つ。

立花勢の鉄砲攻撃に追い立てられた明軍は、何とか渓谷の入口まで退却するが、碧蹄里への道は隘路であり、大軍が引き返すのは容易でない。そのため、狭隘《きようあい》な地に折り重なるようになった明軍は、一方的に鉄砲の餌食となる。

酸鼻《さんび》極まりない殺戮戦が展開され、宗茂らは二千余の首級を挙げた。

しかし五時間に及ぶ激闘の末、十時伝右衛門ら二百名ほどの死傷者を出した立花勢も、これ以上の追撃を行えず、小丸山《こまるやま》と名付けた小丘に登り、友軍の到着を待つことにした。

この時、後陣から走りきた軍監の大谷吉継《よしつぐ》が宗茂に撤退を勧告したが、宗茂はこれを峻拒《しゅんきょ》、同様に、第二陣として進軍中の小早川隆景も撤退命令を拒絶、これにより、適当に戦わせた後、漢城での籠城戦に転じようとしていた石田三成ら奉行衆の思惑は吹き飛んだ。

三成らは、漢城に籠って戦うことで味方の損害を最小限にとどめ、兵糧の尽きた敵が撤退するのを待つつもりだった。

日が中天に達する頃、小早川隆景八千、毛利秀包《ひでかね》五千、吉川広家《きつかわひろいえ》四千、黒田長政五千、三奉行五千、加藤光泰・前野長康三千、宇喜多秀家八千の軍勢が、碧蹄里渓谷の入口に到着した。四万にも及ばんとする大軍である。

一方、渓谷の途中で、敗走してくる査大受と遭遇した李如松《りじょしょう》は敗報に激怒した。

迅速《じんそく》に渓谷を抜けた李如松率いる主力部隊は、望客峴《マンケクヒヨン》という小山に陣を布《し》き、日本軍に向けて砲撃を開始した。

この攻撃に日本軍がひるんだと見た李如松は、「頃合いよし」とばかりに、騎馬隊に出撃を命じた。〝李家軍〟の騎馬隊は、正面から進んでくる小早川勢に挑み掛かったが、さほどの勢いはない。

雪解けの泥濘に脚を取られ、攻撃が鋭さを欠いたのだ。

その隙を右翼の立花勢と左翼の毛利秀包勢が突いた。三方から包囲された〝李家軍〟が一気に崩れ立つ。渓谷の細道を競うように潰走《かいそう》する〝李家軍〟を追った日本軍は、この戦いで六千もの首級を挙げた。

碧蹄里の泥濘路を重砲隊が抜けるのは容易でなく、破壊力に劣る軽砲だけで戦ったのが〝李家軍〟の敗因の第一だった。

しかし渓谷の先に、〝李家軍〟の重砲隊が控えていることを危惧《きぐ》した小早川隆景により、追撃は打ち切られた。

敗走する〝李家軍〟の行く手には、臨津江《イムジンガン》が横たわっており、ここで追撃を行えば、〝李家軍〟は潰《つい》えたはずであり、日本軍は決定的な勝機を逸《いっ》した。むろんそれは、〝李家軍〟の重砲への恐怖が抑止力《よくしりょく》となったためで、この時の隆景の判断を責めるわけにはいかない。

かくして〝碧蹄館の戦い〟は、日本軍の一方的勝利に終わった。

この敗戦により、李如松は一転して弱腰になり、「漢城の日本軍は二十万余で衆《しゅう》寡《か》敵せず。わたしは病が重いので、ほかの人に代わってほしい」と、後方で勝報を待っていた明軍経略の宋応昌《そうおうしょう》に訴えるほどであった。

戦意を失くした李如松は、兵糧が枯渇《こかつ》したことを理由に、平壌《ピョンヤン》に向けて兵を引こうとした。この時、それを引き留めようとした柳成竜《ユソンリョン》ら朝鮮政府首脳を、開城《ケソン》軍営の庭にひざまずかせた李如松は、兵糧不足を難詰《なんきつ》し、柳成竜らに謝罪させた。

朝鮮国の副首相は、あまりの屈辱《くつじょく》に涙したという。

この戦いの結果は過小評価されがちだが、徹底的に明軍を痛めつけた効果は大きく、これ以降、明政府は日本軍を力で屈服させることよりも、講和により撤退を促す方向に傾いていく。

六

嘉兵衛は広縁《ひろえん》を行ったり来たりしながら、耳を聾《ろう》するほどの蟬《せみ》の声を聞いていた。その時、突然、けたたましい泣き声が蟬を黙らせると、「元気な女子《おなご》ばい」という産婆《さんば》の声が聞こえた。

広縁伝いに産室まで走りきた嘉兵衛は、威儀《いぎ》を取り繕《つくろ》うと、障子の外から声をかけた。

「生まれたか」

「はい」

産室に充《あ》てられた部屋の中から、雪乃の弾んだ声がした。

「お入り下さい」

嘉兵衛が恐る恐る障子を開けると、横になっている雪乃の傍らで、産婆が赤子《あかご》をあやしていた。

「ほれ」

産婆が赤子を渡してきたので、嘉兵衛は戸惑いつつも、それを受け取った。

赤子は思いのほか軽い。

「あとは、お二人で過ごすとよか」

産婆はそう言い残すと、臍《へそ》の緒らしきものを晒しにくるみ、朱色に染まった盥《たらい》を持って、そそくさと部屋を出ていった。

「こいつはまいった」

嘉兵衛は泣き叫ぶ赤子を抱き、おろおろしていた。

「よく似合いますよ」

雪乃は、額に玉のような汗を浮かべている。

「雪乃、でかしたな」

赤子を雪乃の傍らに戻した嘉兵衛は、その額を手巾でぬぐってやった。

「男《お》の子を産めず、申し訳ありませんでした」

「何を申す。元気な子が生まれたのだ。これ以上のことはない」

それを聞いた雪乃の顔に安堵《あんど》の笑みが広がった。

「よかった。あなた様の子が産めて、本当によかった」

「雪乃――」

その時、突然、天井から水が降ってきた。

「起きろ」

あばらに激痛が走った。慌てて周囲を見回すと、多数の兵が取り巻いている。

――敵だ。

嘉兵衛は慌てて起き上がろうとしたが、後ろ手に縛られているため、不様《ぶざま》に転倒した。それを見た兵たちの哄笑が聞こえる。

「義兵将様がお呼びだ」

無理やり立ち上がらされた嘉兵衛は、後ろ手に縛られたまま庭に引き出された。

――わしは生きておるのか。なぜだ。

「歩け」

膝裏《ひざ》を蹴られ、たまらずその場に片膝をついた嘉兵衛に平手《ひらて》が飛んだ。

「わしはな、おぬしら倭賊《わぞく》の鳥銃《ちょうじゅう》（鉄砲）で息子を殺された。わしにとり、たった一人の息子だった。本来なら即刻、この場で打ち殺し、その黒いはらわたを引き出してやるところだ」

「よせ」

初老の男が、嘉兵衛の襟首を摑んで立ち上がらせた。

なおも殴《なぐ》ろうとする男の手を、別の男が押さえた。

「義兵将様が尋問する」

嘉兵衛は小突《こづ》き回されつつ、土造りの小屋から追い立てられた。

外に出ると一面の雪原であり、眩しさで頭がくらくらする。

「ぐずぐずするな」

思わず転倒しそうになった嘉兵衛は、両肩を支えられ、義兵将が待つという両班《ヤンバン》の館に引っ立てられた。

――雪乃、すまぬ。

どうしたわけか生きているものの、尋問が済めば処刑されることは間違いない。義兵将とやらは、素直に尋問に応じれば命を助けるなどと持ちかけるだろうが、聞き出した後に待つのは、死以外の何物でもない。

――皆は殺されたのか。

嘉兵衛の記憶が徐々によみがえってきた。突破される城門、雪崩《なだ》れ込んでくる敵兵、そして弾《たま》も尽き、白刃《はくじん》を抜いたまではよく覚えていたが、その後のことは定かでなかった。

――そうか、なぜか敵は、わしを殺さずに生け捕ろうとした。残った者の中で、わしを指揮官と見破ったためか。

嘉兵衛は天を仰いだ。彼方で雪をかぶる山嶺《さんれい》は見慣れた光景である。ここが吉州《キルジュ》城内なのは間違いない。

崩れかけた瓦葺の大門をくぐり、月見楼のある外舎廊《がいしゃろう》（客間兼書斎）の前庭まで来たところで、嘉兵衛は蓆の上にひざまずかされた。泥濘の中を裸足《はだし》で歩かされたため、足裏の感覚はなくなり、濡れた襦袢一枚にされた身に寒さが染《し》みる。

――定吉らは無事なのか。

周りを見回しても、明らかに義兵と分かる朝鮮兵がいるだけで、捕えられた味方の姿はない。

しばらく寒風に身を晒していると、楼台の下にある温突《オンドル》の焚き口に、小者《こもの》が火を入れた。寒さが和らぎ、幾分か楽になったが、むろんこれは、今から現れる義兵将のための暖房である。

やがて義兵将とおぼしき者が、数人の配下を従え、家の奥から姿を現した。

義兵将は、黒々とした顎鬚《あごひげ》を胸まで垂らした三十前後の男である。中央に幹柱《みきばしら》の立つ鉢形《はちがた》（兜）を抱え、多数の鋲《びょう》を打った皮革《ひかく》で作られた全身鎧《ぜんしんよろい》を着けている。

楼台に座った男は、じっと嘉兵衛を見つめると言った。

「倭人とは、鬼か羅刹《らせつ》のような面《つら》つきをしておると聞いていたが、おぬしは随分と穏《おだ》やかな顔をしておるな」

嘉兵衛は心中、自嘲した。

——死を前にすれば、皆そういうものだ。

「わしの名は鄭文孚《チョンムンブ》、天命により倭賊を罰するために兵を挙げた。おぬしの名は何と申す」

「————」

「名乗る気はないようだな。それならば構わぬ」

鄭文孚と名乗った男は、尊大な態度で咳払いした。

「さて、おぬしは天朝《てんちょう》（朝鮮国の尊称）の言葉を話せると聞いたので、殺さずに生かしておいた。それは真《まこと》か」

——なぜ、それを知る。

嘉兵衛は驚いたが、一切、面《おもて》には出さない。

「あやつを呼べ」

文孚が顎《アゴ》で合図すると、家の裏手から少年が連れてこられた。

——大男《デナム》ではないか！

「ここにおる奴婢の小僧から、吉州城に残った将は天朝の言葉を話すと聞いた。それで、おぬしを生け捕ることにした」

——そういうことか。

嘉兵衛を救いたい一心から、大男は文孚にそのことを告げたのだ。

「嘉兵衛様！」

その時、突如《とつじょ》として駆け出した大男が、嘉兵衛の前に突《つ》っ伏《ぷ》した。

「すべてを義兵将様にお話し下さい。尋問に応じれば、義兵将様は、一命を救うと仰せになられました」

何も答えず、嘉兵衛は目を閉じた。大男は尋問に応じることをなおも懇願《こんがん》したが、やがて兵に引きずられていったらしく、その声は徐々に遠のいていった。

「それが答えのようだな」

衣擦《きぬず》れの音がし、鄭文孚が立ち上がったことが知れた。

「斬れ」

嘉兵衛が目を開けると、鄭文孚とその配下は、すでに背を向けて奥に戻ろうとしている。

「待たれよ」

流暢《りゅうちょう》な朝鮮の言葉に驚いたのか、文孚がぎくりとして振り返った。

「話す気になったか」

蔑《さげす》みを込めた視線で嘉兵衛を見下ろしつつ、文孚が座に戻った。

「将を遇する道を知らぬ者に、話すことなど何もない」

「では、なぜ呼び止めた」

「わが手の者はいかがいたした」

「そのことか」

文孚が、さも当然のごとく言った。

「一人残らず斬った」

——ああ。

指揮官として部下を守れなかった無念から、嘉兵衛は唇を嚙《か》んで頭《こうべ》を垂れた。

「おぬしは命乞いするか」

文孚の言葉に嘉兵衛が顔を上げた。

「勘違いするな。おぬしらに話すことなど何もない。わが望みは——」

嘉兵衛は胸を張り、はるか彼方の山嶺を見つめた。

「一刻も早くわが手の者に追いつき、黄泉《よみ》への道行きを共にすることだ」

「よき覚悟だ」

「それなら早く斬れ」

文孚の瞳に憎悪の火がともった。

「おぬしを一刀の下《もと》に斬り捨てようと思ったが、それはやめてやる。おぬしには、火刑《かけい》が似合っている」

「寒いのでありがたいことだ」

その時、外舎廊の裏手から大男の絶叫が聞こえた。

「嘉兵衛様、いけません。命乞いするのです！」

「大男、もうよいのだ。立派な男になれ！」

そう怒鳴ると、嘉兵衛は、ゆっくりと目を閉じた。

「嘉兵衛とやら、この目でおぬしの最期を見届けてやる。そして、おぬしが泣き叫んで命乞いし、いかに不様な死に方をしたかを高札《こうさつ》に書き、おぬしの焼《や》け焦《こ》げた首と共に、城門の前に飾ってやる」

「好きにせい。死後のわが名誉は、わが傍輩《ほうばい》と共にすでに安辺《アンピョン》にある。わたしがどのような死に様を見せるかは、わが傍輩が知っておることだ」

「火刑の支度をせい！」

大男の嗚咽が聞こえる中、義兵らは、嬉々として火刑の支度を整えていった。

――雪乃、千寿、今、帰るぞ。

襦袢の襟に縫い付けられた守り袋に頬ずりすると、わずかに雪乃の香りがした。

荒々しく両肩を取られた嘉兵衛は、十字に組んだ柱に縛り付けられた。続いて柱が起こされ、その根本が、深く掘られた穴に突き刺された。足元には、手際よく藁《わら》束《たば》が積み上げられていく。

――山がよく見える。

偶然、南に向けられたことに嘉兵衛は感謝した。その彼方に友軍がおり、さらにその果てには、愛する家族がいる。

温突から松明《たいまつ》に火が移された。それを見た文孚が黙ってうなずいた。

――いよいよだな。

武士は致命傷を負った際に見苦しい姿を晒さぬよう、こうした際には舌を嚙む。嘉兵衛も、ゆっくりと歯の間に舌を伸ばした。

心中で題目《だいもく》を唱えることで、嘉兵衛は清正と傍輩に別れを告げた。

――南無妙法蓮華経。

義兵の一人が嘉兵衛の足元に松明を持ってきた時、表門の方から押し問答が聞こえてきた。

「どうした」

文孚が問うより先に、正規兵の軍服を着た一団が風のように入ってきた。その中央には、極彩色《ごくさいしき》の塗り輿《ごし》がある。

「いったい何事だ」

慌てて楼台を下りた文孚は塗り輿の前に拝跪《はいき》した。周囲にいた義兵らも、文孚をまねてひざまずく。

やがて塗り輿の御簾《みす》が開けられ、そこから女官らしき者が現れた。

その顔を見た時、嘉兵衛はわが目を疑った。

「智淑《ジスク》殿！」

それは嘉兵衛ではなく、文孚の声だった。

「文孚様、お久しゅうございます」

「智淑殿、逃げてこられたか」

転がるように走り寄った文孚は、智淑の手を取り、感涙《かんるい》に咽《むせ》んだ。

「いいえ、わが兄の願いを倭将が聞き入れ、解放されたのです」

「それは、どういうことだ」

智淑が経緯《いきさつ》を語った。

吉州城の陥落と、嘉兵衛が城に残ったことを聞いた金宦《キムクワン》は、義兵将は情報を得るため、日本軍の将をすぐに殺さないことを清正に伝え、智淑を送ることを提案したというのだ。

「どうか、かの者の命をお救い下さい」

「なぜ、かの者を救わねばならぬ」

「かの者は、わたくしが馬賊《ばぞく》に拉致《らち》された折、自らの命を顧《かえり》みず、わたくしを救い出してくれました」

智淑が、かつて嘉兵衛に助けられた顚末《てんまつ》を文孚に語った。

「そんなことがあったのか」

しばし何事か考えた後、文孚が嘉兵衛の縄を解くよう命じた。

「王子や兄上は、お元気か」

「はい。皆、丁重《ていちょう》に扱われております」

「義兄上《あにうえ》が、よくぞ智淑殿を送ってきたな」

「それ以外、この者を救う手だてがないからです。文孚様は雑説（情報）を重んじられるお方。必ずや敵将を殺さずに捕えると、兄もわたくしも信じておりました」

二人が話している間に、柱は下ろされ、嘉兵衛の縄が解かれた。

「いずれにしてもよかった。これで婚儀が行える」

――智淑殿の許婚者《いいなずけ》とは文孚だったのか。そうか、万が一、わしを救うことができずとも、智淑殿を文孚に託すことができる。さすが金宦《きんかん》殿だ。

凍傷になりかけている指先をさすりつつ、心中、嘉兵衛は苦笑《にがわら》いした。しかし、あまりの寒さと安堵から、意識は次第に遠のいていった。

どれほどの時間が経ったのだろうか。鼻をつく汚臭《おしゅう》に、嘉兵衛は目を覚ました。視線の先の薄暗がりには、馬糞《ばふん》が積み上がっている。

――肥料小屋か。

嘉兵衛は立ち上がろうとしたが、足首には枷《かせ》がはめられ、その先は鎖で柱につながれている。

しばし、それを外《はず》そうとしていると、扉が開けられた。

眩しい陽光の中に立っているのは智淑である。

「ああ嘉兵衛様、このような扱いをして申し訳ありません。文孚様が、配下に対して示しがつかぬとのことで、致し方なかったのです」

悲しげな顔で嘉兵衛の許に走り寄った智淑は、その足首を懸命にさすった。

「おやめ下さい」と言いつつ、慌てて嘉兵衛が足を引こうとすると、戸口の方から文孚の声が聞こえた。

「嘉兵衛とやら、おぬしの正しき名は何と申す」

「わたしか――、わたしは佐屋嘉兵衛忠善《ただよし》と申す」

「サヤカ、とな」

嘉兵衛は黙ってうなずいた。朝鮮人は、日本人の苗字と名前の区切りが分からないため、発音しやすい最初の三字だけで呼ぶことが多い。

「嘉兵衛様、文孚様は尋問に応じれば解放すると仰せです。何卒《なにとぞ》、正直にお答え下さい」

嘉兵衛の袖にすがる智淑に、嘉兵衛は、やれやれという顔で応じた。

「それだけは、智淑殿の願いでもできませぬ」

「ああ、それでは殺されます」

智淑が泣き崩れた。

「サヤカとやら、清正勢で戦える者はどれほどいる」

文孚が問うてきたが、嘉兵衛は、薄ら笑いを浮かべて瞑目《めいもく》した。

「此奴、智淑殿に免じて命を救ってやったにもかかわらず、何という態度だ」

唇を震わせつつ、文孚が腰の刀に手を掛けた。

「文孚様、お待ち下さい。わたくしが説得いたします」

慌てて走り寄った智淑が文孚の腕を押さえた。そこには、親密な者の間だけで交わされる微妙な感情が込もっていた。

嘉兵衛は軽い嫉妬《しっと》を覚え、二人から目を背《そむ》けた。

「いかに智淑殿の命の恩人でも、かような態度を取るとは赦し難い」

「しばしの間、嘉兵衛様とわたくしを二人にして下さい」

「それはいかん。野蛮な倭人と智淑殿を二人にするなど言語道断《ごんごどうだん》だ」

「それ以外に、倭軍のことを聞き出す術はありません」

文孚に甘えながらも、しっかり自らの意思を通そうとする智淑の態度に、嘉兵衛は感心した。

しばし考え込んでいた文孚は配下を促すと、肥料小屋から出ていった。

「嘉兵衛様、このような扱いをお許し下さい」

「客人のように遇してくれとは申せぬ立場です。これでもましでしょう」

嘉兵衛が自嘲した。

「嘉兵衛様、文孚様の尋問に、どうしても応じていただけませぬか」

「申すまでもなきことです」

「ああ……」

智淑が嘉兵衛の膝に手をついて泣いた。

「それでは殺されます。文孚様は義兵軍の盟主にすぎません。わたくしの願いを聞き入れてくれたとはいえ、それは一時《いっとき》のこと。親兄弟を殺された義兵らの不平不満が高まれば、たとえ文孚様であっても、嘉兵衛様のお命を守ることはできません」

「いかにもそうでありましょう。どの道、わたしは手の者すべてを殺されたのです。生きて主君の許に戻るわけにはまいりませぬ」

「すべてではありません」

「生き残った者が、おると仰せか」

嘉兵衛の顔に一瞬、光が差した。

「わしは、そう簡単には死にゃせんよ」

扉が開くと、定吉が入ってきた。その背後には大男がいる。

「定吉、無事だったか」

「あまり大きな声を出してはいかん。大男が機転を利《き》かせ、捕えられたわしを、親《お》父《や》と呼《じ》んでくれたので助かった。わしは、この国の言葉を話せるからな」

「大男、すまなかった」

「一時は、どうなることかと思いました」

大男は安堵したように笑みを浮かべた。

「定吉さん、大男さん、嘉兵衛様に水と食べ物を持ってきて下さい」

「あいよ」

弾むように、二人が去っていった。

「智淑殿、わたしは、ここから逃げ出す。何か武器を持ってきてくれませぬか」

「それはできません」

同胞を殺すための武器を、智淑が嘉兵衛に渡すはずがない。

「ここから逃れることはできません。すでに城津《ソンジン》、端川《タンチヨン》まで義兵が占拠し、清正殿は、北青《プクチヨン》から北に進めなくなっております」

北青とは、吉州の南二十五里にある宿駅である。

「殿が――、殿が助けに来てくれているのだな」

二月二日、吉州が義兵の襲撃を受けたことを知った清正は、在番衆収容のため、王子一行を伴い、安辺を出陣した。四日、咸興《ハムフン》に至り、鍋島直茂に王子らを託した清正は、引き留める直茂の言《げん》を入れず、さらに北進した。

北青に至った清正が見たのは、凍傷を負い、鳥目や雪目となった家臣たちの姿だった。

清正が吉州を目指して出陣しようとした五日、吉州・城津・端川在番衆が、ようやく北青にたどり着いた。そのあまりに憔悴《しょうすい》した姿に清正は涙し、大釜で炊《た》き出しを命じ、手ずから飯を握り、心ゆくまで白飯を食わせた。

「しかし清正殿とて、北青より北に進めず、春になるのを待っているようです」

「そうか、それでよい」

――殿、お気持ちだけで十分です。

嘉兵衛は、はるか南の空の下にいる清正に、心中で礼を述べた。

やがて、定吉と大男が飯を持ってきた。稗と粟《あわ》だけの粗末な食事だが、自らを慕う人々に囲まれ、嘉兵衛は安堵して食べた。

これまでの人生で、これほどうまい食事はなかった。

北青にとどまり、雪解けとともに北進再開を期していた清正だったが、二月十五日、安辺に明使が入ったと聞き、いったん帰還することにした。実は、明との外交交渉を行長に独占されていた清正は、かねてから忸怩《じくじ》たる思いを抱いており、明使が清正を頼ってきたことが、ことのほかうれしかったのだ。

明使は平壌《ピョンヤン》陥落を清正に伝え、停戦することを条件に、清正勢の咸鏡道《ハムギョンド》からの撤退と、二王子の返還を求めてきた。明使は、碧蹄里《ピョクジェリ》の戦いの結果を知らないため強気で、その提示した条件は、清正に何ら益《えき》がなかった。

この講和条件を一笑に付した清正は、「朝鮮の割地《かっち》」を条件に掲げて譲歩しない。そのため口論となり、清正は「たとえ明が四十万の軍勢を擁《よう》しているとしても、皆殺しにしてみせる。そして明の四百余州を焼き尽くし、皇帝を生け捕りとする」と豪語した。

むろん会談はそれで決裂し、双方は戦場で再びあい見《まみ》えることを約し、袂《たもと》を分かった。

しかしその後、清正の許に、秀吉の命令書を携《たずさ》えた奉行の使者が到着し、撤退を促してきた。

これにより、さすがの清正も咸鏡道を放棄せざるを得なくなった。

二月中旬、清正と鍋島直茂は咸鏡道を後にした。

同月二十八日に漢城《ハンソン》に到着した鍋島勢は、当初の一万二千から七千六百四十四へと、翌日、到着した清正勢は、当初の一万から五千四百九十二へと減っていた。咸鏡道に着いてから戦闘らしい戦闘をしていない鍋島勢が、これだけ減っているのは、いかに飢えと寒さが厳しかったかを物語っていた。

七

正月二十六日の碧蹄里《ビョクジェリ》の惨敗は、明政府に大きな戦略の転換を迫った。明軍経略・宋応昌《そうおうしょう》は漢城《ハンソン》の日本軍に対し、半島からの撤退、二王子の返還、秀吉の謝罪という三条件をのめば、秀吉を日本国王に封じ、勘合貿易も復活させると約束した。

これに対し、行長と奉行衆らは協議を重ね、まずは咸鏡道《ハムギョンド》から清正らを撤兵させ、和議に応じる構えを見せつつ、漢城から撤退することの代償として、朝鮮南部四道（江原《カンウオン》・慶尚《キョンサン》・全羅《チョルラ》・忠清《チュンチョン》）の割譲《かつじょう》を迫るつもりでいた。

二月二十七日、三成ら奉行衆は秀吉に現地の窮状を訴える使者を送り、暗《あん》に漢城からの撤退許可を願い出た。

在朝鮮十七将の血判状《けっぱんじょう》の形式を取ったこの書状には、漢城の兵糧が不足してい伐《ばっ》がうまくいっていないことなどが、撤退の理由として記されていた。

　さすがの清正も一時的な撤退をやむなしとし、諸将と共に血判を捺《お》した。

　続いて三成らは、漢江《ハンガン》に大規模な舟橋を架けると同時に、漢城から四里ほど南の幸州山城《ヘンジュサン》に籠っている全羅道巡察使・権慄《クオンリュル》率いる二千三百の軍勢を駆逐《くちく》するため、三万の大軍を送った。この地を押さえられていることで、兵站線が不安になっているためである。ところが日本軍は、三度にわたる惣懸《そうがか》りを弾き返された上、百三十もの兵を討ち取られ、撤退せざるを得なかった。

　要は城を攻略できなかっただけだが、朝鮮政府は、この戦いを戦意高揚の格好の材とし、各地に過大に伝えた。この城での奮戦を認められた権慄は、軍の最高司令官である都元帥《とげんすい》に栄進し、後の慶長《けいちょう》の役《えき》では朝鮮全軍の司令官となる。

　幸州山城を落とせず、兵站に不安を抱えたまま、日本軍は三月を迎えた。

　その三月半ば、決定的な事態が起こる。明軍の一部隊が漢江南岸にある龍山《ヨンサン》の兵糧庫を焼き打ちし、漢城に駐屯する五万余の日本軍の兵糧二月《ふたつき》分にあたる一万四千石を焼き尽くしたのだ。これにより、日本軍の兵糧は一瞬にして底をついた。

　在陣諸将が途方に暮れていた四月十二日、ようやく秀吉から返書が届いた。

　秀吉は漢城からの撤退を了解し、ひとまず慶尚南道《キョンサンナムド》の沿岸に築かせていた十八城に、七万八千の日本軍を駐屯させることとし、江原・慶尚・全羅・忠清の四道だけでも割譲させるよう命じた。さらに交渉を有利に進めるため、慶尚道《キョンサンド》で唯一、義兵に確保されている慶尚南道の道都・晋州《チンジュ》を落とすよう命じてきた。

晋州城は前年の十月、細川忠興ら二万の軍勢が攻略に失敗している、いわくつきの城である。秀吉はこの攻略を厳命し、日本からの後詰部隊も含め、十二万四千の軍勢の陣立てを自ら作り、三奉行に送りつけた。さらに平壌《ピョンヤン》陥落時、小西勢を助けずに鳳山《ポンサン》から撤退した大友義統を改易《かいえき》に処し、軍令の厳守を命じた。

秀吉から漢城撤退の了解を取り付けた日本軍は、四月十八日、競うように南下を開始した。

かくして日本軍の漢城占拠は、わずか一年で終わった。

朝鮮半島の冬は、明けるのが遅い。四月初旬、ようやく吉州《キルジュ》でも晴れの日が多くなり、山々の雪も解け始めた。

嘉兵衛のいる肥料小屋からも、近くを流れる小川のせせらぎが一段と大きく聞こえるようになってきた。

拘留《こうりゅう》されている両班《ヤンバン》屋敷の庭を歩くことを許された嘉兵衛は、天気がよければ、日がな一日、外で過ごすようになった。

「これは、山つつじか」と問いつつ、嘉兵衛が葡萄《えび》色をした花に触れると、「ここではチンダルレと呼びます」と、嘉兵衛を気遣うように智淑《ジスク》が答えた。

「これは連翹《れんぎょう》であろう」

「わたくしたちはケナリと呼びます」

「わが生まれ故郷には、一面、連翹の咲く野があった」

嘉兵衛が、遠い目をして言った時である。

「智淑殿」

外舎廊の楼台から声がかかった。久しぶりに見る鄭文孚《チヨンムンブ》である。

嘉兵衛の世話を大男《デナム》に託した智淑は、急いで文孚の許に向かった。

「大男、最近、文孚はどうしている」

嘉兵衛が、声を潜《ひそ》めて大男に問うた。

「詳しいことは分かりませんが、義兵将の集まりで漢城まで行ったようです」

この四月、朝鮮政府は日本軍の去った漢城を奪還し、一時的な平和を回復したため、各地の義兵将を集め、大軍議を催した。

「そうか、日本軍は漢城から去ってしまったのだな」

すでに薄々、知ってはいたが、日本軍が漢城を去ったという事実に、嘉兵衛の気持ちは折れそうになった。

「お気を強くお持ち下さい」

「分かっておる」

――もう帰れぬかもしれぬな。

雪乃と共に過ごした日々が、もはや手の届かぬ彼方に去ってしまったことを、嘉兵衛は思い知らねばならなかった。

「倭人を呼べ」

「いけません！」

外舎廊の中から、文孚と智淑の激しいやりとりが聞こえてきた。

しかし、智淑のすすり泣きとともにそれもやむと、嘉兵衛は新しい着衣を与えられ、外舎廊へ上がることを許された。


「サヤカと申したな」

外舎廊の一室で嘉兵衛を待っていた文孚は、板敷きの上に布いた丸莫蓙《まるござ》を勧めた。それが、文孚の座すものと同じであると知った嘉兵衛は、不可解な思いを抱きつつも、座に着いた。

「すでに清正は漢城から去った。おぬしに尋問することはない。それゆえ、こうして客として遇しておる」

「礼を言う」

「これからは、日本軍の使者と同等の扱いをする」

「それで、何が望みだ」

嘉兵衛と文孚は、互いに油断のない目つきで、それぞれの肚《はら》を探ろうとした。

「漢城に行ってもらう」

「そうか、都でわたしを磔者《はたもの》にするのだな」

嘉兵衛が皮肉な笑みを浮かべた。

「都でどうするかなど、わしは知らぬ。とにかく漢城に行き、政府の下知《げち》に従うのだ」

「それを拒否することなど、わたしにはできないのだな」

「当たり前だ」

文孚が憮然《ぶぜん》として横を向いた。

「出発は明日だな」

「そうだ。檻車《かんしゃ》ではなく、馬に乗せていく」

「礼を言う」

用は済んだとばかりに、嘉兵衛が座を払うと、文孚の声が追いかけてきた。

「おぬしは智淑殿に何をした」

嘉兵衛が振り向くと、文孚が憎悪の込もった眼差《まなざ》しを向けていた。

「どういう意味だ」

「智淑殿は、わしと婚儀を挙げることに躊躇《ちゅうちょ》しておる。それは、おそらくおぬしのせいだ」

――そういうことか。

嘉兵衛は、智淑が己に思慕《しぼ》の情を寄せてくれていることに、薄々、気づいていた。しかし、文孚との婚礼を遅らせているとまでは思ってもいなかった。

「どうやら、この地を去るべき時が来たようだな」

「ああ、そういうことだ」

文孚の冷たい視線を背に受けつつ、嘉兵衛は文孚の前を辞した。

この夜、両班屋敷の母屋《おもや》の上室を与えられた嘉兵衛は、定吉の手を借り、月代《さかやき》と伸び放題になった髭《ひげそ》を剃り、翌朝の出発に備えた。


四月十八日、朝鮮王子一行を伴い、漢城を退去した清正勢は、来た時と同じ経路をたどり、慶尚北道《キヨンサンブクド》の慶州《キヨンジユ》に着いた。慶州は、かつて清正勢が上陸以来初めてとなる戦闘を繰り広げた地である。

ここで九州から送られてくる補充部隊を迎え入れるよう、清正は秀吉から命じられていた。

さらに加藤右馬允《うまのじょう》隊に警固させ、清正は王子一行を梁山《ヤンサン》に駐屯する伊達政宗《だてまさむね》の許に送った。

清正から王子一行を託された政宗は、梁山の西北の宿駅・密陽《ミルヤン》に一行を送り、五月六日、船に乗せて洛東江《ナクトンガン》を下らせた。

多大浦《タデポ》に着いた王子一行は、そのまま日本に送られそうになったが、ぎりぎりで秀吉の使者が着き、待ったをかけられた。実はこの頃、和議折衝《せっしょう》のため、明使節が名護屋に赴《おもむ》いており、その条件次第で、王子一行の返還もあり得たからである。

八

四月末日、いったん釜山《プサン》まで撤退した清正に、秀吉から新たな命が届いた。晋州《チンジュ》城の攻略である。

これを聞いた清正は、国元に五千石でも一万石でも兵糧を送るよう指示すると同時に、堺《さかい》に注文していた鉄砲と玉薬を催促させ、他国者でも構わないので、鉄砲足軽を早急に召し抱えるよう命じた。さらに陣夫《じんぷ》・鍛冶《かじ》・大工をかき集め、大鋸《おが》や鉄材の調達をも命じている。これは陣城や仕寄普請《しよりふしん》のためである。

こうした清正の要求に応えるべく、国元にいる家老《かろう》らは奔走《ほんそう》した。ただでさえ三成の讒言《ざんげん》により、秀吉の不興《ふきょう》を買っている清正である。ここで期待に応えねば、改易となった大友義統の二の舞を演じかねない。

晋州城攻略こそ、清正のみならず日本軍の威信を懸けた一戦となった。

その軍容は、第一軍に清正・黒田長政・鍋島直茂・島津義弘・毛利吉成《よしなり》二万五千、第二軍に小西行長・宗義智・細川忠興・伊達政宗《だてまさむね》・黒田孝高・浅野長政・長谷川秀一二万六千、第三軍に宇喜多秀家・石田三成・大谷吉継・木村重茲《しげとも》一万九千、第四軍に毛利秀元《ひでもと》一万四千、第五軍に小早川隆景・立花宗茂九千を配し、合計九万三千に及んだ。

秀吉の構想した十二万四千の陣立ては、諸軍の死傷者が予想を上回っていたため実現しなかったが、それでも圧倒的な兵力である。

四月中旬、半月に及ぶ長い旅を経て漢城《ハンソン》に入った嘉兵衛は、その凄まじい惨状に目を瞠《みは》った。

漢城邑城内の家という家には、食い物どころか机や椅子といった調度品さえなく、街路や辻では、酔った明兵が肩を組んで歌い、酔いつぶれている。家の奥からは、若い女性の絶叫やすすり泣きが漏れ聞こえ、店棚の前では、暴力を振るわれたらしき店主の老人が血を流して倒れている。嘉兵衛は、そうした光景から目を背けるようにして馬の背に揺られていた。

焼失を免れた殿舎《でんしゃ》の中に設けられた臨時政庁に案内された嘉兵衛は、ようやく休むことを許された。吉州《キルジュ》から百里余という長い道のりを踏破《とうは》してきたため、この日だけは貪《むさぼ》るような眠りに落ちた。

翌日、嘉兵衛は軍議の場に連れていかれた。

明・朝鮮両軍の諸将から憎悪の視線を注がれながらも、嘉兵衛は胸を張って軍議の場に入った。


「さて、お待ちかねの倭賊がやってきたようだな」

その肥満した腹を揺すって、明軍経略《けいりやく》・宋応昌《そうおうしょう》が下卑《げび》た笑いを漏らすと、諸将からも失笑が起こった。それを咳払いでやめさせた鄭文孚《チョンムンブ》が、嘉兵衛を紹介した。

「この者は、倭賊の将でサヤカと申します。サヤカは王子一行とも面識があり、使者にうってつけだと思われます」

——使者だと。

嘉兵衛が憤然《ふんぜん》として文孚を睨《ね》めつけたが、文孚は素知らぬ顔でいる。

明政府から日本軍との交渉を任されている沈惟敬《しんいけい》が、鶴のような細い首を伸ばして問うた。

「サヤカとな。貴殿は、この国の言葉を話すと聞いたが」

その問いに、小太りの下級官吏のような男が答えた。

「惟敬殿、この者つまりサヤカは、われらの言葉だけでなく、貴国の言葉も話すと聞いております。文孚、そうだな」

「左議政《さぎせい》様の仰せの通りです」

小太りの男は、朝鮮政府左議政の柳成竜《ユソンリヨン》だった。

彼らの話す内容を理解しながらも、何も分からぬかのような顔をして、嘉兵衛は横を向いていた。

「何を黙っておる。何かしゃべってみろ」

宋応昌の傍らに座す将が脅《おど》すように言った。その将の胸や肩は筋肉で盛り上がり、革鎧《かわよろい》の鋲を弾き飛ばさんばかりである。明軍東征提督の李如松《りじよしよう》である。

「この場は、わたしにお任せいただけませぬか」

文孚が李如松を制した。

「よいかサヤカ、われらは二王子を一刻も早く取り戻したい。そのために沈惟敬殿に同道し、日本軍の軍営まで出向き、おぬしの主《あるじ》である加藤清正を説得してほしいのだ。首尾よく王子を取り戻せれば、おぬしをその場で解放してやる」

――解放だと。

一瞬、嘉兵衛の心に光が差したが、次の瞬間、それは失望に変わった。いかなる形であれ、明使と共に日本軍の軍営に赴けば、裏切り者とされ、日本軍への復帰など許されないからである。

「問題は、二王子の返還だけではない」

末座の方に連なる中年の将が口を開いた。

義兵将の郭再祐《クワクチエユ》である。

「倭賊が、われらの穀倉地帯である全羅道《チヨルラド》への侵入を企《たくら》んでおるのは明白。それを阻《はば》んでいるのが晋州城だ。倭賊に全羅道を取られてしまえば、倭賊は兵糧の心配もなくなり、再び北進を始めるに違いない。すなわちわれらは、何としても晋州城で倭賊を阻止せねばならぬ」

「再祐殿、お待ちあれ。攻撃の阻止とは戦も辞せずということか」

額に汗を浮かべつつ、柳成竜が郭再祐に問うた。

「本来なら、そうすべきであろう。しかし今は、いかなる屈辱にも耐える時だ。倭賊と和談を進め、まずは晋州城への攻撃を思いとどまらせるべきであろう」

郭再祐の言葉に、対面に座す武将が目を剝《む》いた。

「再祐殿、倭賊の思惑は明白。すぐにでも晋州城の防備を厳《げん》にし、一方で先制攻撃を掛けるべきではないか」

「権慄《クオンリユル》殿、先制攻撃などとんでもない。倭賊を刺激するだけだ。ここは穏便《おんびん》に事を運び、まずは倭賊に全羅道への侵入を思いとどまらせる。そして慶尚南道《キヨンサンナムド》の倭城まで撤退させ、粘《ねば》り強く交渉し、半島から追い出せばよい」

郭再祐が諭《さと》すように言ったが、権慄と呼ばれた武将は納得しない。

「そんな小手先の策に騙《だま》される倭賊ではない」

権慄とは、かつて漢城から四里ほど南の幸州山城《ヘンジユサン》に籠り、日本軍を悩ませた知将である。総崩れ状態の朝鮮政府軍にあり、唯一の白星を挙げている権慄は、あくまで強気である。

権慄とその与党が席を蹴って立ち上がると、郭再祐を支持する義兵将らも色めき立った。それを抑えるように、柳成竜が仲裁に入った。朝鮮軍内部でも、政府軍と義兵軍との間には、根深い確執が芽生え始めていた。

「二人とも、ここで言い争っても仕方がない。先ほど、明将の皆様も仰せになられたように、まずは交渉を沈惟敬殿に一任し――」

「それでは甘い。倭賊が、何ら得るところなく兵を引くはずがあるまい。彼奴《きやつ》らは南方四道を制し、それを既成事実として交渉条件に持ち出してくるはずだ。それを防ぐべく――」

「いい加減にしろ！」

蛮族はだしの罵声《ばせい》を上げて権慄を制したのは、明将の李如松である。

「おぬしらは、いつもいがみ合い、言い争っておる。その挙句《あげく》がこの様《ざま》だ。すぐに講和交渉を進めぬと、王子は日本に連れ去られるぞ。それでもよいのか」

立ち上がっていた朝鮮軍諸将が渋々、腰を下ろした。

「それでは、和談を進めさせていただくということでよろしいな。その間、倭賊への一切の攻撃は手控えていただく」

宋応昌はそう宣言すると、李如松と沈惟敬を促し、座を払おうとした。

「惟敬殿、お待ちあれ。二王子の返還、停戦そして撤退という条件を、倭賊がのむ可能性は、あると思われるか」

柳成竜がすがるように問うた。

「冊封《さくほう》と勘合貿易の復活だけでは、倭賊は聞く耳を持たぬだろう」

「では、どうすればよろしいか」

「慶尚道だけでもくれてやれ」

李如松が冷ややかに言った。

「それは、ご勘弁いただきたい」

「いずれにしても、難しい和談になる」

沈惟敬が舌なめずりするように言った。難しい和談であればあるほど、まとめた際に、惟敬のもらう礼金は莫大なものとなるからである。

「お待ち下さい」

鄭文孚が、ここぞとばかりに口を挟んだ。

「このサヤカは、王子一行をその手で捕虜とし、ずっと一行を守っていたと聞きます。それだけでなく、日本軍の中でも名だたる勇将とのこと。それゆえサヤカの言葉であれば、倭賊も耳を傾けることでありましょう」

皆の視線が嘉兵衛に集まった。

「サヤカとやら、まずは王子の返還、そして、停戦という線で交渉を詰めてもらえぬか」

柳成竜が泣きそうな声で言った。

「サヤカ、よいな」

文孚が有無を言わさぬ口調で念押しした。ここで嘉兵衛が拒否でもすれば、嘉兵衛は殺されるだけで済むが、文孚の面目は丸つぶれである。

――わしには、金宦殿《きんかん》から託された使命がある。この地に静謐《せいひつ》をもたらすことであれば、たとえそれが日本に利なきことでも、実現に力を尽くさねばならぬ。

嘉兵衛の心中に、これまでにない別の感情が芽生えていた。

「お引き受けいたそう」

サヤカの言葉に、文孚が安堵のため息を漏らした。

――あの海を渡ってきたのだな。

一年前に渡海してきた頃と変わらず、釜山の海は、吸い込まれるような濃藍《こあい》色をしていた。

――あれから何年も経ったような気がする。

あまりにめまぐるしい日々を送ってきたためか、嘉兵衛の記憶は、あいまいになっていた。

「さぞ、あの海の向こうに帰りたいであろうな」

背後から聞こえた沈惟敬の声で、馬の背に揺られていた嘉兵衛は、現実に引き戻された。

「おぬしらは、よく故郷《くに》を懐かしむ。わしの知っていた倭寇《わこう》崩れも、よく故郷の話をしておった」

嘉兵衛は、この口先ばかりの男と無駄話をせずに、少しでも早く小西行長らが待つ講和交渉の場に向かいたかった。帰れないとは分かっていても、日本人に会いたいという一念が、嘉兵衛の心を駆り立てた。

「わしは一年中、砂塵《さじん》が吹くだけの町で生まれた。家は貧しく日々の食い物にも事欠いた。それゆえ、街に出ては犬を捕えて食っていた。もう、あんなところにいたくなかった。いつの日か立身し、故郷を出ることばかりを考えていた」

惟敬が、聞きもしない身の上話を始めた。

惟敬は、浙江《せっこう》省の嘉興《かこう》という鄙《ひな》びた地方都市で生まれた。金もなく学もない市井の遊民にすぎない惟敬が立身できたのは、妹が類希《たぐいまれ》な美人だったからである。妹を兵部尚書の石星《せきせい》の妾《めかけ》に送り込むことに成功した惟敬は、朝鮮に日本軍が攻め入ったことを知ると、にわか仕込みで日本について学び、「平（宗）義智、平（豊臣）秀吉と相知る」などと石星に吹聴《ふいちょう》して、日本との交渉役に抜擢《ばってき》された。

むろんこうした役に就《つ》き、うまく講和をまとめれば、朝鮮政府から莫大な礼金が下されるからである。

惟敬の身の上話を遮《さえぎ》るべく、嘉兵衛が言葉を返した。

「いくら懐かしんだところで、わしは、もう故国には帰れぬ身だ。わしは、この国と故国の役に立つならと思い、ここまで来たのだ」

「殊勝《しゅしょう》なことよ」

惟敬が嘲《あざけ》るように笑った。

行長が指定した場所は、釜山鎮《プサンジン》の一角にある焼け残った両班《ヤンバン》の館である。

館に近づくにつれ、小西家の白地に黒の祇園守《ぎおんまもり》の旗幟《きし》の下に立つ日本兵の姿が見えてきた。遠巻きにして嘉兵衛らを見つめるその目には、明らかに敵意と蔑みが込められている。

――あの中に、わしもいたのだな。

手を伸ばせば触れるほどの距離にいる彼らと己の距離が、海峡を隔《へだ》てるほど離れていることを、嘉兵衛はこの時、思い知った。唯一の救いは、小西勢ばかりのため、嘉兵衛を知る者がいないことである。

門前で出迎えた小西家の家老に導かれ、惟敬と嘉兵衛は会談の場に向かった。

「惟敬殿、よくぞいらして下さった」

胸に輝く十字架を翻し、惟敬の許に駆け寄った行長は、まるで師父《しふ》に再会したかのようにその手を取った。

すでに惟敬が、行長をたらしこんでいるのは明らかである。

「小西殿、お久しゅうござった。平壌《ピョンヤン》では、わが調儀《ちょうぎ》が手間取り、散々な目に遭われましたな。本当にすまなかった」

「いやいや、あれは、宋応昌と李如松が勝手にやったことだと聞いております。惟敬殿に落ち度はありませせぬ」

「そうなのです。かの者らは功を焦り、政府の言うことを聞かぬのです」

二人の会話を横で聞いていた嘉兵衛は、馬鹿馬鹿しくなってきた。

「さて、それでは交渉を始めましょう」

行長の傍らに控えていた宗義智が、いかにもうれしそうに言った。しかし、惟敬の口から二条件を告げられると、行長と義智の表情は、とたんに険しくなった。

先ほどまでの笑みが嘘のように、行長が苦渋《くじゅう》をにじませた顔で確認した。

「ということは、太閤殿下を日本国王に封じ、明との交易を許す代わりに、王子の返還と、停戦そして撤退という二条件をのめというのですな」

「いかにも」と言いつつ、惟敬が、その鶴のような長い首を上下させた。

「停戦はよろしいでしょう。しかし撤退は無理です。江原《カンウオン》・慶尚・全羅・忠清《チユンチヨン》の四道を割譲していただかないと、太閤殿下は納得しませぬ」

「それでは、わたしが明政府を説得できません」

「むろん、四道割譲は一時的なものです。その後に、われらが太閤殿下をうまく言いくるめ、全軍を撤退させます」

「そんな口約束を、明政府が信じるわけがありません」

惟敬は、呆《あき》れたように首を横に振った。

「いずれにしても、四道割譲を明文化していただかないと、二条件はのめませぬ」

「明文化など、とんでもない」

「それでは、われらの立場がない」

「苦しいお立場はお察ししますが」と言いつつ、惟敬の瞳が光った。

「われら明軍は南下を開始し、貴国の拠点を攻撃することになりますぞ」

「それは困る」

平壌で痛い目に遭った二人は、明軍との戦いだけは避けたいようである。

「しばし、お待ちあれ」

二人が打ち合わせのため別室にさがろうとするのを見た惟敬が、嘉兵衛に目くばせした。

「摂津守《せっつのかみ》様」

突然聞こえた流暢な日本語に驚き、二人がそろって振り向いた。

「それがしを覚えておいでか」

嘉兵衛は、行長と何度かあい見えたことがある。

「そなたは、まさかわれらの傍輩か」

「はい、加藤主計頭《かずえのかみ》家中の佐屋嘉兵衛忠善と申します」

「佐屋嘉兵衛だと――。おぬしは降倭《こうわ》となったのか」

行長の顔に驚きの色が広がった。

「いいえ、降倭となったわけではありませぬ」

「では、なぜ高麗人の服を着ておる」

「吉州《きっしゅう》で生け捕りにされたからです」

嘉兵衛は毅然《きぜん》として答えたが、むろんそれだけでは、行長は納得しない。

「偽りを申すな。吉州守備隊は一揆ばら（義兵）により全滅したと聞いておる」

「それがしだけが救われたのです」

「なぜだ」と問いつつ、行長が嘉兵衛の全身を舐《な》めるように見回した。

「それがしが三国の言葉を操ることを、敵将に知られたためです」

嘉兵衛は当時の事情を説明したが、行長の疑心《ぎしん》を晴らすには至らない。

「摂津守様、それがしのことはどうでもよいのです。それよりも、早急に二条件をのまねば、明軍は南下を始めます。まずは二王子を返還した上で、全軍を慶尚南道の諸城に引き上げさせて下さい。さすれば、明軍は遼東まで兵を引きます。そうした上で、時間をかけて殿下を説得し、全軍を撤退させるのです」

「しかし、勝手に王子を返しては、そなたの主が激怒するであろう」

行長の言葉には、多少の皮肉が込められていた。

「それは承知の上でございます。それがしを主の許にお送りくだされば、主を説いてみせます」

「馬鹿を申すな。そなたの主のことだ。そんな姿で現れれば、『何かの間違いだ。こんな家臣はおらぬ』とでも言い、即刻、そなたの首を刎《は》ねるだけだ」

行長の言う通りである。何よりも卑怯《ひきよう》を嫌う清正が、嘉兵衛を赦すはずがない。知らぬ間に、少しずつ引き返せない道を歩んでいることに、嘉兵衛は気づいた。

「いずれにしても、清正の意向などどうでもよい。二条件だけでも、早急に太閤殿下へお伺いを立てねばならぬ」

行長の決定により、この数日後、行長と共に、惟敬の副官の謝用梓《しやようし》と徐一貫《じよいつかん》の二名が、肥前名護屋に渡った。

一方、惟敬と嘉兵衛は釜山にとどまり、秀吉の回答を待つことになった。

五月十五日、名護屋に着いた一行は秀吉に拝謁《はいえつ》し、明側の講和条件を告げた。

二人を明の正式使節であると誤解した秀吉は、上機嫌で応対し、二王子の返還と停戦を即座に了承した。しかし撤退は言語道断とし、逆に講和条件七カ条（以後、七条件）を突きつけた。

・明の王女を天皇の后妃《こうひ》とする
・勘合貿易を復活させる
・日本と明の大官は、相互に友好の誓詞《せいし》を取り交わす

・朝鮮には都城を添えて、北の四道（咸鏡道《ハムギョンド》・平安道《ピョンアンド》・黄海道《ファンヘド》・京畿道《キョンギド》）を返還する
・朝鮮から王子と大臣を人質《ひとじち》として差し出す
・捕虜の二王子は朝鮮に返還する
・朝鮮の大官は、永代《えいたい》違約のない旨《むね》を記した誓詞を差し出すこと

この条件は双務的なもので、秀吉の一方的な要求ではない。秀吉としては、このあたりを落としどころとしたのである。しかし秀吉は、江原・慶尚・全羅・忠清四道の日本への割譲を当然と考えていた。

これに驚いた謝用梓らは、返書の受け取りを拒否するが、行長と三成の「条件など、後で好きに書き換えればよい」という言を入れ、六月二日、釜山に戻っていった。

これを聞いた沈惟敬は、宋応昌に指示を仰ぐが、宋応昌は七条件を自らの許にとどめ、逆に、明政府が秀吉の「降表《こうひょう》（降伏状）」を欲していると、惟敬に伝えてきた。

惟敬は行長と密談し、「降表」を偽造の上、行長腹心《ふくしん》の内藤如安《じょあん》を答礼使に仕立て、北京に向かわせた。

一方、秀吉の提示した七条件を、明側がのんだと聞かされた清正は、大いに疑心を抱き、七条件を朝鮮側に漏らして裏を取ろうとした。

むろん、これを聞いた朝鮮側は驚き、「明と日本の講和交渉に、朝鮮政府は一切、かかわりない」と宣言、諸城に兵を入れて防備を固めた。

朝鮮政府は、明と日本が頭越しに講和交渉をしていることに不安を抱き、どのような条件で講和が締結《ていけつ》されるのか情報収集していたところに、清正から、この話がもたらされたのである。

ここに、不倶戴天《ふぐたいてん》の敵どうしである朝鮮政府と清正が密通するという、複雑怪奇な政治状況が現出した。

朝鮮軍の兵員移動が活発になったことは、当然、各地で対峙《たいじ》している日本軍の耳《じ》目《もく》にも入る。

諸将からこれを知らされた秀吉は激怒し、即座に晋州城攻撃を命じた。

これに驚いた行長と三成は、秀吉に攻撃を思いとどまらせようとするが、秀吉は聞く耳を持たず、攻撃を厳命、行長と三成は、泣く泣くこの命に従わねばならなかった。

一方、釜山にとどまっていた嘉兵衛は、こうした動きの蚊帳の外に置かれていた。そのため六月に入り、日本軍の移動が始まったことで、講和交渉が決裂したことを知る。

惟敬を問い詰め、おおよその事情を知った嘉兵衛は、王子一行に会い、事態の打開を図ろうとした。


釜山の行在所《あんざいしょ》で、朝鮮官人の服をまとった嘉兵衛を見た一行の顔が変わった。

「嘉兵衛殿、生きていたか！」

「はい、何とか命を長らえております」

「よかった。本当によかった」

走り寄った金宦《キムクワン》は、震える手で嘉兵衛の手を取った。すでに智淑《ジスク》から金宦に文《ふみ》が送られ、嘉兵衛の無事が伝えられてはいたが、その元気な姿を見た金宦は、あらためて感涙に咽んだ。

「よくぞここまで参られた」

「皆様の苦労を思えば、何ほどのこともありませぬ」

二王子も玉座《ぎょくざ》から降りてきた。

「ご無事で何よりです」

「もったいない」

嘉兵衛は拝跪し、頭を垂れた。儒教の礼式を逸脱《いつだつ》するほどの二王子の丁重さに、しばし歓談した後、二王子が退席したのを機に、重臣らとの打ち合わせとなった。

嘉兵衛は早速、本題に入った。

「実は、われらの知らぬところで、たいへんなことが起こっていたのです」

嘉兵衛から講和交渉の経緯を聞かされた金宦と重臣たちの顔は、たちまち青ざめていった。

「ということは、和談は破れたというのだな」

「そういうことになります」

「となると、晋州城をめぐり、激しい戦いが繰り広げられることになる」

金宦が唇を嚙んだ。

「しかも明は、講和交渉中ということで、兵を出さぬつもりでいるようです」

「倭賊の全羅道への侵入を、明軍が黙視するというのか」

金宦の目に怒りの焰《ほむら》がともった。

「はい、奉行衆がうまく事を進めていたらしいのですが、どうやらわが主が——」

嘉兵衛は言葉を濁《にご》したが、金宦には、その意が伝わっているはずである。

「明軍の援護なくば、晋州城は玉砕《ぎょくさい》する。決して戦端を開かせてはならぬ」

「そうなのです。何としても、この戦いをやめさせねばなりません」

いつの間にか朝鮮側の立場で発言してしまった己に、嘉兵衛は愕然とした。

「嘉兵衛殿、わたしを晋州城に送ってくれぬか」

嘉兵衛にそんな権限はなかったが、清正の手を離れた王子一行は行長の保護下にあり、行長を説得すれば、それも不可能ではない。

当然、行長は晋州城攻撃陣に加わるであろうが、できれば、平和裏に晋州城を接収したいと考えているはずである。

——晋州城を救うには、それしかない。

「分かりました。やってみましょう。しかし、金宦殿が晋州城に向かうだけでは足りませぬ」

「どういう意味だ」

嘉兵衛の顔に笑みが浮かぶと、金宦が「やれやれ」という顔をした。

「やはり王子の馬はすごい」

「朝鮮一の名馬だからな」

嘉兵衛と金宦は馬首を並べ、慶尚道南西部に広がる丘陵地帯を疾駆《しっく》していた。

真夏の日差しは容赦《ようしゃ》なく大地を照りつけ、二人の額には、玉のような汗が浮かんでいる。

──わしは、生まれ変わろうとしておるのか。

嘉兵衛は、ここのところ雪乃と千寿のことを思い出す機会が、とみに減ってきていることに気づいていた。

──いや、わしは今一度、二人を抱き締めるのだ。

この地に同化し始めていると覚った嘉兵衛が、唇を嚙んだ時である。

「あれが晋州城だ」

望晋山という丘の頂に達した金宦が、西の方角を指し示した。そこには南江《ナムガン》を隔て、巨大な邑城《ゆうじょう》が横たわっていた。

「行くぞ」

朝鮮政府の使者の印である朱巾《しゆきん》を竿先に掲げた金宦は、丘を下っていった。

邑城に入り、主将の金千鎰《キムチヨンイル》、副将の崔慶会《チエギヨンフエ》らと面談した二人は、言葉を尽くして籠城戦の愚《ぐ》を説いた。

しかし、柳成竜から「明軍を説得し、援軍を送る」という知らせが入ったばかりの彼らは、自落撤退を容易に受け入れない。それだけならまだしも、王子の御内書《ごないしよ》を持参している金宦を疑い、投獄までしようとした。

嘉兵衛は、己の存在が金宦の仕事を妨《さまた》げていると思い、城を出て、日本軍の陣に赴くことにした。

「説得など無駄だ。殺されるだけだぞ」と押しとどめる金宦を振り払い、六月十五日、嘉兵衛は清正に会うべく、城を後にした。

九

「和田殿は、いずこにおられる」

番士の問いかけに、大篝火《おおかがりび》の下で絵図面を広げていた勝兵衛が顔を上げた。

「ここだ」と答えつつ、こちらを見る勝兵衛の顔が、見る間に変わっていった。

「お久しゅうござった」

縄掛けされた姿のままで、嘉兵衛が声をかけると、勝兵衛の顔から、とたんに血の気《け》が引いた。

「嘉兵衛か――、まさか」

震える手を前に差し出し、よろよろと三間《げん》ほどの距離まで迫った勝兵衛は、唇をわななかせた。

「嘉兵衛、それほど帰りたかったのだな。それほど雪乃殿に会いたかったのだな」

勝兵衛はひざまずき、数珠《じゅず》を取り出すと題目を唱えた。

「勝兵衛どん、わたしは生きております」

「えっ」

驚いたように顔を上げた勝兵衛は、しばし嘉兵衛を見つめた後、慌てて走り寄ってきた。

「生きておったか、嘉兵衛、生きておったのだな！」

勝兵衛は嘉兵衛に抱きつき、幾度も跳び上がった。その頃になると、大木土佐をはじめとした顔見知りも周囲に集まってきた。

「嘉兵衛、生きていたのか！」

「よかった、よかった」

しばらくして、嘉兵衛が縄掛けされているのに気づいた勝兵衛が喚《わめ》いた。

「縄を解け。この勇者が誰か知らぬのか！」

嘉兵衛を連れてきた鍋島家の足軽が、慌てて縄を解いた。

「よくぞ逃れてきたな」

「いかにして生き延びた」

ようやく落ち着きを取り戻した傍輩から、問いかけが相次いだ。

「いや、そういうわけではないのです」

質問のほとんどは逃走方法についてであり、嘉兵衛は苦笑いを浮かべるしかなかった。

「吉州ではすまなかった。一揆ばらが迫ってきたと、わしに告げてくれれば、わし一騎でも取って返したものの」

「もうよいのです」

その時、嘉兵衛を囲む輪の一角が割れると、長烏帽子形《ながえぼしなり》の兜をかぶった清正が現れた。

その姿を見た配下の者すべてが拝跪した。

「佐屋嘉兵衛忠善、ただ今、戻りました」

嘉兵衛も片膝をつき、帰還の言葉を述べた。

「嘉兵衛か、よくぞ戻った」

めったに笑わない清正の顔に、満面の笑みが広がった。

「殿、実は――」

「よくぞ万余の敵を蹴散らし、ここまで戻った。配下はどうした」

「すべて討ち取られました」

「そうか。将として、これほどの無念はなかろう。どこで奪ったのかは知らぬが、そんなものは早く脱げ」

嘉兵衛の着ている朝鮮官人の服を指し、清正が言った。

「いや、これは――」

「わしの甲冑を一領取らせるゆえ、存分に恨《うら》みを晴らせ」

甲冑の下賜《かし》は、最上級の恩賞である脇差《わきざし》の下賜を上回る破格のものである。

「実はそれが――」

清正を前にして嘉兵衛は緊張し、用件の趣《おもむき》をどう切り出せばよいか迷っていた。

「そうか、体の具合がよくないのだな。それでは致し方ない。わが陣の後方で休んでおれ。そなたの代わりに、われらが恨みを晴らしてやる。そして、この戦いが済めば、すぐ国元に帰してやる」

――わしは帰国できるのか。

嘉兵衛の脳裏に、長屋から手を振る雪乃と千寿の顔が浮かんだ。心の奥底から「高麗人など裏切ってしまえ」という声も聞こえてきた。

――しかしそれでは、金宦《きんかん》殿も、城に籠る民も殺される。

そう思った瞬間、嘉兵衛の心は決した。

――雪乃、千寿、これで永劫《えいごう》のお別れだ。

「殿、この城を攻めることを停止《ちょうじ》いただきたいのです」

「何を申す」

清正の顔色が変わった。

「それがしは、朝鮮政府から派遣された使者なのです。ここに王子の御内書もあります」

震える手で懐に手を入れた嘉兵衛は、御内書を清正に渡した。

「嘉兵衛、こんな時に戯れ言はよせ」

勝兵衛が引きつった笑みを浮かべた。

「よしんばそうだとしても、脅されて使者とされたのであろう」

大木土佐が周囲に同意を求めるように言った。

次々と上がる「そうだ、そうだ」という声を、右手を挙げて清正が制した。

「嘉兵衛、そなたは降倭となったのか」

「――――」

「今この場で、降倭は偽りの姿であると申せば、わが甲冑を与え、日本に帰そう。それだけでなく、比類なき勇者として称揚《しょうよう》し、千石を取らせよう」

――千石と。

嘉兵衛が息をのんだ。戦国を生きる者として、これほどの栄誉はない。しかも清正は、その生涯を通じ、一度として偽りを口にしたことがないのだ。

「しかし、本心から高麗人の使い走りをやっておるのなら話は別だ。いかなる事情があれ、わが軍から降倭を出すことだけは許さぬ。わしも、この城を攻めることを停止するつもりはない。それでもおぬしは、高麗人を裏切れぬと申すか」

清正の周囲には、すでに百を超える家臣が集まってきていた。しかし、誰一人として私語を交わす者はなく、固唾《かたず》をのんで嘉兵衛の次の言葉を待っていた。むろん彼らの待っている言葉は、一つである。

——ここで真を述べても、頑《かたく》なな殿を説得するのは至難《しなん》の業《わざ》だ。しかし、ここで偽りを申せば、わしには、この上ない栄誉と帰郷の喜びが待っている。千石取りになれば、雪乃と千寿に楽な暮らしをさせてやれる。やはり、わしは——。

嘉兵衛は、大きく息を吸い込むと言った。

「殿、この城を攻めるのを、何卒、おやめ下さい」

空気が凍りついた。次の瞬間、勝兵衛が嗚咽を漏らすと、清正の厳《おごそ》かな声が聞こえた。

「磔の支度をせい」

晋州城《チンジュ》には、漢城《ハンソン》から派遣された金千鎰《キムチヨンイル》・崔慶会《チエギヨンフエ》・黄進《ホワンジン》ら対日強硬派と、かつて、この城で日本軍の攻撃を防いだことのある元牧使の金時敏《キムシミン》、現牧使の徐礼元《ソレウオン》らに率いられた七千の兵が籠っていた。さらに城内には、五万七千余に上る民もいた。

これだけの兵力では、日本軍を防ぐのは容易でない。

しかも、城外から日本軍の側背《そくはい》を突くべく組織された権慄《クオンリユル》、金命元《キムミヨンウオン》、郭再祐《クワクチエユ》らの軍勢は、すでに宜寧《ウイリヨン》に屯集《とんしゆう》していたものの、講和交渉に関する情報が錯綜《さくそう》し、足並みがそろわない。

一方、日本軍は二重の包囲網を布いていた。すなわち内円は、攻城担当の宇喜多秀家、加藤清正、小西行長勢で、外円は、義兵の襲撃に備える攻城部隊以外の軍勢である。

前回の失敗に懲《こ》りた日本軍は、城を取り巻く堀の水を南江《ナムガン》に落として空堀《からぼり》とし、さらに〝飛楼八座《ひろうはちざ》〟と呼ばれる高櫓《たかやぐら》を八基も構築し、それに車輪を付けて移動できるようにしていた。

六月二十二日、万全の攻城準備を整えた日本軍は、鉄砲を乱射しつつ城に肉薄した。朝鮮軍は、前回の攻防で効果を発揮した大木・巨石・熱湯を準備し、日本軍の攻撃に備えていた。

しかし、竹束で覆われた八基の〝飛楼〟から放たれる鉄砲攻撃という予想もしなかった戦法に、朝鮮軍は抗する術もなく、緒戦《しよせん》から屍《しかばね》の山を築いた。

東から宇喜多勢、北から清正勢、西から小西勢という布陣で、三方向から城を押し包むように迫った日本軍は、かつてと違い、補給も十分で闘志に溢れていた。

雨のように乱射される鉄砲に斃《たお》れる朝鮮兵は数知れず、このままでは、日本軍が城に取り付く前に、籠城軍の戦意は挫《くじ》かれるに違いなかった。

この無残な光景を、磔にされた嘉兵衛は、丘陵《きゅうりょう》の突端の最高所から眺めさせられた。こうした惨状を見ることに耐えられず、嘉兵衛は目をつぶっていたが、音だけは否応《いやおう》なく耳に入ってくる。

銃撃された朝鮮人の断末魔《だんまつま》の叫びが聞こえる度に、嘉兵衛の胸は張り裂けそうになる。

しかし、終日それを聞いていると、神経も麻痺《まひ》してくる。磔台《たくだい》の上の嘉兵衛の意識は混濁《こんだく》し、己が今、どこにいるのかさえ分からなくなっていた。

やがて日が沈んだ。夜は磔台から降ろされ、水と食事を与えられるが、昼の間ずっと磔者とされた嘉兵衛の体力は、徐々に衰弱しつつあった。

攻撃八日目の二十九日、突然、城門の周辺が慌ただしくなると、門の上に何かが立て掛けられた。それは、嘉兵衛と同じような磔台だった。

――まさか、金宦殿か。

おぼろに見えるその姿形から、それが金宦と分かるまで、それほどの時間はかからなかった。

――そうか、金宦殿も同じ目に遭われたか。

目を細めてそれを確認しようとすると、金宦もこちらを見ている気がした。

嘉兵衛は己の赤心《せきしん》を金宦に示せたことに満足し、金宦も同じ気持ちでいると信じた。

──われらは、共に同胞に殺されることになりましたな。

嘉兵衛が笑みを浮かべた時、下から清正の声がした。

「嘉兵衛、あれは何だ」

「磔台のように見えます」

「まさか、金宦ではあるまいな」

「そのようです」

「そなたらは、そこまでして、われらに戦をさせまいとしていたのか」

清正がため息をついた。

「高麗人であろうが、日本人であろうが、わたしは、もう人が死ぬのを見たくないのです」

「そのためにそなたは、すべてを捨てたのか」

「はい」と答えつつ、嘉兵衛は胸を張った。

「そなたは、もう会わぬでも済む金宦に義理立てし、わしに偽りを申さなかったのだな」

「人として、それが正しき道と信じただけです」

呆れたように首を横に振った清正は、軍配《ぐんばい》を高く掲げると、人の声とは思えぬほどの大声で命じた。

「黒田勢を助け、城門を破り、かの勇者を救え！」

この時、前線を黒田長政勢に代わっていた清正勢は、即座に攻撃陣形を整えると、鉦鼓の音に合わせて押し出していった。城壁から距離を取り、〝飛楼〟の上から鉄砲を放っていた黒田勢は、何事が起こったのか、にわかに分からず呆気《あっけ》に取られている。

清正勢の先手を担《にな》う森本儀太夫隊の徒士《かち》や足軽が、〝亀甲車《きっこうしゃ》〟という車輪の付いた木櫃《もくひつ》を押し立て城に迫った。これを見て、ようやく抜け駆けに気づいた黒田勢の先手将・後藤又兵衛基次《またべえもとつぐ》は怒り狂い、同じく〝亀甲車〟を出してきた。

〝亀甲車〟とは、外側を火矢に強い牛の生皮《なまがわ》で覆い、底板のない四輪車の中に兵を入れ、人の脚力で前進する新種の攻城兵器である。

加藤・黒田両勢は競うように城に迫った。そこに朝鮮軍の火箭《かせん》や砲弾が降り注ぐ。明から借り出した天字銃筒という軽砲は、とくに効果を発揮し、日本軍の〝亀甲車〟を何両も破壊したが、加藤・黒田両勢の先陣争いを知った宇喜多・小西両勢も、ここを先途と攻め寄せたので、朝鮮軍の抵抗も、すぐに下火になった。

城際に至った日本軍の足軽が、鉄槌《てっつい》を手にして城壁の破壊に掛かった。そこに大石や熱湯が降り注がれるが、城際まで迫った〝飛楼〟からの攻撃により、それもすぐにやんだ。

最後は、城壁に穴が穿《うが》たれるのを待ちきれなくなった後藤又兵衛が、〝亀甲車〟の牛皮を自らかぶり、城壁を乗り越えて一番乗りを果たすと、内側から城門を開いた。これにより、鉄砲水のように日本軍が城内に殺到する。

――ああ、すべては無駄に終わったのだ。

嘉兵衛は、喩えようもない悲しさと徒労感の中にいた。己の信念を貫けたことだけが唯一の救いである。

ちょうどその時、後藤隊に続いて城内に雪崩れ込んだ森本・飯田両隊により、礫台が下ろされているのが目に入った。その後は死角になってよく見えなかったが、どうやら金宦は無事のようである。

――金宦殿は救われたか。

おそらく金宦は、城将に降伏を強く勧め、民だけでも退去させようとしたに違いない。しかし、その最中に日本軍の容赦ない攻撃が始まり、金宦は裏切り者と断じられたのだ。

――あと一日でも攻撃を遅らせることができていれば、民だけでも脱出させられたかもしれぬ。

嘉兵衛が無念の臍を噬《か》んだ時、突然、嘉兵衛の磔台も下ろされた。

縄を解かれた嘉兵衛は、清正の前に平伏した。

「殿、もう十分でございましょう。攻撃を止めて下され」

しかし清正は、無言で城内の攻防を眺めていた。

「殿、もう勝敗は決したも同じ。何卒、民を救って下され」

「嘉兵衛」

清正が、慈愛の込もった眼差《まなざ》しを向けてきた。

「そなたら二人がやろうとしたことは、決して間違ってはおらぬ。しかし、われらにも高麗人にも意地がある。もはや誰も、この戦いを止めることはできぬのだ」

「それは違います。この戦いに何の益がありましょう。これ以上、戦い続けても、双方共に、死者が増えるだけではありませぬか」

「嘉兵衛、これまでわしのためによく戦ってくれた。礼を申す」

「殿、それがし一個の命など惜《お》しくはありませぬ。それよりも何卒、この無益な戦いをおやめ下さい」

それには何も答えず、清正はその場を後にした。なおも清正を追おうとする嘉兵衛の肩を、番士が押さえた。

──しょせん、叶《かな》わぬこととは分かっていた。しかしわたしは、もう人が死ぬのを見たくないのだ。

夕闇迫る中、日本軍の勝鬨が聞こえた。

この日のうちに城は落ちた。

金時敏、徐礼元、金千鎰、崔慶会、黄進ら主立つ朝鮮将は、ことごとく討ち死にを遂げ、逃げ出そうとして討たれた兵や民の骸で、城の南を流れる南江はせき止められた。

種々の記録によると、この戦いだけで六万近い人々が虐殺《ぎやくさつ》されたという。

「嘉兵衛」

嗚咽する嘉兵衛の頭上で、勝兵衛の声が聞こえた。

「ああ、勝兵衛どん」

城から聞こえる喧噪《けんそう》を縫って、勝兵衛の鼻をすする音が聞こえてきた。

「金宦殿は、どうなりましたか」

顔を上げずに嘉兵衛が問うと、気を取り直したように勝兵衛が答えた。

「かの男は無事だ。殿は、王子一行の許まで連れ帰ると仰せだ」

「よかった」

嘉兵衛には、それだけが救いである。しかし、これだけの同胞が殺された金宦の心痛を思うと、居ても立ってもいられない。

「われらの努力は、虚しかったというわけですね」

「残念ながら、そういうことになる。おぬしが真を述べても、何も得るものはなかったのだ」

「そんなことはありません」

「今更《いまさら》、それがどうだというのだ。もう共に日本に帰れぬではないか」

涙をぼろぼろこぼしながら、勝兵衛がまくし立てた。

「それがしは信念を貫けたのです。悔《く》いはありません」

「おぬしは馬鹿だ。大馬鹿者だ！」

吐き捨てるようにそう言うと、勝兵衛は、背を向けて幾度も顔をこすった。

「それがしは、ここで斬られるのですね」

勝兵衛が首を横に振った。

「おぬしは放免となった」

「放免と」

「そうだ。斬首《ざんしゅ》よりも重い罰だ。おぬしは、日本軍に恨みの深いこの地で解き放たれる」

——そういうことか。

この地で解放されれば、嘉兵衛が助かることは、万に一つもない。

「分かりました」

「嘉兵衛、どこに行くつもりだ」

それを問われても、嘉兵衛には答えようがなかった。嘉兵衛の行き場など、この天地のどこにもないのだ。

「勝兵衛どん、お世話になりました」

立ち上がった嘉兵衛は、城と反対方向に向かって歩き出した。

「嘉兵衛、死ぬな」

その言葉に振り向いた嘉兵衛は、笑みを浮かべて一礼した。

「勝兵衛どんも息災《そくさい》で」

空に鰯雲《いわしぐも》がたなびき、半島に、日本より一月《ひとつき》ほど早い秋の到来を告げていた。


この戦いの後、日本軍は全羅道《チヨルラド》に攻め入らず、慶尚南道《キヨンサンナムド》に兵を返した。

晋州城攻防戦において、日本軍の力をまざまざと見せつけられた宋応昌《そうおうしよう》ら明軍首脳部が、秀吉の七条件が明政府に承認されたという偽りの回答を、沈惟敬《しんいけい》に告げさせ、日本軍の全羅道への侵入を阻もうとしたからである。

これにまんまと騙された秀吉は、全軍を慶尚南道の番城《ばんじろ》まで引かせた。かくして朝鮮国は、慶尚南道の沿岸を除き、領土をほぼ回復した。

しかし、国土の荒廃は、目も当てられないほどである。

『懲毖録《チンピロク》』の表現を借りれば、「全国にわたって飢餓が甚《はなは》だしく、しかも（明軍用の）軍糧輸送に苦しんでいた。老弱の者は溝に転がされ、壮者《そうしや》は盗賊となり、その上、伝染病が流行し、（人は）ほとんど死してしまった。父子、夫婦が相食《あいは》み、野ざらしになった骨が野草の中に打ち捨てられていた」となる。

儒教国でありながら、老いた者を尊ぶ風は失せ、肉親の人肉を食らってまで生き残ろうとする凄惨《せいさん》な光景が、諸所で繰り広げられていた。

七月二十二日、王子一行が釜山《プサン》を後にし、漢城に向かった。二王子は清正の厚遇《こうぐう》に感激し、清正に感謝状を置いていった。

金宦が清正と共に釜山に戻った時、すでに王子一行は去った後だった。

慌てて後を追おうとする金宦に、王子一行から書状が届いた。そこには、晋州城攻防の折、漢城への援軍要請で城を脱出した将の一人が、柳成竜《ユソンリヨン》らに「良甫鑑《リヤンボカム》という咸鏡道《ハムギヨンド》の金宦《キムクワン》が、倭賊のために働いている」という讒言をしたため、漢城では金宦を附逆《ふぎやく》と見ており、「戻るのは危険」とのことだった。

籠城の最中、金宦は降伏開城を唱え、自らを「使者として清正陣に送れ」と幹部らを説いたため、疑心暗鬼《ぎしんあんき》が渦巻く城中で裏切り者と見なされ、磔とされたのだ。

それゆえ、しばらくの間、金宦は清正の許にとどまらざるを得なくなった。日本軍の陣中に一人残された金宦は、清正に一日も早い撤退を促した。

金宦は、ほかの朝鮮人のように、声高《こわだか》に日本軍の非を鳴らし、「出ていけ」とは言わず、明政府が七条件を受諾《じゅだく》した今こそ、撤退すべきだと理路整然と説いたので、清正は大いに金宦を気に入った。むろん七条件の受諾が虚構などとは、金宦も清正も、露ほども思っていない。

同月二十七日、朝鮮在陣諸将に秀吉から命令書が届いた。あくまで秀吉は、〝久留の計〟にこだわり、慶尚南道一帯に二十余の番城構築を命じてきた。

これらの城には、四万三千の日本軍が籠ることになる。番城群東端の西生浦《ソセンポ》城の築城を命じられた清正は、国元に五十カ条にわたる指令を発した。

これは兵糧・武器・軍需品のみならず生活必需品の輸送まで含めた詳細なもので、兵のみならず、陣夫（人夫）や職人の補充を強く求めていた。

清正は国元も含めた総動員体制で、西生浦の築城に臨《のぞ》もうとしていた。

一方、明軍は日本軍を監視すべく包囲網を狭め、慶尚北道《キョンサンプクド》の星州《ソンジュ》を本営に定めると、大邱《テグ》や宜寧に兵を駐屯させた。これらの軍勢は、北京から派遣された明軍都《と》督《とく》・劉綎《りゅうてい》の指揮下に置かれた。また朝鮮水軍もこれに呼応《こおう》し、李舜臣《イスンシン》は閑山島《ハンサンド》まで進出し、日本軍の動きを警戒した。

朝鮮政府の方針と異なり、明軍は、日本軍を「戦わずに追い出す」ことを最優先とするようになっていた。

しかし宜寧では、郭再祐ら義兵将が一堂に会し、日本軍への攻撃を唱えていた。これに驚いた明軍は、講和交渉の決裂を恐れ、彼らを監視下に置かねばならなかった。

実は、晋州落城の際に行われた虐殺を聞いた郭再祐は、倭賊撃滅を唱える最右翼となっていた。

それは朝鮮政府の方針とも一致し、「和の一字は、死を命じられても言えない」と明軍に通達、徹底抗戦を主張した。しかし、外交権を明に握られている朝鮮政府には、何の権限もなく、最終的には明政府の方針に従うしかなかった。

ちょうどその頃、行長との交渉だけでは、日本軍すべてを動かせないと知った明政府は、清正との交渉を再開しようとしていた。それには、清正も心服するほどの仁徳《じんとく》を備えた人物が必要である。明将の劉綎と朝鮮将の権慄は相談の上、清正が敬虔な仏教徒であることに目をつけ、義僧兵将・松雲大師惟政《ソウンテスユジョン》を抜擢、清正に和睦交渉を打診《だしん》してきた。

清正は秀吉の承認を待たず、独自に惟政との間に交渉を持つことにした。清正も強硬姿勢を軟化させていたのである。しかしこれが、後に大きな禍根《かこん》を残すことになるとは、この時の清正は知るよしもない。

清正を説得する傍ら、金宦は、日本軍と在地の民との関係を円滑《えんかつ》に保つための努力をしていた。

金宦ら附逆と呼ばれる日本軍協力者の訴えにより、日本軍に恭順《きょうじゅん》の意を示している農民に対し、秀吉は「四つ物成《ものなり》（六公四民）」を許した。秀吉政権は、日本国内でも「七公三民」や「八公二民」が当たり前なので、これはたいへんな優遇措置である。

釜山周辺地域では、文禄三年（一五九四）が五公五民であったのに、翌年は三公七民となり、「撤兵の兆《きざ》しではないか」と、朝鮮官人が漢城に勘違いの報告をするほどだった。

また慶尚南道では、春に種籾《たねもみ》を貸し付け、秋の収穫時に利子《りし》をつけて回収するという「還上《げじょう》」という制度を日本軍が施行した。これにより農民の還住《げんじゅう》は一段と進み、荒れ果てた農地も次第に回復していった。

こうした日本側の努力の結果、釜山周辺地域では、耕作する者が野に満ち、商取引も盛んになり、日本の風俗に倣《なら》って「剃髪《ていはつ》」「染歯《そめば》（お歯黒）」まで行う者がいたという。

半島南部において、日本軍の〝久留の計〟は着実に浸透し始めており、その軍事力以上に朝鮮政府の脅威となりつつあった。

第三章

苦渋《くじゅう》の山河《さんが》

一

文禄《ぶんろく》二年（一五九三）の八月以降、朝鮮半島南端で両軍の対峙《たいじ》は続いていた。慶尚南道《キョンサンナムド》における日本軍の城普請《しろぶしん》は順調に進み、堅固《けんご》かつ壮麗な城郭《じょうかく》が次々と生まれていた。これが、釜山《プサン》、東萊《トンネ》、金海《キムヘ》、機張《キジャン》、西生浦《ソセンポ》などの日本式城郭群、いわゆる〝倭城《わじょう》〟である。

一方、釜山を出発してから約一年半後の文禄三年（一五九四）十二月、ようやく北京に着いた内藤如安《じょあん》は、明《みん》皇帝・神宗《しんそう》に拝謁《はいえつ》した。これだけ遅れたのは、日本軍の晋州《チンジュ》城攻撃などで、その真意を疑われた如安が、一年余も遼東《りょうとう》に留め置かれたからである。

如安は、四道割譲《かつじょう》や人質《ひとじち》提出などの秀吉七条件をおくびにも出さず、さも本物であるかのごとく、謹《つつし》んで「降表《こうひょう》」を提出した。

皇帝と共に如安を引見《いんけん》した兵部《ひょうぶ》尚書《しょうしょ》の石星《せきせい》は、「日本軍が朝鮮から撤兵すれば、秀吉を日本国王に冊封《さくほう》（任命）する。ただし勘合《かんごう》貿易は復活させない」という、さらに一歩、日本側に譲歩を迫る講和条件を如安に提示した。

明政府は冊封正使に李宗城《りそうじょう》を、副使に楊方亭《ようほうこう》を任命し、秀吉の許《もと》に赴《おもむ》かせることにした。

　実は、石星は沈惟敬《しんいけい》と小西行長《ゆきなが》の詭計《きけい》を知らされており、双方に都合のいい条件での講和の締結《ていけつ》を黙認していた。

　ところが翌文禄四年（一五九五）十一月、釜山に着いた冊封使二人は、日本軍が撤退どころか堅固な城郭群を構築し、周辺地域の支配を強化していると知って驚愕《きょうがく》した。日本軍の撤退を前提に、明政府は講和交渉を進めていたわけであり、それが実現されないとなると、冊封も無効になるのは当然である。

　二人は小西行長に抗議したが、行長は「とにかく日本に行ってくれ」の一点張りで、埒《らち》が明かない。しかも翌文禄五年（一五九六）正月には、冊封使を受け入れる準備と言って、行長自身が肥前名護屋《ひぜんなごや》に戻ってしまった。

　四月、釜山に残った宗義智《そうよしとし》に招かれた正使の李宗城は、義智から行長と沈惟敬の「降表」偽造を知らされた上、秀吉の前で偽の国書（詔勅《しょうちょく》と諭書《ゆしょ》）を読み上げることを強要された。これに驚いた宗城は、正使の印章や官服を置き去りにしたまま釜山から逃げ出した。

　宗城に逃げられた義智は、副使の楊方亭の宿館を囲み、すぐに日本に赴《おもむ》くことを納得させた。楊方亭は李宗城の逃亡を北京政府に伝えたが、日本軍の監視下にあるため、行長らの国書偽造工作については、一切、触れられなかった。

こうしたことから、明皇帝は、この工作に一枚嚙《か》んでいる石星の主張を入れ、あらためて楊方亨を正使に、沈惟敬を副使に任命し、日本への渡海を命じた。

一方、釜山で混乱が続く中、名護屋に戻っていた行長は、石田三成《みつなり》と策謀をめぐらせていた。

策謀とは、加藤清正《きよまさ》をいかに始末するかである。

清正が行長と沈惟敬の工作を朝鮮側に漏らしたため、半島では、国書偽造が半ば公然の秘密となっており、明皇帝と秀吉双方にばれる可能性が出てきた。そこで行長は、冊封使の来日を早急に実現し、講和を結ぶと同時に、秀吉に清正を処分させようとしたのである。

行長と三成は、清正の罪状三カ条を秀吉に提出した。それは「行長を〝堺《さかい》の商人〟と呼び、日本軍の名誉を傷つけた」「清正は許されているわけでもないのに、自ら豊臣朝臣《あそん》と名乗り、明と外交交渉をしている」「清正の家臣・三宅角左衛門《みやけかくざえもん》が李宗城に追い剝《は》ぎに及び、和議の進展を妨害した」という三点である。

行長と三成の思惑通り、秀吉は清正を「言語道断沙汰《ごんごどうだんさた》の限り」と見なし、名護屋に呼び戻した上、切腹《せっぷく》を申し渡すことにした。

五月十日、秀吉の召喚令《しょうかんれい》を受けた清正は、西生浦城を破却《はきやく》の上、名護屋に向かった。

――これが日本か。

金宦《キムクワン》は、初めて見る日本に複雑な感情を抱《いだ》いていた。憎むべき敵国は、鬼の棲《す》む地獄とはほど遠い、青い海の中に緑の島嶼《とうしょ》の点在する美しい島国だった。

――この緑溢《あふ》れる国に住む人々に、なぜ、あれほどのことができたのか。

すでに嘆きや怒りという感情を通り越した、ある種の感慨《かんがい》を金宦は抱いていた。

――それが時代というものなのか。南蛮《なんばん》渡来の新たな武器を手にしたこの国の人々は、時代の熱病に侵《おか》されたのか。

金宦は、同じ人としてそう思いたかった。

「あの日も、今日のように海は凪《な》いでいた」

知らぬ間に傍《かたわ》らにやってきていた和田勝《しょう》兵衛《べえ》が、金宦の耳元で呟《つぶや》いた。

「あの日とは」

「貴国に攻め入った日のことだ」

金宦は湧き上がる怒りを抑《おさ》えつけ、黙って海を見ていた。

王子たちの便宜を図るため、金宦は懸命に日本語を学び、今では、流暢《りゅうちょう》な日本語を話せるようになっていた。

「あの時には、嘉兵衛《かへえ》もいた」

無念そうに呟く勝兵衛に、金宦は感情の高まりを抑えきれなくなった。

「あなたも同胞《どうほう》を失う辛《つら》さが、少しはお分かりになられたでしょう。それは、われらも同じなのです。その辛さを忘れず、二度と他国を侵さぬことです」

「おぬしの申す通りだ。われらは無限の野心を抱き、大陸に攻め入ろうとした。しかし、そこから得たものは何もなく、失うものばかりだった」

「この戦いは、あなた方にもわれらにも、失うものしかなかったのです」

金宦は唇を嚙んで、緑に覆《おお》われた大小の島々を見つめた。

――命を失った同胞は数知れず、わたしは故郷を失った。

釜山で王子一行と別れた後、附逆《ふぎゃく》と誤解されているという知らせを受けた金宦は、王子らによる名誉の回復を待った。

しかし、王子らの父である国王の宣祖《ソンジョ》は平壌《ピョンヤン》におり、左議政《さぎせい》の柳成竜《ユソンリョン》ら朝鮮政府首脳も多忙を極めている。そうした中、少年にすぎない王子にできることは限られていた。しかも、彼らが証言できるのは金宦の人柄だけであり、金宦が晋州城内でどのように振る舞ったかを知る者は、すでにこの世にいないのだ。

金宦は、己《おのれ》が運命《さだめ》の糸に搦《から》め取られてしまったことを覚《さと》った。

「おぬしは、これからどうする」

勝兵衛が遠慮がちに問うてきた。

——これからだと。このような立場のわたしに、これからがあるというのか。怒鳴《どな》り出したい気持ちを抑え、金宦は己の生きるべき道を模索《もさく》した。

——わたしは己の運命《さだめ》を受容し、その中で、民のために尽くす道を探すべきなのではないか。

「せんないことを問うてしまい、すまなかった」

無言で海を見つめる金宦の気持ちを察したのか、虚《うつ》ろな声で謝罪すると、勝兵衛は歩み去ろうとした。その背に向かって、金宦は思いのたけをぶつけた。

「わたしは、己に課せられた使命を全《まっと》うするだけです」

「そうか、その覚悟があれば、何事も成し遂《と》げられる」

そう言い残し、勝兵衛は去っていった。その寂《さび》しげな後ろ姿には、悪鬼羅刹《あっきらせつ》と恐れられた倭賊《わぞく》の面影《おもかげ》は微塵《みじん》もなかった。

——どのような立場に追い込まれようとも、目の前で苦しむ民の苦痛を和《やわ》らげることが、わたしに課せられた使命なのだ。

船尾の方角を見やると、航跡《こうせき》が長く尾を引いていた。それは故国まで続く道に違いない。しかし金宦にとって、その一本の澪《みお》は途中で断ち切られているのだ。

——再び戻ることができても、そこは、もはや異国でしかないのだ。

万感《ばんかん》の思いを胸に、金宦は澪を見つめていた。

対馬《つしま》にとどまり、秀吉の沙汰を待っていた清正は、奉行の増田長盛《ましたながもり》から伏見《ふしみ》に出頭《しゅっとう》するよう申し付けられるや、すぐに対馬を発《た》ち、五月下旬、名護屋に入った。清正勢にとり、文禄元年（一五九二）の半島上陸以来、実に四年ぶりの帰国である。

名護屋に上陸した清正は家臣の大半を肥後《ひご》に返し、自らは、少ない供回《ともまわ》りを連れて伏見に向かった。その中には金宦もいた。

六月五日、伏見に着いた清正は秀吉に面談を申し入れるが、これを拒否される。秀吉の怒りが尋常《じんじょう》なものではないと知った清正は、屋敷の出入り口や窓という窓に板材を打ち付け、白い浄衣《じょうえ》に着替えて蟄居謹慎《ちつきょきんしん》に入った。

上使としてやってきた長盛は、三成に詫《わ》びを入れ、秀吉の前で三カ条を事実として認めた上で謝罪すれば、すべては許されると内々に伝えた。

長盛は、清正助命の根回しをしてきたのである。

ところが清正は、「三成とは一生、仲直りせぬ。その理由《わけ》は、朝鮮における数度の合戦に、三成は一度も加わらず、人の陰口をたたき、讒言《ざんげん》を構え、人を陥《おとし》れようとしたからである」と答えた。

何とか清正をなだめようとした長盛だったが、清正が頑《がん》として説得を受け入れないため、最後には、「勝手にせい」とばかりに座を払った。

秀吉としては、仲の悪い清正と三成をそろって出頭させ、清正には己の越権《えつけん》行為を、三成には行き過ぎのあったことを謝罪させるという筋書きを考えていただけに、長盛の報告を聞いて、さらに激怒した。

清正は秀吉の面目《めんぼく》をつぶしたことになり、少なくとも、改易《かいえき》と高野山《こうやさん》行きは免《まぬか》れ得ないものとなった。

その矢先の七月半ば、正使となった楊方亨に先駆け、副使の沈惟敬が大坂に着いたという知らせが入った。続いて楊方亨もやってくるとのことで、三成と長盛は出迎えのために大坂に向かった。そうしたことが重なり、清正への沙汰は、しばし棚上げとなる。

そんな最中《さなか》の七月十三日、丑《うし》の刻（午前二時頃）、畿内周辺を大地震が襲った。

醍醐寺三宝院《だいごじさんぼういん》の義演《ぎえん》の日記には、伏見城（指月《しづき》城）の城門や御殿などが倒壊し、多くの御番衆《ごばんしゅう》が命を落としたとある。さらに秀吉自慢の方広寺《ほうこうじ》の大仏も崩壊し、京の町の至る所で地割れが起こり、その中に落ちて死んだ人々は数知れないと記されている。

二

突然、地の底が抜けたかと思うと、天井が落ちてきた。「あっ」と思う間もなく、金宦《キムクワン》は瓦礫《がれき》の山に埋まっていた。

かろうじて梁《はり》の一撃から身をかわしたため、屋根板の下敷きになった程度で、怪我《けが》はなかった。

慌《あわ》てて瓦礫の中から這《は》い出して周囲を見回すと、宿館に充《あ》てられていた長屋だけでなく、周囲の家屋すべてが倒壊していた。

当初は、何が起こったのか分からなかったが、それを考える暇《いとま》もなく、諸所から上がるおびただしいうめき声に応じ、金宦は瓦礫を取り除《の》け、その下から人を引き出した。

ふと隣に住む夫婦のことを思い出し、瓦礫の山を探ると、夫婦はそろって梁の下敷きになり、息絶えていた。

やがて周囲から、互いの無事を確かめる声が聞こえてきた。金宦も、習いたての日本語でそれに応えた。

しばらくすると、誰かが松明《たいまつ》を持ってきたので、無事だった者が、その周りに集まってきた。皆は口々に「地震だ、地震だ」と騒いでいる。

続いて物頭《ものがしら》らしき男がやってきて、瓦礫の山に埋まっている傍輩《ほうばい》を助け出そうということになった。成り行きから金宦も、その作業を手伝った。

半刻《はんとき》（一時間）ほど瓦礫の山を掘り返し、生きている者は、ほとんど救い出せた。そこに清正の触れが回ってきた。

「動ける者は御屋敷に参集せよ」

御屋敷とは、言うまでもなく清正の伏見屋敷のことである。

人の波に押されるように、金宦もそこに向かった。

清正の伏見屋敷は惨憺《さんたん》たる有様となっていた。諸門や櫓《やぐら》は倒壊して見る影もなく、建築物の大半は崩れている。堅固な土造りの蔵だけが無事で、その中から、蔵役人らしき者が、様々な道具類を運び出していた。

無傷の家臣たちは一列に並ばされ、何かを手渡されている。

金宦も押されるままに列に並んだ。

やがて金宦の番になり、無言で陣笠と金梃子《かなてこ》を渡された。陣笠は落下物から頭を守り、金梃子は倒壊物を取り除くためのものだと、すぐに分かった。

さらに、水の入った竹筒が渡され、食料が後で支給されると告げられた。

道具を手にして整列させられると、清正が現れた。清正はかすり傷一つ負っておらず、常と変わらぬ悠然《ゆうぜん》とした態度で、整列する家臣の前に立った。

戦場と見まがうばかりのその姿に、家臣たちは圧倒された。

「これから、殿下《でんか》を救いに参る！」

そう宣言すると、清正は括り袴《くくばかま》をたくし上げ、大股《おおまた》で駆け出した。

気づいた時には、金官も清正の後を追いかけていた。

瓦礫の山の上を、清正は飛ぶように走った。家臣団がそれに続いた。ほかの大名家では、いまだ地震の衝撃に茫然《ぼうぜん》としており、この一団を呆気《あっけ》に取られたように見送るばかりである。

城下では、至る所で地割れが起こり、根小屋の一部では、火災も起こっていた。人々の嘆きの声は幾重《いくえ》にも重なり、余震の度に、それは悲鳴に変わった。

走りに走り、ようやく伏見城のあった場所に着いた。

ほんの数日前、その絢爛《けんらん》豪華さに舌を巻いたばかりの伏見城は、物の見事に倒壊していた。地震の被害は地盤の悪い川沿いほどひどく、宇治《うじ》川に面している伏見城の被害は、目も当てられないほどである。

崩れた門の瓦礫を乗り越え、清正が城内に駆け入った。

「殿下、虎之助《とらのすけ》が参りましたぞ！」

これが人の声かと思うほどの大音声《だいおんじょう》が、夜空に轟《とどろ》くと、「虎之助か」という弱々しい声が聞こえた。

――これが秀吉の声か。

ここまで遮二無二《しゃにむに》走ってきた金宦は、ようやく己が何をしようとしているか気づいた。

――わたしは、この手で秀吉を救おうとしているのか。

その事実に愕然《がくぜん》とした金宦だが、周囲の慌ただしさに巻き込まれ、そんな思いは瞬時に吹き飛んだ。

「殿下、いずこにおられる」

瓦礫の山の頂上で、清正が周囲を見回した。

「こっちだ」

先ほどより大きな声が聞こえると、声のした方角へ、清正が飛ぶように走り去った。遅れじとばかりに家臣らが続く。

「ここにおられましたか」

秀吉は、主殿《しゅでん》があったとおぼしき場所の前に広がる大庭にいた。

豪奢《ごうしゃ》な屏風《びょうぶ》を背にし、虎皮の敷物の上に置かれた床几《しょうぎ》に座ってはいるが、すっかり憔悴《しょうすい》している。

「殿下、お怪我はありませぬか」

清正が拝跪《はいき》すると、秀吉が力なく顔を上げた。

――これが秀吉か。

それは、猿としか形容できない生き物だった。その体軀《たいく》は貧弱そのもので、薄い胸板とげっそりとこけた頰《ほお》には、死の影さえ漂《ただよ》っている。

――かような男に、わが国は滅ぼされようとしているのか。

秀吉の尾羽《おは》打ち枯らした姿には、憐《あわれ》みさえ感じられた。

「虎之助、よくぞ参った」

「女衆《おなごし》もご無事でありますか」

「ああ、わしと女房どもは無事だ。しかし宿直《とのい》の者が幾人か見えぬと、皆が騒いでおった。近習《きんじゆう》どもが瓦礫を掘り起こしておるで、手伝ってやってくれぬか」

「承知仕《つかまつ》った！」

清正は素早く家臣に指示を出すと、傍らにいた物頭に言った。

「ここにおる者どもと殿下をお守りしろ。わしは周囲を見回ってくる」

「はっ」

その物頭の背後にいた金宦は、手の者と見なされ、その場に残された。

物頭の指示に従い、五人ほど残った者で秀吉の周囲を固めることになった。

金宦は、秀吉の左横を守るよう命じられた。

――秀吉とは、かような老人にすぎなかったのだ。

周囲を警戒するふりをしつつ、金宦は秀吉の様子をうかがった。

背を丸めて床几に座した秀吉は、がっくりと首を垂れ、放心しているかのようである。その姿は、山間《やまあい》の書院にひっそりと住む山林《サルリム》（世を捨てた儒者《じゆしや》）のようにも見える。

金宦らが固めた輪の周囲には、女房衆や小姓《こしよう》らしき者の行き交う姿も見られるが、皆、忙《せわ》しげに立ち働き、秀吉のことを案ずる風はない。清正の手の者が警固していることに、安堵《あんど》しきっているのだ。

――この小さな老人一個の野心により、わが国土は荒廃させられたのだ。

時が経つにつれ、怒りと情けなさで、胸が張り裂けそうになってきた。

その時、金宦は気づいた。

――今なら秀吉を殺せる。

わずか四間《けん》（約七・二メートル）ほど先に秀吉はいた。そっと近づき、その後頭部に金梃子の突起部分を見舞えば、秀吉は間違いなく死ぬ。

金宦は生唾《なまつば》をのみ込み、右に一歩、踏み出した。殺された同胞の霊が背を押しているような気がする。じりじりと移動し、三間の距離まで近づいても、誰も気にとめない。

金梃子を持つ金官の手が汗ばんだ。

——やるか。いや、同胞のためにやらねばならぬ。

金官が金梃子を握り直した。

秀吉は依然として首を落とし、大きなため息をついている。

さらに近づくことで、秀吉との距離はわずか二間になった。

周囲の者は、誰も金官の動きに気づいていない。

遂に秀吉が、金梃子の届く距離に入った。しかし何かが、金官を押しとどめた。

——わたしは、民の幸福のために生涯を捧《ささ》げるのではなかったか。

金官は逡巡《しゅんじゅん》した。すでに己一個の命などどうでもよかったが、こうした手段により恨《うら》みを晴らすことが、正しいこととは思えなかった。

——秀吉が朝鮮人に殺されたと聞けば、進みつつある和睦《わぼく》交渉は暗礁《あんしょう》に乗り上げる。怒った倭軍は攻勢に転じ、戦乱は、いつまでもやまぬかもしれぬ。

秀吉が絶対君主であることは、金官にも分かっている。しかし、五大老《ごたいろう》や五奉行と呼ばれる豊臣政権の執政者らの思惑までは、金官には計りかねた。少なくとも、責《せき》を感じた清正が再び半島に赴き、暴虐《ぼうぎゃく》の限りを尽くすことは明らかである。

——しかし、わが同胞の恨みだけは晴らせる。

金官が、再び金梃子を持つ手に力を入れた。

――それが、わたしのやり方か。酷《こく》には酷で、虐《ぎやく》には虐で報いることが正しき道なのか。

その時である。

「おい、誰ぞ、〝すまし〟を持っておらぬか」

わずかに顔を上げた秀吉が、寝起きの童子《どうじ》のように、ぼんやりとした目で金宦を見た。

「す、ま、し――」

「それを寄越《よこ》せ」

秀吉の節《ふし》くれ立った指の先は、金宦の腰に向けられている。

咄嗟《とっさ》に腰に手をやると、清正の屋敷で渡された竹筒に触れた。

――水のことか。

慌てて竹筒の紐《ひも》を解《ほど》こうとするが、手先が震《ふる》えてうまく外《はず》せない。

「不器用な奴だな」と言いつつ、秀吉は身を乗り出し、自らの手で竹筒の紐を解いた。

「もらうぞ」

「はっ、はい」

竹筒の底を天に向けた秀吉は、その皺《しわぶか》深い喉《のど》を鳴らして、さもうまそうに水を飲み干した。

「ああ、うまい」

幅広の胴服《どうぶく》の袖で口をぬぐうと、秀吉は「ほい」というおどけた声とともに、空《から》になった竹筒を投げ返してきた。金宦は、かろうじてそれを受け止めた。

「小姓どもも気が利《き》かぬ。水なら何でもよいと申しておるに、毒見の済んだ水瓶《みずがめ》を探しに行ったわ。そんなもん、すべて割れておるわ」

秀吉が、欠けた歯をあらわにして笑った。

「おぬしの水を飲んでしもうたな。代わりに何か取らせよう。何がいい」

「――――」

「欲のない奴だな。脇差《わきざし》でよいか」

気を挫《くじ》かれた金宦の頭は混乱し、適当な日本語が浮かばない。

「何も要《い》らぬならそれでよい」

秀吉は、疲れたように再び首を落とした。

「殿下！」

その時、瓦礫の山の向こうから清正が駆け戻ってきた。

「二、三の負傷者を除き、お側《そば》の者の命に別条ありませぬ」

「そうか、それはよかった」

「火も未然に消し止めましたので、火災の心配もなし」

「虎之助、ようやった」

秀吉の声に、ようやく生気が戻った。

すでに秀吉の周囲には、清正の家臣が幾重にも取り巻いており、同胞の恨みを晴らす機会は永遠に去っていた。全身から力が抜け、どっと汗が出てきた。

「虎之助、どこかに夜露を凌《しの》ぐ場所を作れぬか」

「はっ、これは気づきませせなんだ」

清正が、先ほどの物頭に臨時の御座所を造作《ぞうさく》するよう指図すると、物頭は金宦らを従え、材を集めるべく走り去ろうとした。

「おう、そうだ。この者の水を飲んでしまった」

「この者と申されますと」

清正が配下の者たちを見回した。

「この者だ」と言いつつ、秀吉の節くれ立った指が金宦を指した。

「そなたは――」

清正の生唾をのみ込む音が聞こえる。

「金宦《きんかん》か」

「はっ」

「殿下を守っておったのか」

金宦が首肯《しゅこう》した。

「そうか」

汗の滴《しずく》が一筋、清正のこめかみを伝って落ちた。

「虎之助、この者に水をやれ」

「はっ」と答えるや、清正は金宦から視線を外さず、己の腰に付けていた竹筒を渡した。その手は、夜目にも分かるほど震えていた。


臨時の御座所を設けた清正は、その周囲を己の家臣団で固めた。次々に大名たちが駆けつけてきたが、秀吉の縁者を除き、清正はすべて門前払いした。急を聞いて飛んできた三成も、そのうちの一人である。

清正としては、秀吉の側近くに金宦を配してしまったことを悔《く》い、来訪者を過剰なまでに警戒していた。

混乱が一段落した後、倒壊せずに残った近くの寺に秀吉を移した清正は、秀吉の居室《きょしつ》と襖《ふすま》一枚隔《へだ》てた部屋に孝蔵主《こうぞうす》を招き入れ、秀吉にも聞こえるほどの大声で、自らが朝鮮で挙げた功をとうとうと述べ、三成と行長の報告を「讒言の類《たぐい》にすぎず」と断じた。

孝蔵主とは、秀吉の奥向きを取り仕切る北政所《きたのまんどころ》の筆頭上臈《じょうろう》のことである。

このやりとりを隣室で聞いていた秀吉は、清正の言い分を尤《もっと》もとし、以後、清正の罪を問わないことにした。

六月中旬、明から冊封使《さくほうし》がやってくると聞いた秀吉は、明政府に七条件が受諾《じゅだく》されたと思い込み、四道統治部隊を除く日本軍の撤退を指示した。

それを確認した新冊封正使・楊方亨《ようほうこう》は、釜山《プサン》を船出し、大地震後の八月中旬、大坂に着いた。これには、二人の朝鮮通信使も随行していた。

彼らを案内してきた小西行長は、楊方亨に虚偽の国書を秀吉に渡すよう、脅《おど》したりすかしたりしていた。

明政府が秀吉の七条件をすべて受諾したことにしないと、再度の出征は必至《ひっし》である。それを回避するには、何としても楊方亨に、虚偽の国書を読み上げてもらわねばならない。

大坂に着いた楊方亨は、副使の沈惟敬《しんいけい》からも同様の依頼をされたが、頑《かたく》なにこれを拒んだ。

そのため行長と三成は、次善の策を考えざるを得なかった。すなわち、明の国書を日本語に翻訳して読み上げる役の僧・西笑承兌《さいしょうじょうたい》を脅し、表現を微妙に変えて朗読させようというのである。

一方、秀吉は朝鮮通信使まで来ていることを喜び、早速、「会おう」ということになった。

しかし事前に、「いつ王子を送ってくる」と問い合わせても、通信使から明確な返答がなかったため、たちまち機嫌が悪くなり、通信使とは会わないことにした。

王子の来日は秀吉の七条件の一つであるため、秀吉としては、すぐにも履行《りこう》されるものと思っていたのだ。

しかし秀吉は、明使に会うことには同意した。残りの六条件が満たされるのなら、「致し方ない」と考えたのである。

九月一日、北京を発ってから一年八カ月を経て、ようやく明使は、大坂城で秀吉に拝謁した。

明使から金印《きんいん》と冠服《かんぷく》をもらった秀吉は、上機嫌で承兌の読む国書に耳を傾けていた。しかしこの時、承兌は国書に書かれた内容を、原文そのままに読んでしまった。直前になって恐ろしくなったのである。

その内容が、何ら七条件に触れていないことに気づいた秀吉は激怒し、その場で再征を決定した。

ここに、日明講和交渉は破綻《はたん》した。

後にこの偽装工作の全容を知った秀吉は、行長を罰しようとしたが、三成、増田長盛、大谷吉継《よしつぐ》の三奉行も、この謀略に加わっていたと知り、致し方なく不問に付した。自らの手足に等しい奉行衆を罰しては、自らの権威が失墜《しっつい》してしまうからである。

一方、これに驚いた沈惟敬は急いで帰国して「関白謝恩状」を偽造、石星《せきせい》を経由して明皇帝に提出した。この「関白謝恩状」は、「（冊封されたことに対し）明皇帝の恩寵《おんちょう》に謝す」といった内容である。

しかし、この後すぐに日本軍の侵攻が始まり、朝鮮国王から明政府に救援要請が届くと、当然、話がおかしいとなり、疑惑の目が惟敬に向けられた。

そこにようやく楊方亭が戻り、北京でも、真実が白日の下《もと》に晒《さら》された。結局、惟敬は処刑され、石星と楊方亭も投獄された。楊方亭は謀略に加担していなかったが、正しい情報を送らなかった咎《とが》で、とばっちりを食ったのだ。

明政府は、碧蹄里《ビヨクジェリ》の惨敗《ざんぱい》をはじめとして、はかばかしい成果を上げられなかった宋応昌《そうおうしょう》と李如松《りじょしょう》に替え、経略《けいりゃく》に邢玠《けいかい》、経理《けいり》に楊鎬《ようこう》、提督《ていとく》兼総兵《そうへい》に麻貴《まき》、副総兵に楊元《ようげん》・劉綎《りゅうてい》・董一元《きんいちげん》・李如梅《じょばい》・高策《こうさく》・李芳春《ほうしゅん》、さらに水軍の責任者に陳璘《ちんりん》を配し、軍制を一新、日本軍との再戦に備えることにした。

ちなみに明軍の組織は、経略が最上位の軍務大臣で、続いて経理―提督―総兵―

副総兵―参将《さんしょう》―遊撃《ゆうげき》となる。

提督以下が武官として実戦を指揮するが、戦局によっては経略や経理も前線に出《で》張《ば》ることがある。というのも、文官とて敗戦となれば責任を取らされ、よくて投獄、悪くて死罪とされるからである。

日本軍の再征を聞いた金宦は愕然とした。故国に平和が戻ってきたとばかり思っていた矢先の凶報である。金宦は清正を動かし、秀吉に再征を思いとどまらせようとしたが、清正は首を横に振った。

清正とて、以前とは考えが変わり、再征には消極的になりつつあったが、これまで主戦論を唱《とな》えてきた手前、行長らの考えに同調するわけにはいかず、また秀吉に諫言《かんげん》などしようものなら、地震の際の働きで回復した地位も水泡《すいほう》に帰《き》してしまう。

清正は、苦しい立場に追い込まれていた。

九月下旬、清正は国元に戻り、渡海の準備に入った。肥後で穫《と》れた小麦を買い取り、価格の高い呂宋《ルソン》で売却し、そこで弾薬用の鉛を安価《あんか》で購入するなど、経営の才をいかんなく発揮した清正は、たちまち軍備を整えていった。

一方、金宦は、清正の命《めい》により名護屋に向かった。

朝鮮から拉致《らち》されてきた官人、儒者、医者といった知識階級や、陶工《とうこう》、瓦工《かわらこう》、紙漉《かみすき》などの職人の世話を焼くことを、清正から命じられたからである。

秀吉も朝鮮の工芸・縫製《ほうせい》技術の高さに驚嘆《きょうたん》し、「朝鮮人捕え置き候《そうろう》内に、細工仕り候者、並びにぬいくわん（縫官）、手のきき候女、これあるにおいては進上すべく候」という触れを出した。

この触れにより、高度の技術を有する一部の朝鮮人は、秀吉の許に送られることになった。

名護屋近郊の呼子《よぶこ》に設けられた取物検使所《とりものけんしじょ》に入った金宦は、次々と送り込まれてくる朝鮮人捕虜の世話を焼き、それぞれの技術や経験を書き留め、安全に居留地《きょりゅうち》まで送り届けることに力を尽くした。

労働力にしかならない捕虜は、二束三文《にそくさんもん》でポルトガル商人に売り払われてしまうので、金宦は、彼らの持つ技能を日本語で詳しく書き記し、それを捕虜の身分証明書とした。

そんなある日、船が着き、いつものように、拉致されてきた人々の名前や特技を台帳に記していると、目の前に立った男が突然、声を上げた。

「おぬしは、良甫鑑《リヤンボカム》ではないか」

その声に驚き、筆を擱《お》いて顔を上げると、そこに懐《なつ》かしい顔があった。

「まさか、鄭希得《チヨンヒドク》か」

「やはり甫鑑か。よく生きていたな」

「貴殿《きでん》こそ」

後は言葉にならなかった。二人はその場で抱き合い、涙を流した。

鄭希得と金宦は同じ年に司馬試《しばし》に合格し、漢城《ハンソン》で見習い官人をしていた一年余の間、寄宿舎で同室だった。

意気投合した二人は、義兄弟の盃《さかずき》を交わしたほどである。

ちなみに司馬試とは、科挙《かきょ》の一次試験のことである。

「希得、どこで捕まった」

「晋州《チンジュ》から全羅道《チヨルラド》の咸平《ハムピョン》に向かう途中だ」

希得は慶尚南道《キヨンサンナムド》の守令《しゆれい》となったため、晋州が赴任地《ふにんち》だった。希得が向かおうとした咸平には、朝鮮水軍の駐屯地があり、そこを目指していたのだ。

「晋州は、ひどい有様だったな」

「うむ、わたしは宜寧《ウイリヨン》に避難しておったので無事だったが、残った親類や知人のほとんどが殺された」

「家族はどうした」

「その時までは皆、無事だったのだが――」

希得が、金官の腕にすがりついて泣いた。

「われらは全財産を売り払い、一族四十五人が乗れる船を買い、泗川《サチヨン》を出帆《しゆつぱん》した。しかし、その途中で風が悪くなり、小さな浦に停泊した。そこに倭賊の船がやってきて拿捕《だほ》されたのだ」

「それでどうした」

「倭賊の辱《はずかし》めを受けるのを恐れ、女たちはすべて入水《じゆすい》した」

「何だと」

「女たちは早まったのだ！」

希得が床板に拳《こぶし》を叩《たた》きつけた。

この時、希得の母、妻、妹、兄弟の妻ら十数名が海に身を投げたという。

「ところがやってきたのは、蜂須賀《はちすか》という名の倭賊にしては寛大な将軍だった。わが父、兄弟、子供たちは、その場で釈放された」

「なぜ、おぬしだけが――」

「守令であることが明らかとなったため、何かの役に立つと思われたらしい」

その後、蜂須賀勢の本陣が置かれた慶尚道《キヨンサンド》の昌原《チヤンウオン》に連れていかれた希得は、倭軍の統治への協力を求められるが、頑として応じず、逆に監視の目を盗み、小船を盗んで逃亡を図った。しかし捕まり、獄《ごく》につながれた。それでも蜂須賀勢だったのが幸いしたのか、命までは取られず、日本に連れてこられたという。

「そうか、辛かったであろうな」

台帳付けをほかの朝鮮人に代わってもらった金宦は、希得を座らせ、白湯《さゆ》を与えた。

「異国で友に会えるとは思わなかった。ところで、おぬしはなぜ捕まったのだ」

「わたしか」

委細を語ろうとして、金宦は言葉に詰まった。

「わたしは──、会寧《ヘニョン》で捕まった」

「そんなところまで逃れていたのか。それで、ここに連れてこられたのだな」

「まあ、そういうことだ」

「咸鏡道《ハムギョンド》には、附逆《ふぎやく》が多いと聞く。逃げるのは、さぞたいへんだっただろうな」

その時、列に並んでいた一人の男が、憎々しげな声を上げた。

「その男も附逆だぞ」

「えっ」と声を上げた希得が、金宦の顔をまじまじと見つめた。

「この仕事をしている者は皆、附逆だ。そんなことも知らぬのか」

どこからか、また別の声が上がった。

「ま、まさかおぬし」

「違う、希得」

「貴様！」

立ち上がった希得が金宦の胸倉《むなぐら》を摑《つか》んだ。

「国を売ったのだな」

「違う、違うのだ」

「汚《けが》らわしい！」

希得が金宦に殴《なぐ》りかかった。ようやく騒ぎに気づいた日本軍の足軽《あしがる》たちが、背後から希得を殴り倒し、左右から寄ってたかって足蹴《あしげ》にした。

「やめろ、やめてくれ」

金宦が希得に覆いかぶさったので、足軽たちは、悪態《あくたい》をつきつつ身を引いた。

「希得、大丈夫か」

「どけ、この附逆め！」

再び金宦に襲い掛かろうとする希得の腕を、足軽たちが左右からねじ上げた。

「希得、聞いてくれ。これには理由《わけ》があるのだ」

「附逆の言葉など聞きたくない。わしはな、どんなに辛くても附逆にだけはならなかった。それをおぬしは――」

希得の吐いた唾《つば》が金宦の顔にかかった。それを見た足軽が、希得の後頭部を打ち据《す》えた。気を失った希得は両肩を掴まれ、外に引きずられていった。

「ああ、希得」

顔に付いた唾をぬぐった金宦は、その場に膝《ひざ》をついて泣いた。

そんな金宦に、列を成した同胞から容赦《ようしゃ》のない罵声《ばせい》が浴びせられた。

「ざまあみろ、附逆め」

「末代《まつだい》までも呪《のろ》ってやる」

屈辱《くつじょく》的な言葉が次々と浴びせられても、金宦に返す言葉はなかった。

いくつかの偶然が重なったとはいえ、自らが附逆であることは、まぎれもない事実であり、その烙印《らくいん》は未来永劫《えいごう》、消えることはないのだ。

持っていき場のない怒りと悲しみに、金宦は、胸をかきむしるしかなかった。

この後、徳島城下に連れていかれた鄭希得は、蜂須賀家政《いえまさ》の異父兄・東嶽《とうがく》禅師の知遇を得て、平穏《へいおん》な日々を送った。一年余にわたり徳島城下の知識層と交流した希得は、慶長《けいちょう》三年（一五九八）十一月、東嶽禅師の口利きにより帰国を果たした。

しかし希望を抱いて戻った故郷は、雑草と人骨で覆われ、見る影もなかった。

希得は後世の人々のために、その時の悲惨な様子を書き残そうと思い立ち、『万《マン》死録《サロク》』を記した。

希得の手記にもある通り、この頃の朝鮮では、荒廃した国土に飢餓《きが》や疫病《えきびょう》が蔓《まん》延し、地獄のような様相を呈していた。政府は、国家再建のために両班や商人に重税を課したので、かつては裕福だった人々でさえも困窮に喘ぎ、流民と化す始末だった。

　そうなれば、生活を脅《おびや》かされた在地両班層を中心とした反政府活動も活発化する。叛乱《はんらん》軍が至る所で蜂起《ほうき》し、各地の郡衙《ぐんが》や郡庁を襲い、兵糧《ひょうろう》の略奪に走った。叛乱軍のほとんどは奴婢《ノビ》階級だが、指導者の多くは、義兵活動を主導した出自のしっかりした者たちで、その勢いは日増しに高まっていた。

　慶長元年（一五九六）、忠清道《チュンチョンド》で蜂起した李夢鶴《イモンハク》の叛乱は、大規模なものとなった。

「人材の登用と民の救済」を旗印に掲げた李夢鶴の許には、七千の民が集まり、漢城目指して攻め上った。忠清道兵使の軍をも撃破した李夢鶴軍の勢いは、飛ぶ鳥を落とすがごときだったという。

　これに対し、文禄の役での活躍を認められ、都元帥《とげんすい》に昇進した権慄《クオンリユル》は、軍を再編成し、叛乱軍の鎮圧にかかった。

　政府軍の中には義兵たちもいた。彼らは、働きを認められれば奴婢階級から脱せられると聞いて勇躍した。これにより義兵が義兵を、奴婢が奴婢を討つという骨肉《こつにく》相食《あいは》む状況が現出した。

それでも叛乱軍の勢いは衰えず、朝鮮政府は危機に陥《おちい》る。

追い詰められた権慄の秘策は降倭《こうわ》軍だった。権慄は降倭軍に鉄砲攻撃を命じた。日本軍の鉄砲の威力は、朝鮮の民の端々《はしばし》まで染《し》みわたっている。そのため一斉射撃を浴びせると、たちまち叛乱軍は四散した。

さらに叛乱軍の階層が、両班などの上層民と、奴婢や僧侶といった下層民の二重構造になっていることに着目した権慄は、敵陣営に多くの〝免賤使《めんせんし》〟を派遣し、「降伏した奴婢は罰せず、将を斬って投降すれば、その者は良人《ヤンイン》とする」と布告したため、叛乱軍は一気に崩壊した。

李夢鶴も、たちまち幕舎を襲われて惨殺された。夢鶴を討った者には、従二品《じゅにひん》が贈られ、良人とされた。

漢城を目前にして、叛乱軍は泡のように消え去った。奴婢にとっては、李夢鶴の唱える国家体制の変革などより、己一個が、奴婢身分から脱することこそ重要だったのだ。

また、政府軍に与《くみ》した義兵や降倭にも種々の恩典が下され、多くの奴婢や降倭が晴れて良人となった。

この時、義兵将の英雄・郭再祐《クワクチエユ》も叛乱軍への協力を疑われ、漢城に連行され、拷問《ごうもん》を伴う厳しい取り調べを受けた。再祐を支えてきた副官・金徳令《キムトクリヨン》さえ命を落としたほどの厳しい拷問だった。

結局、再祐は積極的に政府軍に協力しなかっただけだと分かるが、彼の心に残した傷は深く、慶尚道防御使の座を辞した再祐は、故郷の宜寧に隠遁《いんとん》した。

幸いにして、日本軍再侵攻の前に叛乱は鎮圧された。しかし、国土の荒廃は言語に絶し、朝鮮軍独力では、日本軍の再侵攻を防ぐべくもなかった。

三

慶長二年（一五九七）二月、秀吉は朝鮮再征軍の陣立てを発表した。

先手《さきて》は文禄の役と同じく清正と行長が務めるが、先陣争いで大利を失う愚《ぐ》を避けるため、二日ごとに先手を代わることにした。

第一軍の清正勢は一万、第二軍の小西勢は宗義智《よしとし》らを加えた一万四千七百、それに第三軍の黒田長政《ながまさ》、第四軍の鍋島直茂《なべしまなおしげ》、第五軍の島津義弘《しまづよしひろ》らが、それぞれ一万余の軍勢を率いて続いた。

今回は文禄の役の教訓を生かし、兵站《へいたん》維持専門の部隊が設けられた。釜山《プサン》城に小《こ》早川秀秋《ばやかわひであき》、安骨浦《アンゴルポ》城に立花宗茂《むねしげ》、西生浦《ソセンポ》城に浅野幸長《よしなが》といった布陣である。

総勢十四万の軍勢が、再び半島目指して帆を上げた。

秀吉と奉行衆の立てた作戦計画は、前回の轍《てつ》を踏まないよう、まず「赤国（全羅道《チョルラド》）を成敗《せいばい》した後、青国（忠清道《チュンチョンド》）そのほか（慶尚道《キョンサンド》・江原道《カンウォンド》）を討つ」という極めて堅実なものである。ここで言っている赤国や青国というのは、秀吉が朝鮮八《はち》道《どう》を色分けし、略称としてそう呼ばせていたことに由来する。

すでに先手の内示を受けていた清正は、一月四日には対馬に投錨《とうびょう》し、出撃の命を待っていた。

一方、すんでのところで身を滅ぼすところだった行長は、今回の工作が露見《ろけん》した裏には、清正がいると思い込んでいた。行長の清正への憎悪《ぞうお》は、敵である朝鮮・明両国の比ではなかった。

行長は伝手《つて》を使い、朝鮮政府に、「和議の破綻は清正によるものであり、清正を討つことこそ（和平への）良策である」とし、「東風が強く吹けば清正は巨済島《クォジェド》に向かい、東風が常と変わらない程度であれば、機張《キジャン》あるいは西生浦に向かう」と知らせた。

これを聞いた朝鮮政府は歓喜し、閑山島《カンサンド》にいる李舜臣《イスンシン》に清正勢の邀撃《ようげき》を命じた。

この時、李舜臣は文禄の役当時の全羅左水使から、慶尚・忠清・全羅三道水軍統制使へ昇進しており、海軍の総帥《そうすい》的地位にあった。

ところが李舜臣は、これを謀略と断じ、出撃しなかった。

一月十四日、穏《おだ》やかな東風の吹く中、清正は百三十余艘《そう》の軍船と共に無事、西生浦に上陸した。

すべては行長の情報通りだった。

これにより李舜臣は命令違背《いはい》の罪に問われ、水軍統制使の座を追われて投獄された。それだけならまだしも、後に〝白衣従軍《はくいじゅうぐん》〟させられることになる。

〝白衣従軍〟とは、一兵卒に落とされて前線に送られることである。

義兵が義兵を討つという朝鮮国内の混乱といい、行長が清正を売るという日本軍の体《てい》たらくといい、この戦いの不毛さを象徴する出来事が次々と起こっていた。

後の話になるが、慶長の役の最終局面では、行長に買収された明軍諸将が、積極的に動かないという事態まで起こる。


再び半島に上陸した清正勢の中に、金宦《キムクワン》の姿もあった。

西生浦に着いた清正が、まず着手したのは、西生浦城の修築である。前回の撤退の折、敵に使わせないよう、石垣部分に及ぶまで徹底して破却していたため、元の状態に戻すのは容易ではない。

この普請は、いつ敵に襲われるかもしれない状況下での突貫《とっかん》工事となったため、過酷を極め、これに耐えかねた陣夫《じんぷ》の逃亡が相次いだ。彼らは降倭となり、否応《いやおう》なく日本軍と戦わされる羽目になる。その数は百にも及んだという。

ちなみに当時、日本にも朝鮮にも、国家意識というものは乏《とぼ》しく、ごく一部の知識階級を除き、愛国心などというものは存在しなかった。それが、降倭や附逆《ふぎゃく》を増やしていく原因となる。

義兵闘争も、愛国心よりも飢餓により活発化していった。もしも、半島の南部一帯で成功を収めた日本軍の統治方法が、食物の乏しい北部にも広がっていたら、この戦いの様相は、全く違ったものとなっていたはずである。

清正勢が、西生浦城の普請に精を出している最中の三月十八日、義僧兵将の松雲《ソウン》大師《テス》惟政《ユジョン》がやってきた。

文禄の役での和睦交渉以来、清正とは四度目の会談である。この席に、日本語に習熟してきた金宦も通事《つうじ》として同席を許された。

惟政は江原道の大寺の住持《じゅうじ》を務めていたが、日本軍の侵略にあたり、各地の僧兵を糾合《きゅうごう》し、義僧兵将として決起した。そこには、李朝政権下で抑圧《よくあつ》されていた仏教を復権させるという狙いがある。二千二百の義僧兵を率いた惟政は、平壌《ピョンヤン》奪還作戦でも活躍し、朝鮮政府のみならず、明軍の信頼を得ることにも成功した。

「大師、よくぞおいで下さいました」

「その言葉は、そのままお返しいたしましょう」

清正の会所に招き入れられた惟政は、初めから皮肉の込もった言葉を返してきた。

この時、惟政はすでに五十四歳に達していた。

清正同様の六尺に達する長身を折って椅子《いす》に座った惟政は、腰まで伸びた顎鬚《あごひげ》をしごきつつ、穏やかな笑《え》みを浮かべていた。しかし、その瞳《ひとみ》は怒りと憎悪でたぎっている。

「ご存じのような次第により、不本意ながら、大師に再びあい見《まみ》えることになりました」

清正は、悠揚《ゆうよう》迫らざる態度で応じた。

「秀吉は、かような無名の出師《すいし》を再び起こし、われらにさらなる苦しみを味わわせようとしておるのですな」

無名の出師とは、大義名分のない出兵のことである。

「そうではありませぬ。幾度も申し上げましたように、われらは貴国と結び、明を討つことが狙い。にもかかわらず貴国は、『水路迷昧《めいまい》』などという言辞《げんじ》を弄《ろう》し、われらを足蹴にしました。此度《こたび》も、王子を返還したわれらの誠意を踏みにじり、国王は、謝意も示さなかったではありませぬか」

「ははは、筋の通らぬこと甚《はなは》だしいお言葉ですな。わが国は大明国《だいみんこく》に属しており、君臣《くんしん》の儀が定まっております。この関係は、たとえ天地が覆《くつがえ》ろうとも変わりませぬ。どうして日本に与して明を討ち、大逆《たいぎゃく》無道《むどう》の名を後世に残せましょうか」

「貴国は、それでもよろしいのか。明の属国として生きることに、いかな誇りが持てましょう」

「それで国が治まり、君臣が幸せに暮らせればよいのです」

清正が大きなため息をついた。

「大師、われらは永劫に分かりあえぬようですな」

「そのようです」

徒労感をあらわにした清正は、気を取り直すように問うた。

「ということは、此度も、われらに道を貸すことはできぬと仰《おお》せか」

「申すまでもなきこと。逆に貴殿は、この地から引き上げてくれと申しても、到底、聞く耳を持たぬということですな」

「もちろんです。いかにも、われらがこの地で明軍と戦うのは、朝鮮の民に迷惑のかかること甚だしい。われらとて、それだけは避けたかった。しかし貴国は、明との友誼《ゆうぎ》を重んじ、自国を戦場とする道を選んだのです」

「詭弁《きべん》にもほどがある」

立腹した惟政が、座を払おうとした時である。

「お待ち下さい」

金宦の声に、惟政の動きが止まった。

「そなたは――」

「咸鏡道金宦の良甫鑑《リャンボカム》と申します」

「まさか、あの晋州《チンジュ》城の附逆か」

惟政の双眸《そうぼう》に憤怒《ふんぬ》の色が差した。

「確かに今の立場は、附逆と思われても仕方ありません。しかしそこには、事情があるのです」

「附逆の言い訳など聞く耳は持たぬ」

立ち上がろうとする惟政を、清正が押しとどめた。

「大師、この者は附逆ではありません。いくつかの偶然が重なり、わが陣営におりますが、朝鮮国を思う心は大師に劣りませぬ」

「何と無礼《ぶれい》な。国を売った者と拙僧《せっそう》を同列に扱うとは、考え違いも甚だしい」

金宦が惟政の前にひざまずいた。

「大師様、何卒《なにとぞ》、お聞き下さい。附逆と呼ばれる者の多くは、喜んで倭国に味方しているわけではありません。様々な事情から、意に反して、そうなってしまった者がほとんどなのです」

「それは言い逃れにすぎぬ。そなたらは命惜《お》しさに倭賊に与し、同胞を苦しめておるのだ」

「いいえ、われらは倭軍と在地の民の間を取り持ち、この国の静謐《せいひつ》を維持しております。われらが倭軍との間に立たずば、民はさらに苦しむはずです」

金宦の言《げん》を尤《もっと》もと思ったのか、ため息をつきつつ、惟政が腰を下ろした。

「わしは附逆を赦《ゆる》すつもりはない。ただ、それぞれに言い分のあることだけは分かった」

「大師様、ここで交渉が決裂してしまっては、朝鮮国に真《まこと》の静謐は訪れません。これ以上、多くの民の血が流れ、飢えに苦しむ姿を見ることに、わたしは耐えられません。お怒りは胸に収め、何卒、漢城《ハンソン》で和平の道をお説き下さい」

気づくと、金宦は床に手をついていた。

――わたしは真の附逆に堕《だ》したのだな。

憐れみを請うような卑屈《ひくつ》な感情が、金宦の脳裏を支配していた。

「良甫鑑とやら」

金宦が顔を上げると、惟政が慈悲深い眼差《まなざ》しを向けていた。

「戦乱が、そなたのような者を生んだのはよく分かった。そなたに罪はない」

「ありがたき、ありがたきお言葉」

感涙《かんるい》に咽《むせ》ぶ金官の姿を悲しげに見つめつつ、惟政が清正に問うた。

「加藤殿、それでは問う。いかなる条件をのめば、貴殿は秀吉を説けると申すか」

「和平への第一歩としては、殿下の面目を保つことが大切です。すなわち、まずは王子返還の答礼使を日本にお送り下さい」

「それだけでよろしいか」

「むろん、その答礼使には、いずれかの王子が立たねばなりませぬ」

「それは無理というもの」

二人のやりとりは、再び暗礁《あんしょう》に乗り上げつつあった。

「大師、殿下を説くには、殿下の面目を保つ何がしかの手土産が必要なのです」

「それで、王子を答礼使にせよと言われるのですな」

「いかにも」

「王子が日本に幽閉《ゆうへい》されないと、貴殿は約束できるのか」

その問いに、清正は答えようもない。

行長や三成のような場当たり的な嘘のつけない清正は、万に一つでもその可能性があれば、約束などできなかった。しかも秀吉は、四道割譲《かつじょう》等の条件を引き出すために何のかのと言い募《つの》り、王子を日本国内に引き止める可能性が高く、朝鮮側から見れば、それは幽閉に等しいからである。

「この会談は、やはり無駄でありましたな」

惟政が、無念そうに椅子から立ち上がった。

「惟政様、お待ち下さい」

それでも金宦は惟政にすがった。

「良甫鑑とやら」

惟政が、僧衣の裾《すそ》を摑む金宦の手を払った。

「そなたの赤心《せきしん》は分かった。しかし附逆は、しょせん附逆であることを忘れるな」

惟政の言葉が、金宦を絶望の淵に突き落とした。

「よいか。一度、附逆とされた者は、何があっても二度とこの国の者とは見なされぬ。その覚悟だけはしておくがよい。とくに晋州の惨劇は、皆の心に深い傷を残した。その場で同胞に磔者《はたもの》とされ、倭賊に救われたそなたの言葉を誰が信じよう」

嗚咽《おえつ》を漏らしつつ、金宦がその場に突《つ》っ伏《ぷ》した。

「加藤殿、日本軍の陣中には、この者のように、致し方ない事情から附逆となった者も多くいよう。その者たちのことを、よろしく頼む」

「心得ました」

惟政と清正の最後の会談は物別れに終わった。行長への信頼が失墜《しっつい》した今、清正だけが、平和裏に事を収められる唯一の人物だったが、この交渉経路が閉ざされたことで、両軍は再び戦うほかなくなった。

漢城に戻った惟政は、この会談のやりとりを国王の宣祖《ソンジョ》、領議政《りょうぎせい》に昇進した柳《ユ》成竜《ソンリョン》、都元帥の権慄《クオンリユル》らに報告した。

その最後を、惟政は「義により進戦を決すべし」と結んだ。

これを受けた明・朝鮮軍首脳部は「決戦避け難し」という結論に達し、李舜臣に代わって水軍統制使の座に就《つ》いた元均《ウオンギユン》に、海上での日本水軍の迎撃《げいげき》を命じた。

さらに何を措《お》いても、穀倉地帯である全羅道への侵入を図ってくるはずの日本軍に対し、全羅道の入口にあたる南原《ナムウオン》に兵を集め、侵入を阻止することにした。

この時、朝鮮政府は「清野待変策《せいやたいへんさく》」という新方針を打ち出した。

これは、日本軍の進路に当たる都邑《とゆう》の民を峻険《しゅんけん》な山城に避難させ、そこに家財から食料までも運び込み、日本軍に一切の食料を渡さないという策である。同時に、民を日本軍の継立《つぎたて》や強制労働に使わせないという狙いもあった。

継立とは、武器や物資の輸送作業のことである。

五月八日、明の精兵を率いて漢城に着いた副総兵・楊元《ようげん》は、休息もそこそこに南原城に向かった。六月十四日、南原城に入った楊元は、城の防御力を強化すべく、城壁を一丈《じょう》（約三メートル）ほど高くし、同じく堀を一、二丈ほど深く掘るなどして決戦準備を進めた。

四

再戦は、敵方をよく研究した方が勝利する。それが最も顕著《けんちょ》に表れた例こそ、慶長の役における海戦である。

六月十九日、朝鮮水軍を率いた元均は、安骨浦《アンゴルポ》と加徳島《カドクド》に停泊する日本水軍に先制攻撃を掛けてきた。しかしこの攻撃は失敗し、朝鮮水軍は、二人の海将を失い撤退した。

これに気をよくした日本水軍は七月八日、藤堂高虎《とうどうたかとら》、加藤嘉明《よしあき》、脇坂安治《やすはる》らが六百余艘の軍船を率い、巨済島《クオジエド》制圧に向かった。

巨済島を守る朝鮮守備隊だけでは、これを防ぐ術《すべ》はなく、閑山島《カンサンド》にいる元均に救援を依頼したが、前回の敗戦で慎重になっていた元均が出撃をためらったため、巨済島の守備隊は全滅した（鎮海《チヘ》海戦）。

これに怒った権慄《クオンリユル》は元均を漢城《ハンソン》に呼び出し、杖罰《じょうばつ》を加えた。これは、衆人環視の下《もと》、杖で打たれる屈辱的な刑である。元均としては、虎の子の水軍を温存したつもりでいたので、この刑は全く心外だった。

十四日早朝、憤懣《ふんまん》やるかたない元均は、不貞腐《ふてくさ》れたように閑山島を出帆し、日本軍の攻撃に向かった。むろん策などなく、出会った日本の船を行き当たりばったりに攻撃するだけである。そのため、戦う前に朝鮮水軍は四散してしまい、水主《かこ》たちも疲れ果ててしまった。

やむなく元均は加徳島に向かったが、加徳島の船溜《ふなだま》りに日本船はなく、逆に沖合から現れた日本水軍の攻撃を受ける羽目に陥った。この戦いに利はないと判断した元均は、巨済島の北側を回って西方に逃れようとしたが、それを想定していた日本水軍は、その行き先に隠していた伏せ船と連携し、挟撃《きょうげき》態勢に持ち込んだ。

十六日払暁《ふつぎょう》、巨済島の西方海上で包囲攻撃を受けた元均の水軍は壊滅する。巨済島の対岸に上陸した元均は、陸路を使って逃れようとするが、運の悪いことに、そこには島津勢が陣を布《し》いており、たちまち元均は討ち取られた。

さらに、李億祺《イオクキ》、崔湖《チエホ》といった李舜臣《イスンシン》が手塩にかけて育ててきた海将も、この戦いで海の藻屑《もくず》と消えた。

これにより日本軍は、朝鮮半島南岸の制海権を握った。

この海戦は、巨済島・漆川梁《チルチヨンリヤン》海戦と呼ばれる。

この勝報が秀吉の許に届くと、大坂はお祭り騒ぎとなった。これで兵站の不安は解消され、秀吉は、何の不安もなく陸上部隊に進撃を命じることができる。

一方、この敗報が届いた漢城の明・朝鮮首脳部は顔色《がんしょく》を失くし、一も二もなく李舜臣の復職を決定、半島南西端の珍島《チンド》に派遣した。

そこで李舜臣が見たのは、わずか十二艘となった朝鮮水軍の姿だった。


七月末、半島の夏も終わりかけ、秋が足早に近づきつつあった。かつて金宦《キムクワン》の任地だった安辺《アンピヨン》であれば、すでに冬支度《ふゆじたく》を始めている頃である。しかし慶尚南道《キヨンサンナムド》・西生浦城《ソセンボ》では、いまだ蟬《せみ》の声が耳を聾《ろう》するばかりに響いている。

西生浦の城普請も峠を越え、作業に携わっていた者にも、安堵の色が漂い始めていた。焦熱《しょうねつ》の中での重労働は、多くの傷病者や脱走者を出したが、それも報われようとしていた。

日朝両国の人夫は共に石を運び、堀を穿《うが》ち、櫓を築き、力を合わせて作業に励んだ。そうした作業を通じ、両国の人夫の顔にも、笑みが見られるようになった。

片言の言葉を交わし、手ぶりで懸命に意思を伝えようとする彼らの姿を遠くから眺めつつ、金宦は「これが、本来あるべき姿なのだ」という思いを強くした。

――われらは隣人ではないか。

いかに後ろ指を指されようが、金宦には、両国の架け橋として生きる決心がついていた。

西生浦での金宦は、本来の勘定方《かんじょうかた》の仕事に就き、物資の買い入れから支払いまで、一切を取り仕切っていた。

金宦のおかげで、不公正な取引の危惧《きぐ》がなくなった朝鮮商人は、食物から生活必需品に至るまで、様々な物資を西生浦に持ち込んだ。

そのため西生浦城外は、市《いち》が立つほどの賑《にぎ》わいを見せるようになった。

朝鮮の民に平穏な生活をもたらすべく、金宦は、朝鮮の民と日本軍の橋渡し役となった。しかしそれが、日本軍の統治を安定させることにつながるのも事実であり、金宦の心中は複雑だった。

この頃になると、西生浦にも、朝鮮水軍壊滅の報は流れてきていたが、「日本軍が内陸に侵攻するのは来春」という噂がもっぱらだった。それゆえ金宦は、この冬の間に、秀吉が死ぬか病に倒れることを期待していた。

しかしそれは、儚《はかな》い希望にすぎない。現実に立ち返った金宦は、生活物資を民の隅々にまで行き渡らせ、飢餓をなくすべく、商人たちの経済活動を、さらに活発化させようとしていた。

――今、わたしにできることは何かを、まず考えるべきなのだ。

西生浦の城壁上から故郷の山河を望み、金宦は誓いを新たにした。

——智淑《ジスク》はどうしておるのか。

仕事に没頭していない時、金宦の考えるのは、妹のことばかりである。

——智淑は、許婚者《いいなずけ》の鄭文孚《チョンムンブ》と幸せになっているはずだ。

金宦が自らにそう言い聞かせた時、清正の使番が走り寄ってきた。

「金宦様《きんかん》、殿がお呼びです」

「分かった」と言うや、金宦は急ぎ足で清正の待つ会所に向かった。


やがて現れた清正の顔に笑みはなく、金宦の心中に不安が広がった。

清正は、唐風《からふう》の大きな卓子《たくし》と対《つい》になった椅子に腰掛けると、金宦にも着座を勧めた。

「金宦、すでに聞いたと思うが、わが水軍が貴国の水軍を破った」

「はい、知っております」

「よって制海権を握ったわれらには、兵站の不安がなくなった」

——やはりそうか。

金宦が肩を落とした。

「そうなのだ。来春に予定されていた北上が前倒しされ、冬が来る前に、われらは漢城まで進むことになった」

金宦は首を横に振ると、大きなため息を漏らした。

「これも致し方なきことなのだ。この冬の間に双方が歩み寄れば、講和撤退もあり得たが、水軍戦でこうまで一方的に勝ってしまえば、太閤殿下も強気になる」

「それでわたしに、いかなる御用がおありなのですか」

「うむ、わしとて、この戦《いくさ》が不毛であると分かっている。しかしわしは、武人として殿下の命に背《そむ》くことはできぬ」

反論しようとした金宦を、清正の筋張った手が制した。

「知っての通り、わしは弥九郎《やくろう》のような怠戦《たいせん》はできぬ。戦うからには、妙法旗《みょうほうき》に恥じぬ戦いをするのが加藤虎之助《とら》だ。しかし――」

清正の強い眼差しが金宦を捉えた。

「無辜《むこ》の民を殺すことは、わが本意ではない。この国の民がわしに従うなら、わしは一人《いちにん》たりとも殺したくない」

椅子から立ち上がった清正が花頭窓《かとうまど》を開けると、初秋の涼気《りょうき》が室内に流れ込んできた。窓の外を見つめる清正の視線の先には、清正自慢の登り石垣が、緩《ゆる》やかな勾配《こうばい》で船入《ふない》りまで続いている。

「金宦よ、わしは、遠からず北上を開始せねばならぬ。しかし降伏を望む者には、危害を加えぬつもりだ。そなたがわが軍の先に立ち、降伏を促《うなが》せば、必ずや、どの都邑や宿駅にも、無血で入城できるはずだ」

「ということは、つまり――」

「そなたに、真の附逆となってもらいたいのだ」

金宦は絶句した。日本軍の使者として朝鮮軍の陣に赴き、降伏開城を説くなど、附逆以外の何者でもない。

――これでわたしは、正真正銘の附逆となるのだな。

今更《いまさら》ながら金宦は、自らの運命《さだめ》の過酷さに慨嘆《がいたん》した。

「そなたの辛い気持ちは分かる。幾つもの偶然が重なり、こうした仕儀《しぎ》にあいなったのも同情する。しかし、この役をそなたが拒《こば》めば、また多くの民が命を失う」

清正の言は尤もである。

――わたしは、どうすればよいのだ。

知らぬうちに落ちていた運命《さだめ》の穴は、金宦が想像できぬほど深かった。

気づくと、金宦は立ち上がり、卓子に両手をつき、肩を震わせていた。

――運命《さだめ》とは、かくも無慈悲なものなのか。

「やはり無理な願いだったな。そなたは武人の魂を持っておる。そんなそなたに、このような頼みごとをしたわしが間違っていた。金宦、下がってよいぞ」

清正はそう言うと、花頭窓を閉めようとした。

「いや」

内奥から絞り出したような金宦の声に、清正の動きが止まった。

「お供させていただきます」

「本心から申しておるのか」

「はい」

「附逆となれば、この戦が終わっても、この地にとどまることは叶《かな》わぬ。それでも構わぬのか」

「もとより」

金宦が威儀《いぎ》を正した。

「たとえ永劫《えいごう》に汚名《おめい》を着せられようが、今、目の前で苦しむ民を救うことこそ、わが本意でございます」

「そうか」と呟きつつ清正は、閉めかけていた花頭窓を再び大きく開け放った。

清正は金宦に背を向けたまま、暮れなずむ半島の山野《さんや》と、その先に広がる大海を眺めていた。

「かように勇気ある男と、わしは出会ったことがない」

「今、何と申されましたか」

金宦はわが耳を疑った。

「後世、どのように語られようが、己の信じる道を行く者こそ真の勇者だ。金宦、そなたこそ男の中の男だ」

清正の語尾が震えた。清正が窓辺に行った理由が、金宦にも分かった。

――殿は泣いておられるのだ。

金宦の瞳からも、大粒の涙がこぼれた。

――さらばわが山河よ、そして、わが愛する妹よ。

金宦の胸内《むなうち》に、喩《たと》えようのない闘志が湧き上がっていた。

――いつの日か、両国の民にも、分かってもらえる日が来るはずだ。

「殿、何処《いずこ》へなりとも、お供させていただきます」

「頼りにしておるぞ」

夕日に照らされた清正の顔は、元の険《けわ》しいものに戻っていたが、その頰には、涙の跡がくっきりと残っていた。

五

秀吉は在陣衆を右軍《うぐん》（東目衆《とうもくしゅう》）と左軍《さぐん》（西目衆《さいもくしゅう》）に分け、慶尚道《キヨンサンド》から全羅道《チヨルラド》そして忠清道《チユンチヨンド》へと、それぞれ兵を進めることにした。

左軍は、大将の宇喜多秀家の下に、小西行長・島津義弘・加藤嘉明・蜂須賀家政・長宗我部元親《ちようそかべもとちか》・生駒一正《いこまかずまさ》ら五万八千の軍勢を付け、全羅北道《チヨルラプクド》・南原《ナムウオン》から北上させ、道都・全州《チヨンジユ》を経由して忠清道に侵攻させる。

一方の右軍は、大将に毛利秀元《ひでもと》を据え、その下に加藤清正・鍋島直茂・浅野幸長・黒田長政ら二万七千の軍勢を配した。右軍は、慶尚道西端の咸陽《ハムヤン》と、その周辺都邑を制圧した後、南原を経由して全羅道に入り、全州で左軍と合流を果たした上で、忠清道に侵攻させるという作戦である。

つまり朝鮮半島南部を、東の慶尚道から西の全羅道へと進み、そこから北上し、忠清道を経て、漢城《ハンソン》のある京畿道《キヨンギド》に攻め入るのである。

昌寧《チヤンニヨン》という宿駅に入った右軍は、いったん北に向かった。集めた情報によると、要害・火旺山《フアワンサン》城に、郭再祐《クワクチエユ》率いる義兵軍が籠っていると聞いたからである。

一面のすすきの中を清正勢は進んだ。この辺りは花崗岩《かこうがん》地層のため樹木に乏しく、田畑は一切ない。身を隠すものとてないすすき原が、限りなく続いているだけである。

すでに日は西に傾き、何処かの高地に陣所を設けねばならない。

「殿、あそこに見えるのが火旺山です」

清正の馬前を行く金宦が、前方のなだらかな山を指し示した。

「あれに郭再祐《かくさいゆう》がおると申すのだな」

「そのようです」

「漢城《かんじよう》の輩《やから》（朝鮮政府軍）が引いたにもかかわらず、郭再祐は、なぜあの城に籠っておる」

「おそらく、それは――」

金宦が附逆仲間から聞いた「清野待変策《せいやたいへんさく》」について説明した。

「あの城には、昌寧の民が籠っているはずです」

「ということは、郭再祐は、あの城で民を守っておると申すのだな」

「はい」

はるかに望む火旺山は、西に沈みつつある夕日を受け、黄金《こがね》色に輝いていた。

「郭再祐に戦うつもりがあるなら、あの城を落とさねばならぬ」

清正の言葉が意味するところは、明らかである。

「分かりました。わたしが参ります」

早速、金宦は使者の印である朱巾《しゆきん》を旗竿の先に掲げ、火旺山に向かった。

日が落ちてしまってからでは、道も定かでなくなる。金宦は馬に鞭《むち》を入れ、道を急いだ。

その途次、本隊からいくらも離れていないところで、突然の筒音が、空気を引き裂いた。

「伏せろ」

金宦は供の者に怒鳴ると、馬を下りて周囲を見回した。

しかし近くに敵の気配はなく、風が、すすきの穂を揺らしているだけである。

やがて、筒音を聞きつけた清正勢の足音が後方から迫ってきた。

――放たれた弾《たま》は一発きりだ。警告に違いない。

金宦は手に持った旗竿を振り、使者であることを知らせようとした。

その時、今一度、筒音が轟き、金宦の腕に震動が走った。慌てて旗竿を下ろすと、朱巾の中央に穴が穿《うが》たれていた。どれほどの距離から放ったのかは分からないが、よほどの腕に違いない。

しばらくすると、和田勝兵衛が中腰で近づいてきた。

「金宦《きんかん》、無事か」

「はい」と応じつつ、金宦が注意深く周囲の様子を探った。

「これは、どういうことだ」

「おそらく『近づくな』という警告でしょう」

金宦が穴の開いた朱巾を示すと、勝兵衛が顔をしかめた。

「相当の腕だな」

「近くに人の気配はありません。おそらく五十間《けん》は離れていたはずです」

「そうか。それほどの鉄砲の放ち手が、敵方にもおるというわけか」

「降倭ではありませんか」

「そうかもしれぬ」

その時、期せずして二人の頭に一人の男の面影が浮かんだ。

「いや、あり得ぬ。それより殿からの命で、この辺りは、丘もなく野陣に適さないので、昌寧《しょうねい》まで引くとのことだ」

「分かりました。それがよろしいでしょう」

勝兵衛隊に守られ、金宦はすすき原の中を戻っていった。途中、幾度か背後を振り返ったが、そこに人の気配はなく、黄金色に輝くすすきが、風になびいているだけだった。

翌朝、昌寧の府使に郭再祐あての書状を残した清正は、昌寧を後にした。

その書状には、郭再祐の武勇を称揚《しょうよう》し、手合わせできない無念を告げた後、追撃してくるなら、いつでも受けて立つと書かれていた。むろん、民を守るために籠《ろう》城《じょう》している郭再祐は動かず、日朝両雄対決の機会は永久に去った。

さらに西進して咸陽に至った清正ら右軍は、咸陽郊外まで、都元帥の権慄《クオンリュルう》、右議政《ぎせい》（副首相）の李元翼《イウオンイク》、金応端《キムウンソ》らの軍勢が迫っていることを知った。しかし、臨戦態勢を整えた右軍が咸陽に迫ると、権慄以下の朝鮮軍は撤退していった。

咸陽城外に布陣した右軍は、金宦《キムクワン》ら附逆《ふぎやく》となった朝鮮人を城内に派遣し、咸陽の代表と会談させた。金宦らの説得により、咸陽の代表は降伏開城を受け入れ、右軍は咸陽を接収することができた。

咸陽と昌寧を平和裏に手中に収めた右軍、とくに清正は、あくまで〝久留《きゆうりゆう》の計〟を貫くべく、戦わずして諸都邑・宿駅の制圧を進めようとしていた。

しかし左軍では、とんでもないことが起こっていた。

八月十日、左軍は慶尚・全羅両道の境に横たわる宿星嶺《スクソンリヨン》を越え、全羅道への侵入を果たした。十二日には、先手の小西行長勢が、南原城の東南を流れる蓼川《ヨチヨン》を渡り、放火を始めた。周辺の草原を焼き尽くし、敵の隠れる場所をなくすためである。

翌十三日になると、南原城を包囲した日本軍は、さかんに城内に向けて発砲した。

これは城内からの騎馬攻撃を防ぐためのもので、この間に後方部隊は、稲や雑穀を刈って大きな束を無数に作ったり、〝飛雲長梯《ひうんちょうてい》〟という攻城道具を組み立て、その進む道を切り開いたりしていた。

〝飛雲長梯〟とは、城攻めのための車輪付き高櫓の一種である。

一方、五万八千にも及ぶ大軍に囲まれた南原城守備隊司令官・楊元《ようげん》は震え上がっていた。楊元は、遼東の騎兵を三千ほどしか連れてきておらず、朝鮮兵も数百を数える程度である。

慌てた楊元は十五日、行長に和談を申し入れるが、行長からは「和談の必要なし。即刻、退去すべし」とだけ申し送られてきた。退去となれば、追撃されることも考えられる。それを恐れた楊元は、身動きが取れなくなった。

十六日、東西南北四面から、日本軍の容赦ない攻撃が始まった。

〝飛雲長梯〟による攻撃はとくに効果的で、瞬《また》く間に城壁上にいた兵は蹴散らされ、日本軍は城壁の一部を破壊し、城内に雪崩《なだ》れ込んだ。

海戦同様、陸戦においても、日本軍は、文禄の役の苦戦から学んでいたのだ。

これを見た楊元と遼東騎馬隊は真っ先に逃げ出した。

城内に踏みとどまったのは朝鮮軍だけとなり、全羅兵使・李福男《イボクナム》、助防将（援軍将）・金敬老《キムギョンロ》など、朝鮮軍の主立つ者はすべて討ち死にした。

むろん、城内に避難していた老若男女は、ことごとく撫《な》で斬りとなった。

一方、漢城に逃げ帰った楊元は、後に処刑される。

また、この戦いから鼻切りが行われるようになった。

鼻切りの発端は、半島の戦乱で多くの人々が犠牲になったと聞いた秀吉が、「大《だい》明《みん》、朝鮮闘死の衆、慈悲の為《ため》」（『鹿苑《ろくおん》日録』）として、大規模な施餓鬼《せがき》を営もうと思い立ったことに始まる。

その施餓鬼には、大勝利を国内に喧伝《けんでん》する意味もあるため、多くの首を必要とした。しかし、首を運ぶのは容易でない。そこで誰が言い出したのか分からないが、鼻を切り、それを塩樽《しおだる》に詰めて送ることになった。

ところが、その数を戦功の証《あかし》としたため、際限のない競い合いになり、老若男女兵民を問わず、ことごとく〝撫で斬り〟とされ、鼻を取られたという。中には命を助けられ、鼻だけ取られる者もいたため、「其の後数十年間、本国の路上に鼻なき者、甚《はなは》だ多し」（『乱中日記』）という凄惨《せいさん》な状況まで生まれた。

六

左軍が南原《ナムウォン》城を攻撃しようとしていた八月十五日、清正ら右軍は、咸陽《ハムヤン》から十里ほど北に行ったところにある黄石山城《ホワンシーサン》に迫っていた。この城も、「清野待変策《せいやたいへんさく》」が取られており、兵は民と共に一つ城に籠っていた。

それだけであれば、火旺山城《ファワンサン》同様、見逃すこともできたが、この城は慶尚道《キヨンサンド》から全羅道《チヨルラド》の道都・全州《チヨンジユ》に通じる街道を扼《やく》しており、是が非でも落とさねばならなかった。

この城が重要なのは朝鮮軍にとっても同様で、右議政の李元翼《イウオンイク》が直々《じきじき》に出張《でば》り、金海府使《キムヘ》・白士霖《ペクサリム》ら三千余の精兵が籠っていた。

「日本軍迫る」の報に接した李元翼は、軍人ではないため城を後にしたが、防衛指揮官である白士霖は「死すといえども城中に座さん」と宣言し、不退転の覚悟を示した。それを聞いた城内の兵は、「金石《きんせき》のごとく」その言葉をいただいたという。

再び清正の命を受けた金宦《キムクワン》が、数名の附逆を伴って城に近づくと、火旺山城の時と同様、一発の筒音が轟いた。

――近づくなということか。

慌てて地に伏せた金宦は唇を噛んだ。

致し方なく、いったん陣に戻ると、清正が通事を介《かい》して一人の老人と語り合っていた。

「筒音が聞こえたが、無事であったか」

金宦の無事な姿を認め、清正の顔に安堵の色が広がった。

「はい、あの音は日本製の鉄砲です。降倭に違いありません。しかし、われらを狙っているわけではなく、警告しているだけのように思えます」

「近づくな、というわけだな」

「そのようです」

「実はな」と言いつつ、清正が目の前に座す老人を顎《あご》で示した。

「この老人は、城将の白士霖の腹心《ふくしん》・介山《ケサン》の父親だ」

清正が何を考えているか、金宦にはすぐに分かった。

「元々、介山は戦を好まぬ学究《がっきゅう》の徒であり、たまたま、この地の守令《しゅれい》をしていたため駆り出されたという」

「つまり、この老人と共に城に赴き、介山を説き、降伏させろということですね」

清正がうなずくと、老人が早口で言った。

「介山は、智異山《チリサン》門の守りに就くと申しておりました」

智異山門とは、右軍の前面に立ちはだかる南門のことである。

「ということは――」

「介山に智異山門を開けさせ、ひそかにわが兵を入れる」

「なるほど」

「力攻めをすれば、双方に多大な犠牲が出る。しかし、一つの門が取られたと分かれば、敵は城を捨て、搦手門《からめて》から退去するはずだ」

清正の言は尤もである。

「それでは、降倭とおぼしき鉄砲の放ち手は、いかがなされるおつもりか。かの者に気づかれれば、われらは城に近づけません」

「むろんそれは考えておる。一隊を別の方角に展開させ、降倭らしき鉄砲の放ち手を引き付ける」

清正の策は理に適《かな》っていた。

――騙《だま》し討ちは、できれば避けたかったが、同胞を救うためには、やむを得ぬ。

金宦の面《おもて》に、苦渋《くじゅう》の色が差した。


筒音が、遠雷《えんらい》のように彼方《かなた》から聞こえてきた。陽動作戦がうまくいったのだ。それを確かめた金宦は、老人を促して智異山門に至った。

「倭軍ではない。介山殿のお父上をお連れした」

その声を聞いた番士らは、何事か話し合った後、返答してきた。

「しばし待て」

門前の暗がりでしばらく待っていると、介山らしき指揮官が楼門《ろうもん》の上に現れた。

「介山、わしだ」

「父上！」

暗がりでも、介山の顔色が変わるのが分かった。早速、城内に引き入れられた二人は、櫓門の番士詰め所で、介山と膝を突き合わせた。

「父上、どうして、こんなところに来られたのか」

「その話は後だ。まずは、このお方の話を聞け」

「介山殿、実は、わたしは倭軍の使者だ」

「何だと、貴様は附逆か！」

介山が腰を浮かせた。すでにその顔は蒼白《そうはく》である。

「落ち着け。危害を加えに参ったのではない」

「介山、とにかく話を聞け」

父親に諭《さと》され、ようやく介山が、浮かせかけた腰を下ろした。

「よいか介山殿、倭軍は三万にも及び、とても敵《かな》う相手ではない。しかも倭将は〝鬼上官《きじようかん》〟清正だ」

「何と――」

いまだ三十に満たないとおぼしき介山が、その神経質そうな顔を歪《ゆが》めた。

清正勢の精強さは、朝鮮の民の隅々にまで知れ渡っている。

「介山殿、味方を裏切るのが辛いのは分かる。しかし、玉砕《ぎょくさい》して何になるというのだ。倭軍が力攻めすれば、民も戦わねばならない。そうなれば、彼らを待っているのは、死の一文字しかない」

「わたしは、附逆になどなりたくない」

介山が、父親に救いを求めるような眼差しを向けた。しかし父親は、どう答えていいか分からないらしく、ただ首を垂れるだけである。

「介山殿、附逆とは、政府にとって都合のいい言葉にすぎない。われらは一人でも多くの民を救うため、致し方なく倭軍のために働いておる」

「わたしは嫌だ」

「介山」

父親が介山の腕を取った。

「故郷の金海には、母と妹が待っている。お前がここで死ねば、わしらはどうなる。国土は荒れ果て食物さえない。そうなれば、わしらは流民《るみん》となるだけだ」

「しかし父上——」

「お前だけが頼りなのだ。この場は、このお方の言う通りにしてくれ」

介山は父の腕にすがって泣いた。金宦は、戦乱が一人の若者の人生を狂わしていく様を、まざまざと見た。

「分かりました」

しばらくしてから、介山が肺腑《はいふ》を抉《えぐ》るような声で言った。

「そうか、よく分かってくれた」

共に泣く親子の肩を抱き、金宦も泣いた。


配下の主立つ者を集めた介山は、門を開けて日本軍を招き入れることを伝えた。日本軍の軍容を目の当《ま》たりにし、腰が引けていた配下の者たちに否《いな》はない。それを確かめた金宦は、外で待つ日本軍の使番にその旨《むね》を伝え、介山の父を託した。介山の父は、人質として使番と共に清正の許に連れ戻される。そして逆に、金宦が、介山の人質になるという手はずである。


しばらくすると、先手《さきて》の和田勝兵衛がやってきた。すでに武器を門付近の一所《ひとところ》に集めていた介山と、その配下の者たちは、両手を挙げて列を成し、門から退去しようとした。ところがそこに、たまたま白士霖の使番がやってきた。

「何をやっておる！」

「よせ騒ぐな」

慌てた介山が、元来た道を戻ろうとする使番を押しとどめた。

「待て、話を聞け」

使番の声が闇を切り裂いた。たちまち山頂方面からざわめきが起こると、多くの兵が地を踏み鳴らし、こちらに向かってくる気配がする。

「しまった。金宦、これはまずいぞ」

勝兵衛が舌打ちした。

「お待ち下さい。話せば分かることです」

その時、恐怖に駆られた介山の配下の一人が、山頂に向かって駆け出した。

「待て、逃げるな」

追いすがった勝兵衛隊の徒士《かち》が、一刀の下にその者を斬った。

「何ということを」

それを見て蒼白となった介山も、山頂目指して駆け出した。

「待て、そっちに行ってはいけない」

金宦は慌ててその後を追った。それにつられるようにして、残る介山の配下も逃げ散った。

これを見た勝兵衛も慌てた。

「捕まえろ！」

そこに、山頂から下ってきた朝鮮兵が現れた。

「致し方ない。引け、引け！」

勝兵衛は、銃撃を繰り返しつつ城外に引いていった。

一方、ようやく介山の襟首《えりくび》を捕まえ、押し倒したところで、金宦の首筋に激痛が走った。

金宦の記憶は、そこで途切れた。


合格通知をもらった金宦が、郡庁から脱兎《だっと》のごとく戻ると、庭先で綿花の種を引いていた父と母が、啞然《あぜん》として金宦を見つめた。

「父上、母上、登科《とうか》しましたぞ」

「甫鑑《ポカム》、本当か」

「はい、司馬試に登科しました」

官僚を目指す者は、科挙の一次試験である司馬試に合格すれば、それで守令の資格を得ることができた。その上の文科、武科、雑科（医学等）は、それぞれの試験が三年に一度しかなく、一回で三十三人しか合格者を出さない狭き門のため、中央政界を目指す者だけが受験した。

地に伏して泣く金宦に、父と母が覆いかぶさり、三人は泣いた。

これで良家《リャン》は在地両班《ヤンバン》としての身分を奪われず、家族全員が食べていけるだけの収入を得られるのだ。

しばし喜びを分かち合った後、父が言った。

「甫鑑、漢城《ハンソン》に行ったら、いかなる職を望む」

「はい、わたしは数字を扱うのを得意としておりますので、金宦を望みます」

「金宦は諸道に送られる。お前はどの道を望むのか」

「むろん、京畿道《キョンギド》を望みます」

その言葉を聞いた父が険しい顔で言った。

「皆が最も嫌がる任地は、咸鏡道《ハムギョンド》であろう」

「はい、そう聞いておりますが」

「それなら咸鏡道に行け」

「何を申されます」

あまりに意外な父の言葉に、金宦は唖然《あぜん》とした。

「咸鏡道には、汚職に手を染めた者や、役に立たない者が送られるのであろう」

「そうです」

「咸鏡道の民は、無能な役人らにいいようにされ、苦しい生活を強《し》いられておるはずだ」

「確かに、そう聞いておりますが」

「甫鑑よ」と言いつつ、父が厳しい眼差しを向けてきた。

「人として生まれたからには、人の役に立たねばならぬ。最も人の役に立つ地はどこか」

「それは――、咸鏡道です」

それ以上、父は何も言わなかった。

父の真意を理解した金宧は、漢城で咸鏡道の守令を希望した。

成績優秀な金宧が、任地に咸鏡道を希望するとは思わなかった漢城の教官たちは、そろって翻意《ほんい》を促したが、金宧は信念を貫き、一年余の教育期間を経た後、一人、咸鏡道に旅立った。

それから数年、金宧は懸命に働いた。咸鏡道に不利な税率などを次々と改めさせた金宧は、その仕事ぶりに感心した地元の名士・鄭文孚《チョンムンブ》と親しくなり、義兄弟の盃を交わした。

金宧に妹がいることを知った文孚は、その顔も見ずに自らの妻に求めた。在地の名士である文孚に妹を嫁《とつ》がせることは、金宧にとっても悪い話ではない。

咸鏡道に根を下ろす決意をした金宧は、家族を安辺《アンピョン》に呼び寄せようとしたが、父母は墳墓の地を離れ難いと言い、智淑《ジスク》だけがやってきた。しかし、ほどなくして父母が流感《りゅうかん》で亡くなったという便りが、金宧と智淑の許に届いた。

金宦と智淑は父母の葬儀を出すべく、何とか老里峴《ノリヒョン》を越えようとするが、厳冬でそれも叶わず、二人は泣く泣く安辺に引き返した。致し方なく金宦は使者を送り、縁戚に父母の葬儀を頼み、土地と財産の処分を任せた。

咸鏡道に骨を埋める覚悟をした金宦は、妹と文字の婚礼の日を楽しみにしつつ、日々の仕事に精を出していた。

そこに飛び込んできたのが、日本軍来襲の報だった。


突然、水をかけられ、金宦は目を覚ました。

――ここはどこだ。

床に転がされていることに気づいた金宦は、慌てて立ち上がろうとしたが、両手両足が縛られているため、身動きが取れない。

――捕まったのか。

左右を見回すと、暗い室内に朝鮮兵が満ちている。

中央の椅子に座る肥満漢が、おもむろに口を開いた。

「目を覚ましたか、附逆」

即座に言い返そうとした金宦だったが、己の立場を思えば弁明のしようもなく、押し黙るしかない。

「これをやろう」

肥満漢が、足元のくらがりに転がしてあった何かを投げてきた。

介山の首である。

「何ということを――」

「これが、倭賊に寝返ろうとした者の末路《まつろ》だ」

肥満漢が、勝ち誇ったような笑みを浮かべた。

「そなたの首も打ち落とそうと思ったが、止める者がおったので、まずは尋問することにした」

「尋問など不要だ。わたしは倭軍のことなど何も知らぬし、たとえ知っていたとしても、口を割るつもりはない」

「それでは凌遅刑《りょうちけい》だな」

凌遅刑とは、明や朝鮮において、国家への反逆者に適用される刑の一つである。

生きたまま体の肉を少しずつ切り落とし、ゆっくりと死に至らしめる、人類が考案した最も残酷な処刑法の一つとして、その名は欧州にも知られていた。この刑に処せられると知った者は、恐怖から全身の血が下半身にたまり、上半身を傷つけられても出血せず、痛みだけを覚えるという。それゆえ死に至るまで、平均して四百余の肉片の切除を必要とした。

両肩を摑んで立ち上がらされた金宦は、上半身の着衣を剝がされ、部屋の中央の丸柱に縛り付けられた。

「おぬしが白士霖だな」

短刀の刃を確かめていた肥満漢がうなずいた。

「白士霖、よく聞け」

周囲の兵にも聞こえるように、金宦が声を荒げた。

「倭軍は三万にも及ぶ大軍ゆえ、抵抗しても無駄だ。この城には多くの民も籠っておるはず。倭軍の将〝鬼上官〟加藤清正殿は、北門に兵を置かないと約している。それゆえ、民と共に城を退去すれば命は救われる」

「寝ぼけたことを申すな」

白士霖が椅子を蹴って立ち上がった。身の丈《たけ》六尺にも及ぶ大男である。

「われらは死を決している。だいいち、附逆の言葉など誰が信じる」

「偽りではない。明日十六日の一日だけ、倭軍は兵を引く。ただし、それでも城を退去せねば、十七日に三万の兵が総攻撃を開始する」

「それは真か」

白士霖の顔に恐怖の色が差した。

「われらは附逆と呼ばれ、おぬしらに蔑《さげす》まれている。しかし、われらにも理がある。それは誰かが附逆となり、倭軍との間に立ち、双方の橋渡しを行わない限り、際限なく民の血が流されるからだ」

　白士霖をはじめとした朝鮮兵は、金宧の気魄《きはく》に気圧《けお》され、息をのんで、その言葉に耳を傾けた。

「わたしは名誉を捨てた。附逆と呼びたければそう呼べ。ただし附逆であろうが、理だけは貫く。その理こそ民を救うことなのだ」

「いかにも、仰せの通り」

　背後で聞き覚えのある声がした。

　――まさか！

　体をねじって振り返ると、視野の端に、懐かしい男の顔が捉えられた。

「金宧《きんかん》殿、お久しゅうございました」

　男は流暢《りゅうちょう》な日本語を使った。

「嘉兵衛殿――」

「はい、佐屋《さや》嘉兵衛にございます」

　あまりの驚きに言葉が続かない金宧の前へ、嘉兵衛が、ゆっくりと進んできた。

「生きておったのだな」

「見ての通りです」

「よくぞ――、よくぞ生きていてくれた」

金宦は、晋州《チンジュ》城で嘉兵衛が解き放たれたことまでは聞いていたが、それ以後の消息は摑めず、死んだとばかり思っていた。

「あの時は、お互いに危《あや》ういところでしたな」

嘉兵衛の面には、厳しい風雪の中を生きてきた者にしか刻まれない深い皺が、幾《いく》筋《すじ》も走っていた。最初に会った頃の無垢《むく》な青年らしい面影《おもかげ》は、もうどこにもなかった。

「嘉兵衛殿、その姿はもしや――」

狼の革で作った袖なしの上掛けをまとった嘉兵衛は、女真《じょしん》族が常用する毛皮靴を履《は》き、同じく何かの皮革《ひかく》で作ったとおぼしき、つばなし帽をかぶっていた。その姿は、どこから見ても、この地の猟師にしか見えない。

「紆余曲折《うよきょくせつ》ありましたが、それがしは降倭となりました。運命《さだめ》に逆らうことは、誰にもできぬのです」

嘉兵衛が自嘲的《じちょうてき》な笑みを浮かべた。

「それは、決して恥ずべきことではない」

「どうやら金宦殿も、わが殿の下でお働きのようですね」

「うむ、わたしも運命《さだめ》の糸に絡め取られてそうなった。しかし、何ら恥ずるところはない」

「それでこそ、金宦殿というものです」

嘉兵衛の口辺《こうへん》に浮かんだ笑みには、同じ苦しみを抱く者にしか分からない悲しみが溢れていた。

「ということは、やはり、あの筒音は、おぬしだったのだな」

「はい、降倭となったとはいえ、日本兵を撃つに忍びず、火旺山でもここでも威嚇《いかく》だけしておりました。此度《こたび》は、まんまと引っ掛かりましたが」

嘉兵衛が口惜《くや》しげに舌打ちした。

「その後、安辺には行ったか」

嘉兵衛が首を横に振った。

「ということは、智淑の消息は聞いておらぬな」

「はい、残念ながら」

嘉兵衛の顔に寂しげな色が差した。

「そうか、無事であればよいのだが」

その時、白士霖が割って入った。

「降倭殿と附逆殿の感動の再会に水を差して申し訳ないが、そろそろ凌遅刑を始めたい。よろしいかな」

「嘉兵衛殿、再会の場が別れの場となりそうだ。早く始めろ！」

「ふん、附逆の分際で偉そうに。そうだ、最初の一刀は降倭殿にお願いしよう」

白士霖が嘉兵衛に短刀を渡した。

――おそらく、最初の一撃で心臓を抉れということだな。

朝鮮軍人と官人の附逆は凌遅刑と定められていると、金宦も噂に聞いていたが、よほど残虐な人間でない限り、凌遅刑を好む者はいない。その点では、白士霖も正常だった。

「降倭殿、さあ早く」

「白士霖殿、わたしは今、沙也可《サヤカ》と名乗っている」

「そうであったな。沙也可殿、お早く頼む」

短刀を眺めつつ、嘉兵衛が金宦の正面に立った。金宦は視線で「早くやれ」と伝えた。白士霖の気が変われば、苦痛を伴う死が待っているだけだからである。

「やめておこう」

突然、そう言うと、嘉兵衛が短刀を白士霖に返した。

「何だと――」

白士霖が目を剝《む》いた。

「この者を殺せば、清正は怒り狂い、この城にいる者は皆殺しにされるだけだ」

「それは真か」

白士霖の顔色が変わるのを見た嘉兵衛は、かつて清正が、金宦を救うために惣懸《そうがか》りした晋州城の一件を語った。

「そんなことがあったとはな」

白士霖は落ち着きなく視線をさまよわせ、何かを考えているようである。

「白士霖殿、清正勢が攻め寄せれば、貴殿もわたしも首だけとなろう」

「では、どうする」

「日本軍が、この城をどうしても攻めるというなら、民と共に城を退去するしかあるまい」

「それはまずい。郭䞭《カクジュン》と趙宗道《チョンソンド》は引くつもりはないぞ」

二人は、漢城から派遣されてきた軍監である。

「それでは、お二人と共に死になされ。わたしは民と共に去る」

「まあ、待て」

白士霖が、額に汗を浮かべて嘉兵衛を制した。

「金宦とやら、先ほどの言葉に偽りはないな」

「日本軍は明日一日だけ城を攻めぬ。この金宦、天地神明《てんちしんめい》に誓って約束する」

「致し方ない」

白士霖が、苦虫《にがむし》を嚙みつぶしたような顔をした。

「ただし」と言いつつ、嘉兵衛が金宦に強い眼差しを向けた。

「金宦殿、これ以上、日本軍が漢城に近づかぬよう、何とか殿を説いていただけぬか。もし日本軍が北上をやめぬなら、わたしは日本人でも撃ち殺す」

「分かった。思うところは同じだ」

金宦が、「わたしを信じろ」とばかりにうなずいた。

「しかし殿は、容易にはお聞き入れになりますまい」

「そんなことはない。殿は、かつての殿ではない」

「とは申しても、秀吉を納得させるには、それなりの理由が要ります」

「われらの兵が鳥銃《ちょうじゅう》を恐れるように、日本人は朝鮮の冬を恐れる」

「なるほど、そうでありましたな。金宦殿、わたしが日本兵を撃たずに済むよう、お願いしますぞ」

そこまで言うと、嘉兵衛が背を見せた。

「嘉兵衛殿、次に会った折には、盃でも傾け、ゆっくりと語り合いたいものだな」

「いや」

去りかけた嘉兵衛が、戸口のところで振り向くと言った。

「金宦様とそれがしの間で、それは許されますまい」

――確かにその通りだ。われらの間は、海峡よりも大きな隔たりがあるのだ。変転する運命《さだめ》に翻弄《ほんろう》された末、金宦と嘉兵衛は、共に盃を交わすことさえ叶わぬ間柄となっていた。

「分かった。嘉兵衛殿、この国の冬は過酷だ。自愛せよ」

「それは、よく存じております」

かつてと同じ笑みを浮かべ、嘉兵衛が去っていった。

残された白士霖は、金宦の縄を解きつつ、幾度も攻撃停止の件を確認した。

やがて南門から解放された金宦は、介山の首を持って山を下った。

七

八月十六日、北門から民の退去が始まった。

白士霖《ペクサリム》も先頭を切って逃げ出したが、死を覚悟で残った郭䞭《カクジユン》と趙宗道《チヨンソンド》は、翌日、日本軍の猛攻の前に玉砕した。

右軍が黄石山《ホワンシーサン》城を落としたのと同じ十七日、南原《ナムウオン》城を後にした行長ら左軍は、二十日、全羅道《チヨルラド》の道都・全州《チヨンジユ》に迫った。しかし、明・朝鮮連合軍は逃げ散った後であり、左軍は全州を素通りし、さらに北に向かった。

一方、清正勢は、左軍が去った後の南原に到着した。

——何があったというのだ。

無残に焼け落ちた城門を見た金宦《キムクワン》の心中に、喩えようもない不安が広がった。

門を入ると、至る所に積み上げられた骸《むくろ》が、まず目に入った。それらは、一所に集めて焼かれたらしく、いまだ黒煙が上がっているものさえある。

それら黒焦《くろこ》げの骸は、ことごとく鼻を削《そ》ぎ落とされており、苦痛に歪んだ顔をしていた。

清正勢が近づくと、骸の小山から鴉《からす》が飛び立ち、別の小山に移動していく。中には顔一面に蠅《はえ》がたかり、正視に耐えぬ骸さえある。

空には、日が陰るほど鴉が飛び交い、さかんに威嚇の声を上げている。その汚《お》臭《しゅう》たるや言語に絶するばかりで、兵たちは手巾《しゅきん》を鼻に当て、声もなく進んだ。

生きている人間はおらず、ただ焼け落ちた家屋と骸の山が延々と続いている。

「殿、いったい何があったのでしょうか」

清正の馬前を行く金宦の声は、怒りと悲しみで震えていた。

「さすがのわしも、これほどの戦場《いくさば》に出くわしたことはない」

表情を一切、変えてはいないが、清正も暗澹《あんたん》たる気分でいることは間違いない。

「施餓鬼を行うので、殿下からは、首ではなく鼻を送れという命が届いていたが、民の鼻まで取るとは思いもよらなんだ」

　秀吉からの命は、「首実検をした後、鼻を送れ」というものであり、当然、将たる者の鼻という前提である。しかしその命が、現地に至る途中で変化し、鼻は首に代わる論功行賞の対象となり、酸鼻《さんび》極まりない鼻取り合戦となったのだ。

「何と酷《むご》い」

　金宦はふらふらと隊列を抜け、路傍《ろぼう》に膝をついた。

「あれを見よ」

　馬を止めた清正が彼方を指差した。

　何事かと顔を上げた金宦がその方角を見やると、焼け残ったあちこちの小屋から、数百に及ぶ女子供が、ぞろぞろと現れた。

　――生き残った者がおったか。

　怒りと悲しみの中で、金宦は一筋の光明を見た。

「さすがの弥九郎も、女子供は見逃したのだな」

　清正が、ほっとしたように言った。

「殿、水と兵糧を給してもよろしいか」

「うむ、救恤《きゆうじゆつ》小屋を建て、炊《た》き出しを行おう」

「分かりました」

女子供に向かって、金宦は手を振りながら走り出した。

その姿に怯《おび》えたのか、女子供は膝をつき頭《こうべ》を垂れた。

「心配要らぬ。もう大丈夫だ」

その時、金宦はやっと異変に気づいた。

「おぬしらはいったい――」

そこにいた数百に上る女子供は、ことごとく鼻を押さえ、頬から口まで朱《しゅ》に染めている。

その理由が分かった時、金宦は言葉を失った。

女の嗚咽《おえつ》と子供の泣き声が、金宦の耳朶《じだ》を圧する。

――これほどのことを、人が人にできようか！

金宦は、その場にいた五歳にもならぬ童子をかき抱いて泣いた。これほど泣けるのかと思うほど、涙は次から次へと溢れてきた。

「金宦《きんかん》」

ようやくわれに返った時、傍らに清正がいた。

「金宦、すまぬ。詫びの申しようもない」

「ああ、殿、何と、何と酷い――」

「弥九郎らは、人が人として、為《な》してはならぬことを為した。彼奴《きゃつ》らには、必ず天罰が下る」

「しかし、なぜここまで――」

「わしらは殿下の徳を四海《しかい》に及ぼし、万民に幸福をもたらすため、この地に来た。女子供の鼻を削ぎ落とすために来たのではない」

清正の瞳には、憎悪の焔《ほむら》がともっていた。

「金宦、わしには、この戦の意義が分からなくなった」

清正が初めて迷いのある言葉を吐いた。

――この世に地獄があるとしたら、それはここだ。

金宦は、大地に拳を叩きつけて嗚咽した。

なぜあの時、秀吉を殺さなかったのか。金宦は己を責めた。しかし、こうした悲劇が分かっていても、金宦には秀吉を殺せなかったに違いない。

やがて金宦の周囲に女子供が集まり、口に手をやり、さかんに飲み水と食べ物を欲した。

それを見た清正は、すぐに救恤小屋を建てさせ、生き残った者たちに治療を施《ほどこ》し、粥《かゆ》を振る舞った。しかし劣悪な衛生環境の下で、鼻を削がれた女子供が生き延びられる見込みは、極めて低い。

翌日、後ろ髪を引かれつつ、清正勢は南原を後にした。

二十五日、清正勢を先頭に、右軍が全州に入城した。

左軍も全州に戻ってきていたため、これにより一堂に会した日本軍は、左右両軍大軍議を催し、水陸呼応して漢城《ハンソン》まで攻め寄せることになった。

すなわち清正ら右軍は忠清道《チュンチョンド》を北上し、京畿道《キヨンギド》の漢城を目指す。一方の左軍は、街道沿いの〝列邑《れつゆう》〟に分屯《ぶんとん》し、右軍の兵站線《へいたんせん》を確保することになった。

それに合わせて、藤堂高虎らに率いられた水軍は、半島の西岸を北上し、海上から物資を補給する。

かくして日本軍は、海陸からの万全の兵站により、確実に漢城を制圧する作戦を進めることになった。しかも清正と常に先陣を争ってきた行長が、兵站確保の任に就くので、清正の漢城一番乗りを邪魔する者はいなくなった。

この大軍議を始めるにあたって、清正は南原の一件を宇喜多秀家や島津義弘に強く抗議した。しかし彼らは、「われらは討ち取った兵の鼻しか取っておらぬ」と言い張って譲らない。

調べてみると、女子供の鼻を取ったのは、殿軍《しんがり》を担《にな》った小西勢だった。

宇喜多勢や島津勢ほど鼻を取れなかった行長は、秀吉の勘気《かんき》を恐れ、女子供の鼻を取ることを命じていたのだ。しかし行長の配下は、命まで取るのを忍びなく思い、鼻だけ取ったという。

左右両軍大軍議の結果、日本軍は漢城を最前線拠点として、厳しい冬を乗り越えることになった。

九月一日、同じ右軍の毛利秀元、黒田長政らと別れた清正勢は、軍目付の太田一《かず》吉《よし》勢と共に全州を発ち、四日、全羅北道《チョルラブクド》北辺の邑都《ゆうと》・錦山《クムサン》北方の山中で義兵軍と遭遇した。

この戦いで清正らは六十九の首を獲り、義兵軍を蹴散らしたが、二十八名もの戦死者を出した。漢城が近づくにつれ、敵の抵抗も激しくなり、こうした犠牲の出ることを覚悟せねばならなくなっていた。

七日、清正勢は忠清北道《チュンチョンブクド》の清州《チョンジュ》に着いた。ここから鎮川《チンチョン》を経て京畿道に入り、竹山《チュクサン》、水原《スウォン》を経て漢城に至るという行軍予定である。

さしたる抵抗がなければ、漢城まで十日ほどの行程となる。

本陣としている両班《ヤンバン》屋敷を訪れると、清正が庭の亭子《ていし》で一人、茶を喫《きつ》していた。庭には、気の早い百舌《もず》がやってきて忙《せわ》しげに舎谷柿《サゴクシ》を啄《ついば》んでいる。

「殿」と呼ぶ声に応じ、見るでもなく百舌の動きを眺めていた清正が振り返った。

「金宦か」

「はっ、その節は、取り乱してしまい申し訳ありませんでした」

「当然のことだ。わが室《しつ》や子に、あのようなことをされたら、わしとて気が狂うやもしれぬ」

「あの城で行われたことは、この戦が、いかに不毛なものかを示しています」

「そうかもしれぬ。わしは心底、戦が恐ろしくなった」

清正は誰よりも勇者たらんとしてきた。武人の価値は勇猛さだけにあり、それ以外のものは意味がないと信じてきた。その信念が、清正の内部で崩壊しかかっているのだ。

「金宦、わしは、もう戦うことが嫌になった」

「殿、ようやくお分かりいただけましたか」

金宦の瞳から大粒の涙がこぼれた。

「真の勇者とは、戦場にあって敵の首を誰よりも多く獲る者と、わしは信じてきた。しかし今、わしは分かった。真の勇者とは、民のために尽くす者であると」

気づくと、金宦はその場にひざまずいていた。

――わたしは、このお方と共に民を幸せにしていくのだ。

金宦の内奥《ないおう》から湧き上がった思いが、次第に固まっていった。

「殿、漢城まで攻め寄せれば、双方に多くの犠牲が出ます」

「それを申しに参ったのだな」

「日本まで引くのが無理なら、せめて慶尚南道《キョンサンナムド》の諸城まで戻り、時を待つのがよいとは思いませぬか」

「時を待つとは、どういう意味だ」

「誰にも死は訪れます」

　かつて秀吉のやつれた顔を間近で見た金宦は、時が秀吉に味方していないことを知っていた。それゆえ時を稼ぐことが、この苦境を打開する唯一の道であると信じていた。

「しかし、そんなことをすれば、わしは殿下の逆鱗《げきりん》に触れ、殺されるであろう」

「それが恐ろしいと仰せか」

「何！」

「加藤清正が日本一の勇者であるなら、今この時こそ、その勇を示すべきではありませんか」

　清正の瞳が大きく見開かれ、碗を持つ手が小刻みに震えた。

「両国のためにそれができるのは、これまでの戦いで誰よりも功を挙げた殿を措いて、ほかにおりません」

　その時、百舌に啄まれていた柿の実が枝から落ちた。それに驚き、百舌は逃げていった。木の根方には、無残につぶれた柿の実だけが残った。

「金宦、そなたの申すことは尤もだ。われらは貴国を啄み、地に落とした。それは、真の勇者のすべきことではない。しかし、それを元に戻すことはできぬのだ」

「本来なら元に戻して返せと言いたい。しかしそれが叶わぬなら、今後、一人でも犠牲を出さぬことが、真の勇者のすべきことではありませんか」

いまだ柿の木には、多くの実がなっていた。

「わしは豊家《ほうけ》の一家臣にすぎぬ。わしにできることは限られておる」

「いいえ、天は殿を見込んで、今のお立場を授けたのです。天意に逆らうことは、誰にもできぬはずです」

卓子に両手をつき、金宦が迫った。

「殿、真の勇者とおなり下さい」

そこまで言うと一礼し、金宦は座を払った。去り際に振り向くと、清正は、それまでと同じように柿の木を茫然と眺めていた。

六日、清正勢と別経路を取った毛利秀元・黒田長政両勢は、忠清南道《チュンチョンナムド》・天安《チョアン》に陣を布き、黒田勢の先手衆《さきてしゅう》は、その北方の稷山《チクサン》に至った。ここから漢城へは八日ほどの行程である。

七日の夜明けと同時に、黒田勢の先手衆は、すぐ近くに明の大軍が布陣していることを知った。

これほど近くに敵がいると思わなかった双方は、慌てて戦闘を開始したが、衆《しゅう》寡《か》敵せず、黒田勢先手衆はたちまち危機に陥る。そこに、急を聞いて駆けつけた黒田勢主力が参戦したので、双方、入り乱れての白兵戦《はくへいせん》となった。

勝敗は容易につかなかったが、毛利勢が到着したことで、戦局は一気に日本軍優勢となる。明軍は八十五の首級を献上し、稷山から撤退していった。しかし日本側の死者も二十九名に達し、決して楽な勝利とは言えなかった。

この戦いをかろうじて勝ち抜いたとはいえ、明軍の本格的参戦がなされていることを知った毛利・黒田両勢は、これ以上の北上を中止し、九月九日、鎮川に戻り、清州から北上してきた清正と軍議を持った。その軍議の場に金宦も呼ばれた。

「稷山《しょくさん》でのお働き、見事でござった」

清正が長政と秀元の労をねぎらうと、二人は意外な顔をした。清正に何も告げず撤退してきたことで、皮肉の一つも言われると思っていたのである。

この時、長政は三十歳。その勇猛さは清正に引けを取らないが、父である如水《じょすい》譲りの慎重さを持ち合わせる名将である。一方、毛利家当主の輝元《てるもと》の代理として出陣してきた秀元は、十九歳の血気《けっき》盛んな青年武将である。

「此度は実に危ういところでござったが、毛利殿のおかげで何とか助かりました」

長政が、曲がりなりにも総大将である秀元を立てた。

「いや、それがしの力など、何ほどのこともござらぬ。大勢《たいせい》は見えておりましたので、高みの見物を決め込もうかとも思いましたが、ここのところ体がなまっておりましたので、唐人《とうじん》相手に一働きさせていただきました」

秀元が、いかにも豪傑じみた笑い声を上げた。歴戦の勇者である長政に礼を言われたことが、心底うれしいのだ。

「さて、ここまでの戦いは、われらの目算《もくさん》通りに進んでおりますが――」

清正が顔を引き締めた。

「この先には、大敵が控えております」

「冬将軍でござるな」

長政も眉間《みけん》に皺を寄せた。

「いかにも。この大敵を前にして、われらの取るべき道は二つ」

清正の言を待っていたかのように、軍目付の太田一吉が、盾机の上に革製の絵図面を広げた。

「さて、われらがこのまま漢城《かんじょう》に向かえば、おそらく漢城は制することができましょう」

わが意を得たりとばかりに、長政と秀元がうなずく。

現にこの時、漢城の明軍では、戦わずして平壌《ピョンヤン》に撤退することを主張する明国経理の楊鎬《ようこう》と、漢城絶対死守を唱える提督兼総兵の麻貴《まき》が対立していた。こうした状況下で日本軍が押し寄せれば、明軍は戦わずに平壌まで引くしかない。

「漢城を制すれば、われらは漢城で越冬となるが、明軍は兵糧を残しておらぬはず」

「ということは、左軍に兵站を確保してもらわねばなりませぬな」

秀元が、いっぱしの将のごとく険しい顔をして言った。

「いかにも。それだけでなく、もしもの折は、左軍に後詰《ごづめ》を頼まねばなりませぬ」

三人の脳裏に行長の瓜実顔《うりざね》が浮かんだ。左軍の大将は宇喜多秀家だが、実質的な指揮官は行長であり、清正らが漢城で危機に陥っても、行長が駆けつけてくるとは思えない。頼りになる島津義弘は、すでに半島南端に派遣され、泗川《サチョン》城の築城に取り掛かっている。

「では、どうなされるおつもりか」

秀元が、落ち着かない視線で二人を交互に見た。

「思うに、ここは慶尚南道の諸城まで引き、越冬態勢を整えるのが上策かと」

清正は、慎重に言葉を選びつつ言った。

「何を仰せか」

清正らしからぬ言に驚き、長政が目を剝いた。

「われらが兵を引けば、敵は勢いづいて攻め寄せてくる。番城《ばんじろ》に着くまで、敵の追撃に遭《あ》うことは必定《ひつじょう》でござろう」

「いかにも」

「たとえ弥九郎が頼りにならぬとも、やはり堅固な漢城に立て籠り、強気な姿勢を見せておいた方が、無難ではありますまいか」

長政の言に秀元も同意した。

「金宦」

清正が肩越しに声をかけると、「はっ」という声とともに、金宦が進み出た。

「ここから漢城までは、どのくらいで行ける」

「馬を飛ばせば三日で十分かと」

「行ってくれぬか」

金宦の顔が引き締まった。

「漢城に行き、和談せよと仰せか」

「うむ、明との間で密約を結びたいのだ」

その言葉に、長政と秀元の顔色が変わった。

それを視線の端で捉えつつ、金宦が問うた。

「それは、いかなる密約で」

「われらが来年内に順次、撤退することを約し、その見返りとして、一切の攻撃を控えてもらうのだ」

「お待ちあれ」

不服げに口を尖《とが》らせる長政を、清正の大きな手が制した。

「独断でこんなことを決めれば、わしは殿下の逆鱗に触れ、切腹となりましょう。だがわしは、もう人が死ぬのを見るのに飽いた。わしが腹を切ることで、兵や民の命が救えるのならば、それが本望というものです」

「殿、よくぞ――」

清正の言葉が金宦の心を貫いた。

「主計頭《かずえのかみ》殿、わしは、そのお考えに与するわけにまいらぬ」

「われら毛利も同様だ」

長政と秀元の顔色は蒼白となっている。

「むろん、お二人にご迷惑をかけるつもりはありませぬ。殿下の咎《とが》めを受けねばならぬ時は、虎之助の独断で結んだ密約と申し上げる」

「それでは、聞かなかったことにさせていただく」

長政は急によそよそしい態度となり、秀元は気まずそうにうつむいた。

二人とは対照的に、清正が清々《すがすが》しい笑みを浮かべた時、金宦が一歩、進み出た。

「その交渉を、わたしに託していただけるのですね」

「うむ、附逆として漢城に赴くのだ。一つ間違えば命はない。それでもやってくれるか」

「申すまでもなきこと」

金宦が胸を張った。

「都にいる同胞の視線は辛いぞ。それに耐えられるか」

「それくらいのことで民が救えるのなら、何ほどのこともありません」

「すまぬな」

清正がその六尺余の体を丸め、金宦に頭を下げた。


附逆の供を付けるという清正の言葉を、「附逆は一人で十分」と断った金宦は、使者の朱巾を旗竿の先に括り付け、単騎、北上した。

鎮川を出て竹山に向かう街道の途中で、井戸を見つけた金宦が馬を止めると、先客がいた。その男はこちらに背を向け、馬に水をやっている。

「まさか、おぬし——」

振り向いた男がにやりとした。嘉兵衛である。

「使者の旗を立てた金宦殿が、鎮川邑城《ゆうじょう》を出たのを見かけ、先回りしておりました。この辺りの地理は、もう金宦殿より詳しいですからな」

「見張っていたのだな」

「まあ、そういうことになります」

「それでは、すでに用向きもお見通しだな」

それには答えず、鐙《あぶみ》に足を掛けると、嘉兵衛はひらりと馬に飛び乗った。

「ご同道いたす」

「ここはわが国土、要らぬ世話だ」

嘉兵衛と場所を代わった金宦が、馬に水をやった。

「お一人で漢城に入れば殺されるだけ。しかし、それがしが一緒なら、話は別」

金宦は、「やれやれ」といった調子でため息をついた。

「これで何度目だ」

「何がでござる」

「共に馬を走らせることだ」

そう言うと、金宦は馬に飛び乗り手綱《たづな》を引いた。

瞬く間に遠ざかる金宦に追いつくべく、嘉兵衛も馬鞭《ばべん》を振るった。

先ほどから降り出した雨は、知らぬ間に霙《みぞれ》に変わり、金宦の火照《ほて》った頬を冷やした。北方の彼方に霞《かす》む山嶺《さんれい》にも、薄く刷《は》いたような白い衣が掛かっている。

半島の冬が足早に近づいてきていた。


軍議の場に現れた二人を一瞥《いちべつ》した明国経理の楊鎬は、甲高《かんだか》い笑い声を上げた。

「降倭が附逆を連れてくるとはな。貴国は、いったいどうなっておるのだ」

たるんだ頰肉を揺すり、楊鎬が呆《あき》れたように首を横に振った。

「ここにおられる良甫鑑《リヤンボカム》殿は――」

楊鎬をにらみつけた嘉兵衛は、手短に、金宦が今の立場に至った経緯を述べた。

「という次第で、これほどの勇者でありながら、良甫鑑殿は、倭軍の使者となられたのです」

「何と言おうが、附逆は附逆だ」

楊鎬が鼻で笑ったので、嘉兵衛が不快をあらわにした。

――明軍に何が分かる。

金宦も鼻白《はなじろ》んだが、それをおくびにも出さず言い返した。

「われらの中には、やむを得ず附逆となった者が多くおります。われらは戻ることも叶わず、致し方なく倭軍の中で、母国のために力を尽くしております」

「附逆にも、言い分があるというわけか」

「天に理あれば、地にも理あり、われらにも理があります」

「そんなことはどうでもよい！」

楊鎬の傍らに座す長身痩軀《そうく》の武将が喚《わめ》いた。明軍を統括する提督兼総兵の麻貴である。

「良甫鑑とやら、おぬしは降伏の使者か。降倭だろうが附逆だろうが、降伏の使者以外と話すつもりはない」

「まあ、お待ちを」

朝鮮国領議政の柳成竜《ユソンリョン》が、おろおろしながら口を挟んだ。

「この者の話によると、こちらの条件次第で、倭賊は撤退してもよいと申しておるとのこと。まずは、その条件を聞くべきかと」

「分かった。話してみろ」

金宦が胸を張って語り始めた。

「倭軍は、冬が訪れる前に漢城を落とし、そこを拠点として冬を越すか、冬が来る前に慶尚南道に築いた倭城に引くかで迷っています。大勢は撤退に傾いているものの、明軍が追撃するのなら、漢城に拠《よ》った方が得策と考えております」

「来るなら来てみろ！」

麻貴が唐机《とうづくえ》を叩いた。

「まあ待て」

楊鎬が猫撫《ねこな》で声で問うた。

「それで条件とは、いかなるものか」

「倭軍の将・加藤清正は、明軍が追撃せぬなら、日本軍を倭城まで引かせるとのこと。さらに、来年中には朝鮮全土から撤兵すると申しております」

「それはおかしい。清正のことは、われらも聞いておるが、彼奴は、最も好戦的な倭賊ではないか」

楊鎬が怪訝《けげん》な顔をした。

「だからこそ、清正が全軍に撤退を説けば、否を言う者はおらぬはず」

「確かにな」

楊鎬が、傍らの麻貴と小声で話している。はっきりとは聞こえないが、どうするか談じているに違いない。しばらくすると、麻貴との打ち合わせが終わったらしく、楊鎬が、その脂《あぶら》のにじんだあばた面《づら》に笑みを浮かべた。

「よかろう。追撃はせぬ。その代わり、必ず来年中に半島から撤退するのだぞ」

「よくぞ、ご決断なされた」

金宦は、湧き立つ喜びを抑えきれなかった。

早速、清正からの正式な書状を楊鎬に渡すと、楊鎬は返書をしたためた。


漢城の南門に着くと、嘉兵衛が馬を止めた。

「金宦殿、大役が果たせて何よりです」

「ああ、嘉兵衛殿、これでこの国は救われた」

「よかった。本当によかった」

馬を下りた二人は、互いに肩を叩き合った。

「嘉兵衛殿、わたしと参らぬか。殿はきっと分かってくれる」

「いや」と答えつつ、嘉兵衛が翳《かげ》のある笑みを浮かべた。

「それはやめておきましょう」

「なぜだ。皆も待っておるぞ」

「それがしのことは、もうよいのです。それより今後、金宦殿は、どうなされるおつもりか」

「わたしか」

金宦が北の空を見上げた。

――智淑《ジスク》にも、もう会えぬであろうな。

その面影を胸奥《きょうおう》にしまいつつ、金宦が言った。

「どこにいようが、何をしようが、わたしの心は、常にこの大地と共にある」

「その意気です」

「嘉兵衛殿も、わたしと同じ気持ちなのだな」

「申すまでもありません」

二人の間に、もう言葉は要らなかった。

「友よ、さらばだ」

漢城を去り行く金宦の後ろ姿を、嘉兵衛は、いつまでも見送っていた。

八

楊鎬《ようこう》からの返書を読んだ清正は、長政と秀元にそれを見せ、半島南端まで撤退することを伝えた。

明軍の追撃がないと聞いた二人には、むろん異存などない。

軍目付《いくさめつけ》の太田一吉の従軍医・慶念《けいねん》は、『朝鮮日々記《ひにっき》』の中で、「この陣よりは船本《ふなもと》（番城）へ引陣《のきじん》と聞けば、諸人の喜びは云《い》うに及ばず、牛馬に至るまでも勇《いさ》むとなり」と、弾んだ筆致で記している。

半島の冬が、いかに日本兵に恐怖を植え付けていたかが分かる。

途中、義兵軍との小さな戦闘があったものの、十月八日、清正勢は西生浦《ソセンポ》に帰り着いた。同様に毛利秀元は梁山《ヤンサン》へ、黒田長政は東萊《トンネ》へと、それぞれ戻っていった。

ところが番城に戻った諸将に、秀吉から命令書が届いていた。

漢城《ハンソン》を攻略せずに撤退したことを了承した秀吉だったが、来春に予定している朝鮮全土制圧作戦に備え、慶尚南道《キョンサンナムド》一帯に、新たに八城の築城を命じてきた。

　これら八城と文禄年間に築城した二十余の番城に、四万三千の日本軍が籠り、越冬せよというのだ。

　その中には、西生浦のさらに東の蔚山《ウルサン》に、新城を取り立てろという命もあった。その城を清正の居城《きよじょう》とし、西生浦を黒田長政に引き渡せというのだ。すでに築城部隊の浅野幸長と毛利家家老《かろう》・宍戸元続《ししどもとつぐ》は、現地に入っているという。

　清正は、戦線の拡大は得策ではなく、越冬のためだけなら蔚山に城を築く必要はないと秀吉に訴えたが、秀吉は聞く耳を持たない。

　なおも清正は、蔚山の南には、太和江《テファガン》という河口付近の川幅が八百メートルにも及ぶ大河が横たわり、危機に陥っても、西生浦から救援に赴くのは容易でないと伝えたが、漢城制圧を早々にあきらめたことに立腹している秀吉を、翻意させるに至らない。すでに秀吉は、大陸制覇の妄執《もうしゅう》に取り憑《つ》かれた頑固な老人にすぎず、清正の手に負えるものではなかった。

ひとまず清正は、蔚山築城部隊の警固役として、加藤清兵衛《せいべえ》らの精鋭を軍目付の太田一吉と共に蔚山に送り、自らは、粘《ねば》り強く秀吉を説得するつもりでいた。


一方、厭戦《えんせん》気分漂う漢城の明軍だったが、十一月二十九日、経略の邢玠《けいかい》が四万の精兵を率いて漢城にやってきたことで、状況は一変する。

明軍の最高位にある邢玠は、日本軍への追撃を怠《おこた》った楊鎬と麻貴《まき》をなじり、即時の追撃を命じた。

こうなってしまえば、清正と楊鎬の間の約定《やくじょう》など、意味を持たない。

邢玠は経理の楊鎬と提督兼総兵の麻貴を統括とし、軍勢を左脇《さきょう》（左翼《さよく》）、中脇（中軍）、右脇（右翼）の三軍に分けると、陳璘《ちんりん》率いる明水軍にも出動を命じた。

左脇の大将は副総兵の李如梅《りじょばい》以下一万二千六百、中脇の大将は副総兵の高策《こうさく》以下一万千七百、右脇の大将は副総兵の李芳春《りほうしゅん》以下一万千六百、さらに朝鮮軍一万二千五百が付けられたので、連合軍の総勢は五万近くに及んだ。

しかも邢玠は、北京から大将軍砲等の重砲を千二百四十四門も持ち込んできており、明・朝鮮連合軍は、圧倒的な破壊力を持つ大軍団と化していた。

十二月四日、未曾有《みぞう》の火器で重装備された軍団が漢城を出陣した。朝鮮国王・宣《ソン》祖《ジョ》はこれを漢江《ハンガン》まで見送り、「小邦再造《しょうほうさいぞう》の秋《とき》、皇恩 極《こうおんきわまり》なし」と言って、軍列に頭を下げた。

二十日、楊鎬と麻貴は全軍を慶州《キヨンジュ》に集結させ、その最初の攻撃目標を、倭城最東端の蔚山に絞《しぼ》った。

彼らは蔚山から西に進み、順次、倭城を落としていくつもりでいた。

一方、これだけの大軍団が南下しているにもかかわらず、日本軍はその情報を摑んでおらず、蔚山への行程一日（約六里）の慶州に、連合軍が集結していることさえ知らなかった。

西生浦に帰還した金宦《キムクワン》は、これまで通り、清正の領国統治を手伝っていた。それが日本軍の〝久留の計〟を助けることになるとは知りつつも、疲弊《ひへい》した国土で苦しむ民を救うためには、そうするしかなかったのだ。

清正は、いかに秀吉に撤退を促すか、幕僚と策をめぐらしていた。

二十三日、夕闇迫る中、金宦が来春の種籾《たねもみ》の貸付台帳をまとめていると、にわかに城内が騒がしくなった。外に出てみると、本曲輪《ほんくるわ》に向かう勝兵衛と出くわした。

「和田殿、どうしたのです」

「たいへんなことになった」

勝兵衛の顔は青ざめていた。

「明軍が蔚山に攻め寄せてきた」

「何ですと」

金宦と勝兵衛が急ぎ足で清正の館に向かっていると、馬廻衆《うままわりしゅう》を引き連れた清正が、ちょうど館から出てきたところだった。その頭上には、長烏帽子形《ながえぼしなり》の兜《かぶと》が燦然《さんぜん》と輝き、黒羅紗《くろらしゃ》の陣羽織《じんばおり》の下からのぞく桶側胴《おけがわどう》には、黄金の蛇目紋《じゃのめもん》が輝いている。

「殿、いずこに参られる」

勝兵衛が、清正の行く手を遮《さえぎ》るように拝跪した。

「決まっておろう。蔚山だ」

「お待ち下さい。今は、飯田様、森本様、大木様ら年寄（家老）衆が諸城との連絡で出払っております。この城の兵をかき集めても三百にもなりませぬ」

勝兵衛が、膝をにじって清正の進路を塞《ふさ》いだ
「分かっておる。それゆえ近習《きんじゅう》と小姓《こしょう》だけで赴く」

「何を仰せか。それでは死にに行くようなもの」

「よいか、明との約定は、このわしが取りまとめたものだ。ここで後詰が遅れ、左《さ》京《きょう》らが討ち死にしたらいかがいたす。わしは後世まで臆病者の誹《そし》りを免《まぬか》れぬ」

左京とは浅野幸長のことである。出陣前、清正は幸長の父・浅野長政から、「く

れぐれも倅《せがれ》のことを頼む」と依頼されていた。

「仰せご尤もながら、せめて年寄衆の戻る明日までお待ち下さい」

「それでは遅い」

「遅くありませぬ」

清正の目尻が震えた。

「そこをどけ」

「どきませぬ」

清正が勝兵衛を足蹴にしたが、勝兵衛は、清正の足を摑んで放さない。

「放せ！」

「放しませぬ！」

泥にまみれて清正の足にすがる勝兵衛に、清正がぽつりと言った。

「そなたは、わしを男にせぬと申すか」

「ああ」とうめきつつ、勝兵衛が遂に清正の足を放した。

同じ武辺気質《ぶへんかたぎ》を持つがゆえに、勝兵衛にも、清正の気持ちがよく分かるのだ。

「殿、それでは、それがしもお連れ下さい」

「ならぬ。そなたは覚兵衛《かくべえ》らと共に後詰に回れ」

「いえ、一緒に参ります」

清正の顔色が変わると、大音声が轟いた。

「馬鹿者！　加藤家の先手は誰だ」

「和田勝兵衛に候！」

勝兵衛がその場に泣き崩れた。清正が死を覚悟していることは、誰の目にも明らかだが、清正を止めることは、もはや誰にもできない。

「殿」

金宦が進み出た。

「わが交渉が至らず、このようなことになり、お詫びの申し上げようもありません。ほかの附逆への見せしめのため、この場で、わが首を落として下さい」

清正の前に拝跪した金宦が、首を差し伸べた。

「今この場で、その命をもらった。蔚山には多くの高麗《こうらい》人人夫がおる。そなたなら敵方と交渉し、高麗人だけでも解放できる。死ぬのはその後でよい」

「ご同道をお許しいただけるのですね」

「むろんだ」

「ありがたきお言葉」

金宦の内奥《ないおう》から闘志が湧き上がってきた。

「勝兵衛、後詰の件、頼んだぞ」

「承知仕った！」

城に残る兵が左右に拝跪する中、清正は登り石垣を下り、船入りに向かった。その傍らに、金宦はしっかりと付き従っていた。

清正は関船《せきぶね》一艘を仕立て、西生浦の七里半ほど北にある蔚山を目指した。

この時、付き従った者は、小姓十五人、使番《つかいばん》五人、足軽三十人の、わずか五十人余である。


明軍の先手が蔚山近郊に到着したのは、清正が西生浦を出陣した二十三日未明のことである。

この時、宍戸元続らは、城の北方約半里の地点に出城《でじろ》を築いていた。

夜明けとともに起き出した宍戸勢が見たのは、万余の大軍である。敵も宍戸勢に気づいたらしく、凄《すさ》まじい砲撃が始まった。寡勢《かぜい》では、この猛攻を防ぎようがなく、元続は、蔚山本城にいる浅野幸長らに急を告げた。

この知らせを聞いた浅野幸長、太田一吉、加藤清兵衛らは、すぐに救援に駆けつけたが、待ち伏せを受け、瞬《またた》く間に五百余の死者を出した。

この戦いで、太田一吉は人事不省《じんじふせい》に陥るほどの深手を負った。

宍戸勢の築いていた出城まで、かろうじて引いたものの、今度は本城に残った者から、敵の大軍が迫っていると知らされた。これに驚いた日本軍は蔚山本城まで戻ったものの、敵勢に外郭線《がいかくせん》を破られ、城際まで迫られた。

蔚山城は、小丘上の三つの曲輪から成る内城と、総構《そうがまえ》、西部洞《せいぶほら》、東部洞と呼ばれる外城から成っている。内城を西端とし、そこから東方に、総構、西部洞、東部洞と曲輪を連ね、太和江の支流である東川《トンセン》に船入りを設けている。

北方から迫った明・朝鮮連合軍は、南側の太和江を除いた三方から城を包囲した。城から太和江までは半里ほどであるが、葦《あし》が茂っているだけの湿地帯で、この方面から太和江を渡河することは、不可能に近い。そのため明軍は、南側に軍を配していない。

城も未完成なままでの籠城戦である。しかも季節は厳寒期を迎え、築城工事の疲労から、体力的にも、すでに限界に達している者がほとんどである。

やがて天地が覆るほどの砲声が轟き、大地を揺るがすような砲撃が始まった。

太田一吉を看病する従軍医の慶念は、「もし唐人が城を攻め崩したら、めでたく往生《おうじよう》を遂げる」と、その覚悟のほどを示している。

戌《いぬ》の刻（午後八時頃）、妙法旗《みようほうき》を押し立て、清正が蔚山に入城した。

明水軍の包囲網をかいくぐっての決死の入城である。在城諸将は清正の入城に沸き立ったものの、それも束《つか》の間で、軍議の場は沈鬱《ちんうつ》な空気に包まれた。

「物見を怠ったわれらが不覚でした」

普請の責任者である浅野幸長が、がっくりと肩を落とした。幸長は弱冠《じゃっかん》二十三歳の若武者である。その経験の乏しさから、油断があっても致し方ない。

「いずれにしても、皆、無事でよかった」

清正がひとまず皆の無事を喜んだが、宍戸元続が悲痛な声を上げた。

「この城は、周囲に川が多く、〝すまし〟に事欠くことがないと思っておりましたが、城を三方から囲まれ、水場への道も断たれました」

〝すまし〟とは飲料水のことである。

「城内に井戸はないのか」

「はい、水場が近いため、つい井戸を掘るのを怠りました」

元続が肩を落とした。

「飲み水どころか、兵糧にも窮《きゅう》しております」

幸長が申し訳なさそうに言った。翌日、大量の兵糧と共に、清正が移ってくる予定と聞いていたので、幸長らはこれに安堵し、すべての兵糧を食べ尽くしてしまったというのだ。

次々と告げられる厳しい状況に、清正の面《おもて》は徐々に憂色《ゆうしょく》に包まれていった。

その間も、明軍の砲声は鳴りやまない。日本軍の神経を参らせようとしているのは明らかである。

　諸将の言葉が途切れたところで、金宦が口を挟んだ。

「殿、それであればなおさら、人夫をいち早く解放すべきかと」

「そうだな」

「主計頭殿、高麗人は叛乱《はんらん》の恐れもあるので、西部洞曲輪に集めております」

　幸長の言葉にうなずいた清正が金宦に命じた。

「金宦、高麗人を解放する段取りをつけよ」

「分かりました」

　軍議はいまだ続いていたが、金宦は途中で抜け出し、西部洞曲輪に駆けつけた。

　西部洞曲輪は低地にあり、外部とは、堀と城壁で隔てられているだけである。敵の本格的攻撃が始まれば、最も激しい戦いが予想される場所でもあり、金宦は、一刻も早く人夫を解放しようと焦った。

　朝鮮人の人夫頭《にんぷがしら》を集め、翌朝の解放を伝えた金宦だったが、人夫頭たちは、さほど喜びも表さず、逆に城にとどまりたいと申し入れてきた。

　彼らによると、いったん日本軍に協力した朝鮮人には、厳しい取り調べが待っており、附逆の疑いが少しでもあると、拷問の末、処刑されるという。しかも気の荒い明兵が先手を務めていると聞いた彼らは、明軍に投降するのだけは勘弁してくれと懇願《こんがん》した。

金宦は、この城にいることがいかに危険か根気よく説き、水も食料もないことを告げたので、人夫頭たちは、ようやく明軍への投降に同意した。

その頃、清正らは、敵包囲陣を突破して、血路を開いて西生浦まで撤退するか、蔚山にとどまり後詰を待つか、夜を徹して議論していた。その結果、籠城で時を稼ぎ、味方の後詰を待つことに決した。

外城の守備を幸長に任せた清正は内城に引き、全軍の指揮を執《と》ることにした。

夜明けが近づくと、朝霧が周囲に立ち込めてきた。半島の南東端に近いとはいえ、この辺りの寒気も生半《なまなか》なものではなく、川水との温度差から霧が発生しやすいのだ。

朝霧の中を、旗竿の先に使者の朱巾を付けた金宦が城を出た。

「聞け！」

朝霧に向かい、金宦は唐言葉《から》で怒鳴った。

「今から高麗人を解放する。しばしの間、攻撃を控えていただきたい」

霧の向こうに息を潜《ひそ》めているはずの明軍からは、一切、返答がない。

不安になった金宦は、さらに明軍に近づき、同じ言葉を繰り返した。

しばし立ち尽くしていると、ようやく返答があった。

「分かった。高麗人を解放しろ」

この言葉に安堵した金宦が背後に手を振ると、ゆっくりと城門が開いた。そこから、恐る恐る朝鮮人人夫が出てきた。

「心配は要らぬ。明軍にこちらの意は伝わった。ゆっくり進め」

金宦が人夫頭に言うと、攻撃のないことに安堵した人夫らの足が速まった。

「慌てず、ゆっくり進むのだ」

金宦の脳裏に不安が走った時、突然、明軍の砲口が開いた。天地を震わせるほどの轟音《ごうおん》に、たまらず伏せた金宦の頭上から、何かが落ちてきた。

それが、朝鮮人人夫の頭部や手足と分かった時、朝霧を切り裂くような喊声《かんせい》を上げつつ、明軍が押し寄せてきた。追い立てられた朝鮮人は、慌てて城内に逃げ戻ろうとする。そのため、城門を守っていた浅野勢が城門を閉められなくなった。

大手門前には、馬出《うまだし》が設けられ、その周囲は水堀である。人がすれ違う程度しか幅のない土橋に、朝鮮人が殺到し、その多くが堀に落ちて溺れている。

「どけ、どけ」

大手門前で幸長が叫ぶが、城に戻ろうとする朝鮮人は、その流れを止めようとしない。

遂に明軍が逃げる朝鮮人に追いつき、その背に太刀《たち》を浴びせつつ、城際まで迫ってきた。

後方からの砲撃もやまず、砲弾は、明軍にも容赦なく降り注ぐ。

明軍の先手は韃靼人《だったんじん》なので、後方から砲撃する明正規軍に遠慮はない。

遂に幸長自ら槍《やり》を取り、明軍の中に駆け入った。幸長は四人まで槍を合わせ、手傷を負わせたが、乗馬が斬られて横倒しになったため、やむなく城内に引いた。

『浅野幸長家臣　某《なにがし》　蔚山覚書《おぼえがき》』によると、「我等《われら》先ず《ま》すなわち此《こ》の丸にて腹を切り申すべく候」という覚悟でいると、清正から「大将の御果《おんは》て様、かつは日本の外聞に候条、急ぎ御出成《おいでな》され候」という使者がやってきたので、やむなく西部洞曲輪に戻ったという。

金宦は、まだ大手門の外にいた。そこに砲弾が炸裂《さくれつ》し、朝鮮人人夫と韃靼兵が吹き飛ばされた。その轟音に、金宦は一時的に聴力を失った。すぐさま立ち上がろうとしたが、激しいめまいに襲われ、その場にくずおれた。

――もはやこれまでか。

気を失う寸前、風のように現れた何者かが金宦の腕を取った。

九

城の北方にそびえる古鶴山《コハクサン》に本陣を置いた明軍は、次々と新手《あらて》を投入し、執拗《しつよう》な攻撃を繰り返した。

頃合いよしと見た明軍遊撃将《ゆうげきしょう》・陳寅《ちんいん》は、雲梯《うんてい》・飛楼《ひろう》・鉄塔《てっとう》などの攻城兵器を使い、日本軍の攻撃を引き付けると、兵を外城の城壁に取り付かせた。そこに城方の鉄砲が降り注ぐ。双方共に、ここを切所《せっしょ》とばかりの、死に物狂いの攻防が繰り広げられた。

清正家臣の加藤安行《やすゆき》は次々と鉄砲を取り換え、この日だけで、二百七十発もの弾丸を放ったという。

『宣祖実録《ソンジョ》』によると「石築《いしつい》（石垣）、堅険無比《けんけんむひ》にして攻め破るを得ず」「石、築するること削るがごとく、穴、蜂巣のごとく、天兵《てんぺい》（明軍）仰《あお》ぎ攻めること、其《そ》の勢《いきおい》、易《やすか》らず」と記している。足がかりさえない日本式石垣の精巧さの前に、明軍は為す術もなく屍《しかばね》の山を築いた。

それでも、味方の損耗《そんもう》を顧《かえり》みない明軍の砲撃により、城方の損害も相当なものとなっていった。

このままでは外曲輪を守りきれないと判断した清正は、巳《み》の下刻《げこく》（午前十一時頃）、外城から全軍を引き上げさせた。

これにより明軍は、西部洞・東部洞の両曲輪を制圧した。

この日の戦いが終わった。

城際には、両軍の兵士の骸が折り重なるように積み上げられ、この日だけで、日本軍の人的損害は六百六十余に達していた。しかし連合軍は、その倍以上の死者を出していた。

日本軍の夜討ちを恐れた明軍は、奪取した両曲輪を放棄し、後方に引いていった。しかし、すべての防衛施設を破壊し、焼き尽くしていったので、たとえ兵を戻しても、両曲輪で敵を防ぐことはできない。

そのため両軍の攻防は、内城をめぐって展開されることになる。


「お目覚めですかな」

上体を起こした金宦《キムクワン》が左右を見回すと、嘉兵衛が一人、温突《オンドル》に薪《まき》をくべていた。

「わたしを助けてくれたのは、嘉兵衛殿だったか」

「はい、それがしは義兵と共に後方におりましたが、人夫らが解放されると聞き、彼らを迎え入れるべく前線に出てみました。むろん誰が人夫の先頭に立っているかは、見当がつきましたが」

　嘉兵衛がにやりとした。

「それで、倒れているわたしを見つけたのだな」

「世話の焼けるお方です」

　笑みを浮かべつつ、嘉兵衛が割れ茶碗を差し出した。

「それはともかく、たいへんなことになりましたな」

　嘉兵衛が勧める薬湯《やくとう》を飲むと、胃の腑《ふ》に温かみが広がり、生き返ったような気がする。

「約定《やくじょう》を取り交わしたにもかかわらず、明軍が攻め寄せてくるとはな」

「明軍とは、そういうものです」

　嘉兵衛の顔が憎悪に歪んだ。

　嘉兵衛の話によると、漢城《ハンソン》からここに至るまでも、明軍は邑都と見れば略奪や暴行に走り、活気が戻り始めていた諸邑都は、再び廃墟《はいきょ》と化しているという。

　とくに韃靼兵の略奪ぶりは凄まじく、彼らが通り過ぎた後は、一木一草《いちぼくいっそう》も残らず、しかも、それらの行為を、麻貴《まき》ら明軍の将領は見て見ぬふりをしているという。

「何ということだ」

「それもこれも、われら日本軍が、この地に来なければ起こらなかったことです」

嘉兵衛が悲しげに目を伏せた。

「いずれにしても、蔚山《ウルサン》は落城を待つだけだ。わたしは城に戻り、殿と共に死ぬ」

金宦が、掛けられていた蓆《むしろ》を払って立ち上がった。

「お待ち下さい」

「何を待つ。もはや手遅れだ」

「それがしは殿にご恩があります。そのご恩に報いるのは、今を措いてほかにありません。また朝鮮国にも恩があります。それゆえ日本兵も朝鮮兵も、一兵たりとも死なせたくありません。それだけでなく、城内にいると聞く人夫も救いたいのです。そのためには、明軍をここから引かせるしかありません」

『宣祖実録』によると、蔚山城内には五百ほどの朝鮮人がおり、彼らは、武器を持って日本軍を助けていたという。

「それは無理だ」

金宦が言下《げんか》に否定した。

「明軍は雲霞《うんか》のごとき大軍。それに対し、日本軍はわずか四千五百。西生浦《ソセンポ》から日本の援軍が駆けつけてきたとしても、太和江《テファガン》は大河ゆえ容易に渡れぬ。援軍が渡河できねば、明軍も腰を据えて城を攻められる。日本軍に勝ち目はない」

「いかにも」

この絶望的な状況にあっても、嘉兵衛は口辺《こうへん》に笑みを浮かべていた。

「何か策があるのだな」

思わせぶりな嘉兵衛の表情を見て、金宦が何かを察した。

「定吉《さだきち》、大男《デナム》、こちらに参れ」

嘉兵衛が外に向かって声をかけると、老人と若者が入ってきた。


翌二十五日、この日も、連合軍の攻撃は苛烈《かれつ》を極めた。

しばし砲撃を行い、それがやむと、韃靼兵を中心とした明兵が石垣に取り付く。それを日本軍が撃ち落とすという光景が、至る所で繰り広げられた。

明軍は徒《いたずら》に屍の山を築いたが、それでも力攻めをやめない。

遂には先手遊撃将・陳寅も撃たれ、後方に担《かつ》ぎ込まれる始末となり、さすがに強気な楊鎬《ようこう》と麻貴も、いったん兵を引かざるを得なかった。

翌二十六日は朝から雨となり、水不足で困っていた日本軍を潤《うるお》した。

慶念によると、兵たちは「日本は神国なれば、憐《あわ》れみの雨を降らして人を潤す」と言って、天に向かって口を開けたという。

一方、この雨に怒った楊鎬と麻貴は朝鮮軍に八つ当たりし、乾柴《からしば》を積んで火攻めにするよう命じた。

死ねというに等しいこの命に、朝鮮兵はそろって尻込みするが、都元帥・権慄《クオンリユル》は明軍の命に逆らえず、兵に乾柴を担がせ、城際まで迫らせた。しかし風向きが悪くなった上、日本軍の鉄砲攻撃によって、朝鮮兵が次々と斃《たお》れ、降倭軍は、石垣に取り付くことさえできなかった。

城方は形ばかりの勝鬨《かちどき》を上げたが、雨はこの日一日だけで、翌日から城内の水不足は再び深刻化した。そのため、渇きに耐え切れなくなった日本軍の雑兵《ぞうひょう》が夜間に城を抜け出し、太和江方面に川水を汲《く》みに行った。しかし明軍は、そんなことなどお見通しで、やってきた日本兵を次々と捕えた。

降倭となった日本兵は翌日、紅色の服を着せられた上、駿馬《しゆんめ》に乗せられ、堀際を走らされた。降倭が厚遇《こうぐう》されていることを示し、さらなる降倭を誘うためである。これを見た清正が夜間の水汲みを禁じたため、城兵の渇きは極限に達した。

二十七日は、雹《ひよう》や霙が降るほど寒気が厳しく、飢餓と疲労から凍死する兵も出始めていた。

一方の明軍も攻撃どころではなく、身を縮めて一日を過ごした。

日本軍は凍りついた衣服を解かしてその水をすすり、馬を殺して食べ、敵方の砲撃で焼けた兵糧まであさったという。紙を嚙み、壁土を煮、自分の小便さえ飲んだという伝承は、この時の話である。

同日、西生浦には、黒田長政、蜂須賀家政、毛利秀元、鍋島直茂ら一万三千の部隊が集結した。これにより、西生浦に待機していた清正勢八千と合わせ、二万余の救援軍が編成された。

一方、翌二十八日、寒気と飢餓で悲惨な状況に陥りつつある城内に、二人の男が向かっていた。

十

「殿、お久しゅうございました」

「おお、嘉兵衛、達者であったか」

嘉兵衛の姿を認めた清正の顔に、笑みが広がった。

「はっ、何とか生き延びておりました」

「おぬしが生きておることは、金宦《きんかん》から聞いておったが、元気そうで何よりだ」

すっかりたくましくなった嘉兵衛の全身を、清正が、うれしそうに見つめた。

「あの時は辛い目に遭わせてしまったな」

「もうよいのです。あの時の沙汰《さた》は当然のことです」

自らの陣中から降倭を出さないために、心を鬼にして嘉兵衛を追放した清正の心中を、嘉兵衛も十分に分かっていた。

「金宦も無事でよかった」

「はい、危ういところを嘉兵衛殿に救われました」

金宦《キムクワン》が、嘉兵衛に助けられた顚末《てんまつ》を語った。

「それでそなたらは、わしに降伏を勧めに参ったというわけか」

清正がその面を引き締めた。

「わしが、降伏などせぬのは知っておろう」

「分かっております」

嘉兵衛が笑みを浮かべた。

「それでは何用で参った」

「楊鎬《ようこう》に撤兵を促していただきたいのです」

「何を申す。敵は勝利目前だ。兵を引くわけがあるまい」

清正が首をかしげた。

「実は、それがしに策があるのです」

嘉兵衛と金宦から策を説かれた清正の顔は、たちまち驚きに包まれていった。

二十九日も、前日に続いて氷雨《ひさめ》の降る厳しい天候である。

この日は、具体的な救援策を打ち出せない救援部隊に痺《しび》れを切らした加藤水軍が、西生浦《ソセンポ》から東海岸沿いに救援に馳《は》せつけたが、太和江《テファガン》河口を強行突破しようとした際、河口を封鎖した明水軍と砲戦となり、撤退を余儀なくされた。

これに勢いを得た楊鎬らは、朝鮮軍に再び火攻めを試みさせるが、二十六日同様、容赦ない鉄砲攻撃に晒され、屍の山を築くだけだった。

それでも日本軍の鉄砲攻撃は次第に衰えを見せ、玉薬《たまぐすり》や焔硝《えんしょう》が、底をつき始めていることは明らかとなった。

水と兵糧どころか、玉薬さえつき始めた蔚山城の日本軍には、厭戦気分が漂い始めていた。

定吉と名乗る使者が西生浦城に入ったのは、こうした最中である。


年が明けて一月二日となった。

金官と嘉兵衛は、清正の陣所で降りやまぬ氷雨を見ていた。

「まだ、西の山に狼煙《のろし》は上がらぬな」

「この天候です。渡河は容易でないはず」

「それにしても、定吉が太和江の渡し守《もり》をしていたとはな」

　その話を聞いた時、天の配剤としか思えないその偶然に、金宦は唖然とした。

「この城にいる五百の高麗人の大半は、近在から集められており、定吉の知り合いも多く交じっているとのこと。彼らの家族は籠城戦を終わらせられるならと、ひそかに渡し船を調達してくれました。しかし、一時に渡河できるのは、百かそこらだと定吉は言っておりましたので、二万余の大軍が渡河を終わらせるには、優に二日はかかります」

「それで遅れているのだな」

「はい、しかも明軍に覚られぬよう、かなり上流から渡しておりますので、ここに来るまで時がかかります」

　その時、清正がやってきた。

「嘉兵衛、金宦、城内には、すでに〝すまし〟や食い物はおろか、玉薬さえ残っておらぬ。兵が戦えるのも明日いっぱいだ」

「何と」

　嘉兵衛が唇を噛んだ。

「まだ、狼煙は上がらぬようだな」

「はい、うまく船が集められず、渡河が進んでおらぬのか、行軍が難航しておるのか分かりませせぬが、いまだ狼煙は上がりませせぬ」

「何かが齟齬《そご》を来《きた》し、うまくいっておらぬのかもしれぬ」と言いつつ、清正が西方の山々に目を向けた。

「定吉には殿の書状を持たせておりますゆえ、黒田様らに、こちらの意図は伝わっておるはず。定吉が敵に捕まれば、話は別ですが」

「そうなったのではないか」

「この地は定吉の故郷も同じ。何があっても捕まらぬと豪語しておりました」

「そうか、それならよいのだが」

清正の眉間に苦渋の色が浮かんだ。

「いずれにしても、明後日には城を打って出ることになった」

「それはおやめ下さい！」

黙って二人のやりとりを聞いていた金宦が、思い余って叫んだ。

「それ以外、もはや手がないのだ。ここで死を待つくらいなら、最期《さいご》に死に花を咲かせるのが武士というものだ」

「お待ち下さい。それでは、ここにいる日本人も高麗人も全滅します」

「致し方なきことだ」

清正が首を横に振った。

「分かりました」

嘉兵衛が意を決したように言った。

「楊鎬との和談は明日といたしましょう」

「大丈夫か」

「一か八《ばち》かです」

「西方の山に後詰勢が参っていなかったらどうする」

「われらそろって、城を枕に討ち死にするしかありませぬ」

しばし沈思黙考《ちんしもっこう》した末、清正が言った。

「分かった。和談は明日としよう」

金宦を清正の許に残し、その日のうちに連合軍陣営に戻った嘉兵衛は、清正との和談の日取りが整ったことを伝えた。

清正が降伏開城を受諾《じゅだく》したと伝えられた楊鎬と麻貴《まき》は、手を取り合って喜んだ。


一月三日も曇天《どんてん》の上、時折、氷雨が降る天候だったが、西方の山々は見渡せた。

城外に設《しつら》えられた和談用の亭子に、少ない供を連れて清正が向かった。

この亭子は、屋根があるだけで囲いや壁はない。双方が異変をすぐに察知できるようにしてあるのだ。むろん日本軍の鉄砲の射程内に設けられているため、明軍が清正を殺そうとすれば、即座に銃口が火を噴き、浅野勢が救援に駆けつける手はずになっている。また明軍も、同様にこの亭子に砲口を向けていた。

亭子に入った清正は、悠揚《ゆうよう》迫らぬ体《てい》で和談の席に着いた。

すでに亭子で待っていた楊鎬が、満面に笑みをたたえて清正を迎えた。

「これはこれは、〝鬼上官〟加藤清正公にあらせられますな」

いかにもうれしそうに、楊鎬のあばた面が笑み崩れる。

「加藤主計頭清正に候」

通事として清正に同道してきた金宦が、唐言葉に訳した。

「明軍経理の楊鎬です」

今度は、楊鎬の傍らに侍《はべ》る嘉兵衛が日本語に訳した。

「清正殿、ここまでの戦い、実に見事でありました」

「お言葉、ありがたく頂戴《ちょうだい》いたす」

「勝敗は兵家《へいか》の常と昔から申します。降伏開城もやむを得ぬことです」

「降伏開城とは」

清正が首をかしげた。

「降伏の調印に参られたのでは」

「はて、存じませぬな」

「どういうことだ」とばかりに、楊鎬が肩越しに嘉兵衛を見やったが、嘉兵衛は首をすくめるばかりである。

「楊鎬殿、それがしは貴国の軍勢が退却すると聞き、追撃は行わぬという約定を取り交わしに参ったのですが」

その言葉に一瞬、驚いた楊鎬であったが、彼我《ひが》の置かれた状況を思い出し、自信ありげに言った。

「戦況有利なわれらが、兵を引く理由はありませぬ。お気は確かか」

「ほほう、貴軍が戦況有利と仰せか」

「見ての通り。われらは五万の大軍。それに比べ、貴殿の兵は数千にすぎぬ」

「いかにも、城内にいる兵の数は、そんなところですな」

「城内のほか、どこに倭軍がおるのですかな」

楊鎬は、日本軍の救援を不可能と見ていた。

「よろしいか」

鋭い眼光で楊鎬を見据えつつ、清正が懐《ふところ》に手を入れた。それを見て一瞬、身構えた楊鎬だったが、懐から出されたのが鉄扇《てっせん》と知り、余裕の笑みを浮かべた。

「何をなされるおつもりか」

「あれを」

日の丸の描かれた鉄扇を開いた清正は、うっすらと雪をかぶる西方の山々に向けて大きく振った。

つられてそちらに目を向けた楊鎬の口が、次の瞬間、あんぐりと開けられた。

これまで静寂《せいじゃく》に閉ざされていた西方の山々に、次々と日本軍の旌旗《せいき》が立てられていくではないか。それは、山肌を覆わんばかりの数になっていく。

――旗が揚がった。われらは賭けに勝ったのだ。

金宦は一切、表情を変えなかったが、その心中は小躍《こおど》りするばかりだった。

嘉兵衛の方を見やると、嘉兵衛も素知らぬ顔をしている。しかし、その心中の快《かい》哉《さい》は、金宦にだけは聞こえていた。

実は、日本軍は前夜のうちにやってきており、攻撃態勢を整えていた。本来、その知らせは狼煙により籠城衆に知らされるはずだったが、天候が悪く、狼煙が上げられず、代わりに使者を送った。しかし使者は、敵の重囲《じゅうい》をかいくぐることができず、城内に連絡が届かなかったのである。

「これは、いったいどういうことだ」

楊鎬が、引きつった笑みを浮かべた。

「楊鎬殿」

一方、清正の声は自信に満ちていた。

「わしがもう一度、この鉄扇を振れば、あの山から万余の日本軍が駆け下る」

「太和江の船はすべて北岸に寄せたはず。日本軍は、いかにしてあの大河を渡ったのだ」

「戦に思い込みは禁物だ」

「清正、騙したな！」

「騙してはおらぬ。これが兵法《ひょうほう》というものだ！」

天地も裂けるかと思われるほどの清正の怒声《どせい》が、寒空に轟き渡った。

「かくなる上は目にもの見せてやる」

後ずさりしつつ、楊鎬が指揮棒を振り上げた。

「筒先をすべて、あの山に向けろ。敵が山を下る前に殲滅《せんめつ》してやる」

「楊鎬殿、すぐに撤兵するなら追撃はせぬ。日本の武士に二言《にごん》はない」

「何を申すか」

指揮棒を振り上げたまま、楊鎬の手が止まった。

「砲口を開けば、必ず後悔することになる」

楊鎬の額に汗が浮かんだ。

「いかがなされた」

その時、後方から麻貴が走り寄ってきた。

「楊鎬殿、何をなされておる。早くあの山に砲撃せねば手遅れになりますぞ」

「よすのだ、楊鎬殿、いったん攻撃の口火を切れば、わしとて日本軍の追撃を止められぬ」

「ええい知るか！」

遂に楊鎬の指揮棒が振り下ろされた。

「この馬鹿者め」

清正は再び鉄扇を大きく振ると、近習と共に城内に引いていった。

金宦と嘉兵衛も、目くばせをすると別れた。

次の瞬間、千を超える明軍の砲口が火を噴いた。轟音が空気を切り裂き、硝煙《しょうえん》が周囲に満ちた。しかし、それが晴れた後に見えた西の山は、最前と同様、何事もなかったかのように静まり返っている。

視線を自陣に移した楊鎬らは愕然とした。明軍の誇る大将軍砲の筒先が裂け、そこかしこに砲兵の手足が吹き飛んでいる。

「これはいったい――」

楊鎬と麻貴が顔を見合わせたその時、それまでとは比較にならないほどの轟音が、天地を揺るがした。

火薬が爆発したのだ。

六万九千斤《きん》と言われる明軍の火薬は荷車に載せられ、一所に集められていたが、それが誘爆を起こし、収拾がつかなくなった。火薬は次々と爆発し、狂ったように逃げ惑《まど》う明兵の体を宙に飛ばした。これを見た明軍は、日本軍が押し寄せる前に潰《かい》走《そう》を始めた。

ほぼ同時に、続々と山を下りくる日本軍の旌旗が遠望できた。かすかに喊声も聞こえる。

先手に蜂須賀勢、二の手に黒田勢、三の手に鍋島勢と、陣列を整えた蔚山救援部隊が敵に襲い掛かった。これらの精強な日本軍に追いまくられた明軍は、瞬く間に総崩れとなる。

東に東川《トンセン》、南に太和江を控え、西から攻め寄せる日本軍の手から逃れるには、北に逃げるしかない。しかし、どこに逃げればいいかなど、黒煙の満ちた戦場では分からない。逃げ惑う明兵は東川に追い立てられる者や、太和江を泳ぎ渡ろうとする者たちで大混乱になった。

凄惨な殺戮戦《さつりくせん》が始まった。日本軍は鉄砲を放ちつつ、獰猛《どうもう》な虎のように明軍を追い回した。

その頃、東方の海上では、多大浦《タデポ》から押し出してきた日本水軍が明水軍を蹴散らしていた。常であれば、砲力に優れた明水軍に勝つのは容易でないが、陸上での異変がすでに伝わっており、明水軍も浮き足立っていたのだ。

「金宦」

「はっ」

「あれを見よ。吉兵衛《きちべえ》（黒田長政）は、談合通りに朝鮮陣を攻めておらぬぞ」

「ああ、お礼の申しようもありません」

定吉が、嘉兵衛の意図をしっかりと長政に伝えていたらしく、日本軍は、朝鮮軍のいる陣所を攻めないでいた。

明軍本陣のあった古鶴山《コハクサン》に陣を移した朝鮮軍は、戸惑ったように目の前で繰り広げられる殺戮戦を見ていた。

むろん、朝鮮軍を古鶴山に誘導したのは嘉兵衛である。

「そろそろ、わしの出番だな」

清正が、小姓に持たせていた長烏帽子形の兜をかぶった。

「戦を収めに参る！」

そう言うと清正は駿馬にまたがり、大手門から飛び出していった。清正の馬廻衆がそれに続く。清正は蜂須賀・黒田両勢に「追撃無用」を伝えに行ったのだ。

やがて戦場の喧噪《けんそう》が遠のいていくと、三々五々、日本軍が戻ってきた。最後に帰還した清正を、日本軍は歓声で迎えた。

『明史』によると、この戦いで命を落とした明兵は二万という。しかし朝鮮側の史料では、明兵の死者千四百、負傷三千と記録されている。追撃を行わなかったことから考えると、こちらが事実に近いと思われる。

蔚山北方の古都・慶州《キョンジュ》に逃れた明軍は、恐怖に駆られ、そのまま漢城《ハンソン》まで敗走した。

『宣祖実録《ソンジョ》』によると、麻貴配下の韃靼兵などは、敗走の最中にも「村里を襲い、財産を奪い、婦女を強姦《ごうかん》した」とあり、まさに地獄から抜け出そうとする朝鮮の民を、再び地獄に落とす役割を果たした。

しかも漢城に逃げ戻った楊鎬は、上司の邢玠《けいかい》への報告書の中で、「（蔚山籠城軍は）是《こ》れ真倭《しんわ》にあらず、乃《すなわ》ち高麗人数千、倭子数百と協同して、多く旗幟《きし》を振り、以《もっ》て声勢《せいせい》を為せり」と報告し、最後に「高麗憎むべし」と記している。城内の朝鮮人は直接、戦闘には参加しなかったものの、日本軍に協力しており、それが敗因だというのだ。

この惨敗ぶりを聞いた邢玠は青ざめたが、明皇帝に「蔚山大勝利」と報告した。しかし後に、これが偽りと分かり、邢玠は楊鎬に責任を転嫁《てんか》、楊鎬は、辺境へと左遷《させん》されることになる。

また、この壊乱《かいらん》の責《せき》を問われた朝鮮国領議政・柳成竜《ユソンリョン》も失脚《しっきゃく》、罷免《ひめん》となった。

これにより、「田野《でんや》に身を託す」ことになった柳成竜に十分な時間ができ、『懲毖《チンピ》録《ロク》』という、極めて内省的かつ客観的な史書が書かれることになったのは、何とも皮肉な話である。

十一

蔚山《ウルサン》の船入りから、兵船が次々と出帆していく。援軍に駆けつけてくれた日本軍諸勢が、海路を使い、それぞれの番城に戻るのだ。小高い丘の上から、金宦《キムクワン》はそれを見送っていた。

「ここにおられたか」

突然、背後から声がかかり、金宦が振り向くと、嘉兵衛と二人の男がいた。

「嘉兵衛殿、無事であったか」

「はい、おかげさまで朝鮮兵の被害はほとんどなく、無事に慶州《キョンジュ》に引き上げることができたようです」

「権慄《クオンリユル》殿は何か申していたか」

「すべてを察したようで、苦虫を嚙みつぶしたような顔をしておりました」

「そいつは愉快だな」

定吉も自慢げに言った。

「日本軍を説くのはたいへんやったばい。あちらに勝兵衛どんがおらんかったら、たいそう難しかことやった」

「定吉が、日本軍を率いて太和江《テファガン》を渡ってきたというわけだな」

「何とか間に合《お》うてよかった」

「大男《デナム》も、よくぞ、あの爆発から無事に戻った」

「火薬のことならお任せ下さい。しかし鉱山で働いていたことが、ここで役立つとは思いませんでした。まあ、ちょっとやりすぎましたが」

大男が頭をかいた。

「あれしか方法はなかったのだ。致し方ない」

金宦が大男の肩を叩いたその時、清正が家臣を従えて近づいてきた。

かつてと同じように、嘉兵衛が拝跪した。

「嘉兵衛、此度の働き、実に見事であった」

「ありがたきお言葉」

「この城はもう使い物にならぬゆえ、われらは、これから西生浦《ソセンポ》まで引く」

「それがよろしいかと」

「それゆえ、もしも、わしと共に西生浦まで付き従う降倭がおれば、すべての罪を水に流し、帰参《きさん》を許す」

嘉兵衛の顔に一瞬、光が差したように感じられた。

皆は、固唾《かたず》をのんで嘉兵衛の次の言葉を待った。むろん待っている答えは一つである。しかし、嘉兵衛はきっぱりと言った。

「いえ」

嘉兵衛の口端に、寂しげな笑みが浮かんだ。

「それがしは降倭です。降倭になると決意した時、二度と日本に戻らぬ覚悟をしました」

その言葉に、清正の背後に控える家臣らがざわめいた。

「嘉兵衛」と声をかけつつ、よろよろと勝兵衛が近づいてきた。

「共に帰るのではなかったか」

嘉兵衛が首を横に振ると、勝兵衛が喚《わめ》いた。

「嫌だ。首根っこをひっ摑んでも一緒に帰るぞ。ここに残れば、雪乃《ゆきの》殿と千寿《せんじゅ》に再びあい見《まみ》えることができぬのだぞ」

「それは——、それは分かっております」

嘉兵衛が唇を嚙んだ。

なおも何かを言おうとする勝兵衛を、清正が制した。

「勝兵衛、嘉兵衛の気持ちを察してやれ」

「しかし、殿」

「嘉兵衛がどれほど故郷に帰りたいか、わしには分かる。しかし男には、どうしても曲げられぬ節《せつ》があるのだ」

「殿――」

平伏した嘉兵衛の手の甲は、すでに涙で濡れていた。

「そなたの家族には、討ち死にしたと伝えよう」

「ありがたきお言葉。重ねてわが願いを聞いていただけるなら、室の雪乃の再嫁先《さいか》と、女《むすめ》の千寿の養女先を、お考えいただけませぬか」

「分かった。心配は要らぬ」

「殿、何とお礼を申し上げていいか――」

声を詰まらせながら、嘉兵衛はなおも続けた。

「殿、もう一つだけお願いがございます」

「何なりと申せ」

「ここにおる青年は余《ヨ》大男と申します」

「えっ」

日本語の分かるようになった大男が、突然のことに面食らった顔をしている。

「この大男はたいへん優秀です。しかし、この地にいても奴婢に戻されるだけ。何卒、日本にお連れ下さい」

「大男とやら、そなたはそれでよいのか」

「はい、わたしは、いつも嘉兵衛様に『日本に行って仏教を学びたい』と申しておりました」

「分かった」

「ありがとうございます」

大男が膝をついた。

この後、日本に渡った余大男は、加藤家の菩提寺《ぼだいじ》である本妙寺《ほんみようじ》の住職・日真上人《にっしんしょうにん》の許に弟子入りし、京の本圀寺《ほんこくじ》講院、甲斐《かい》の身延山《みのぶさん》久遠寺《くおんじ》などで学んだ後、本妙寺の第三代住職となった。日遙《にちよう》上人と名乗った大男は、七十九歳の天寿を全うする。

「定吉、そなたはどうする」

勝兵衛が、嘉兵衛の背後に控える定吉に声をかけた。

「わしは平戸《ひらど》に帰ってもなあんもなか。これも縁やけん、嘉兵衛殿と一緒に、この国のために尽くすばい」

「そうか。それがよいかもしれぬな」

清正が金宦に向き直った。

「そなたはどうする」

金宦の脳裏に一瞬、智淑《ジスク》の面影がよぎったが、それを振り払うようにして、金宦は言った。

「殿、すでにこの国に、わたしの居場所はありません。わたしを日本にお連れ下さい」

「それでよいのだな」

「はい」

清正が感慨《かんがい》深げに言った。

「わしは嘉兵衛を失い、金宦《きんかん》を得たというわけか」

「われらは不思議なる縁《えにし》に操られ、互いの立場が入れ替わることになりました。しかし、その心は一つです」

嘉兵衛が胸を張った。

「その通りだ。国を思う気持ちは、立場が入れ替わっても変わるものではない。嘉兵衛は朝鮮のために尽くすがよい。金宦は日本のために尽くせ」

「はっ」

二人が同時に返事をした。

その時、清正の姿を認めた黒田勢の船から歓声が沸き上がった。彼らは懸命に手を振り、別れを惜しんでいる。清正は鉄扇を掲げ、その声に応えた。

「それでは、そろそろ行きます」

歓声の中、嘉兵衛がおもむろに言った。

「嘉兵衛、達者で暮らせ」

「お心遣《こころづか》い、痛み入ります」

清正の言葉に、嘉兵衛が目頭《めがしら》を押さえた。

「この馬鹿野郎が！」

勝兵衛が嘉兵衛に背を向けた。

「勝兵衛どん、お世話になりました」

「おぬしのことは忘れるぞ。きっと忘れてやる」

勝兵衛が肩を震わせた。

「金宦殿」

嘉兵衛が金宦の瞳を見据えた。

「殿と勝兵衛どんのことを、よろしく頼みます」

「分かっている」

「そして、わが国のことも」

「もちろんだ」

「それを聞いて安堵いたしました」

嘉兵衛と定吉が皆に頭を下げた。

両肩に二挺《ちょう》の鉄砲を載せた定吉が先に歩き出すと、嘉兵衛はふと空を見上げた。

「黒南風《くろはえ》が吹いてきましたね」

嘉兵衛の言葉に、皆の顔が一斉に南を向いた。

知らぬ間に南西に張り出していた黒雲から、湿気を含んだ冷たい風が吹き始めている。

「あの時も吹いていたな」

勝兵衛が寂しげに呟いた。

「黒南風は、激しい風雨をもたらすと聞きます。それゆえ、これにて失礼いたします」

嘉兵衛は一礼すると、少し先で待つ定吉の方に向かって一歩を踏み出した。

「嘉兵衛様」

顔をくしゃくしゃにした大男が、その足にすがった。

「ご恩は――、ご恩は生涯、忘れませせぬ」

「大男、民のために尽くせ。そして悔いのない生涯を送れ」

嘉兵衛が優しくその手を外すと、大男はその場に泣き崩れた。

「嘉兵衛殿」

金官が嘉兵衛の背に声をかけた。

「人北去雁南飛――」

「そして人は南に帰り、雁《かり》は北に戻る」

「そういうことだ。いつの日か、故郷に帰れる日が来るかもしれぬ」

嘉兵衛の面が一瞬、曇った。

それが叶わぬことと知っているのだ。

「嘉兵衛殿、この国と民のことを、よろしく頼む」

「しかと承りました」

明るい声音《こわね》でそう言うと、最後に白い歯を見せて笑った嘉兵衛は、定吉と共に、ゆっくりと西に去っていった。

二人の去り行く先に、大陸の大きな夕日が沈んでいく。その雄大な光景を望みつつ、金官は己と嘉兵衛の数奇な運命《さだめ》を思った。

――われらの生は交錯《こうさく》し、そして入れ替わったのだな。しかし、もはや生まれた国などどうでもよい。一度《ひとたび》、この大地に生を享《う》けた者は、この大地に恩返しすればよいのだ。

やがて二人の影は、限りなく広がる湿原の彼方に消えていった。二度と見るはずのないその後ろ姿を、金官はいつまでも見送っていた。

正月二十六日、朝鮮在陣十三将の連名で、秀吉に戦線縮小案が提出された。これは、東端の蔚山、北端で内陸部に位置する梁山《ヤンサン》、さらに西端の順天《スンチヨン》と南海《ナムヘ》の四城を放棄すべしという内容だった。東西の距離は陸路で六十六里半、海路で八十二里にも及び、五万に満たぬ軍勢では、互いに連携した防御ができないからである。

これを聞いた秀吉は激怒した。しかも、己の承認を得ずして蔚山を放棄したのを「曲事《くせごと》」と断じ、軍目付の福原長堯《ながたか》を現地に送り、清正の責任を追及させた。

その結果、蔚山攻防戦大勝利後の追撃を怠った廉《かど》で、蔚山救援軍先手の蜂須賀家政、二の手の黒田長政、そして蔚山放棄の決定を下した罪により、清正が一部所領の召し上げを申し渡された。さらに、これを認めた軍目付の早川長政と竹中重隆《しげたか》の二人には、改易《かいえき》処分が下された。

撤退を図るための最初の一歩である戦線縮小案は、秀吉に一蹴《いっしゅう》された。

もはや秀吉は妄執《もうしゅう》の塊《かたまり》と化しており、誰も止められない。

春になっても、日本軍は慶尚南道《キヨンサンナムド》にとどまり、いっこうに撤退する気配を見せなかった。

しかし醍醐《だいご》の花見以来、秀吉の体調は悪くなり、日によっては、人事不省に陥ることも多くなっていた。秀吉は、すでに大陸侵攻作戦など、どうでもよくなりつつあり、次代の豊臣政権ばかりが気になっていた。

一方、日本軍が動かぬことを知った連合軍側は大攻勢を掛け、曲がりなりにも最後は大勝利という形で、この陰惨な戦いに終止符を打とうとした。

七月、十万に上る連合軍が、四道に分かれて南進を開始した。

いよいよ両軍が最後の決戦に及ばんとする矢先の八月、秀吉が死去した。五大老は即座に半島からの撤退を決定するが、秀吉の死は、すぐに連合軍側にも知れわたり、撤退は容易ならざるものになった。

それでも、この後に勃発《ぼっぱつ》する順天・泗川《サチョン》両城攻防戦でも、鉄砲を主体とした日本軍の攻撃力は衰えず、敵勢に付け入る隙を与えない。

とくに泗川城攻防戦では、敗走すると見せかけて敵を城近くまで引き寄せた島津勢が、反転逆襲に転じ、三万八千七百十七という首級を挙げるほどの一方的勝利を収めた。

最後の撤退戦となる露梁《ノリャン》海戦では、順天城に釘付けにされた小西勢を救うべく、連合水軍の目をそらすために海路を順天に向かった島津勢が、狭隘《きょうあい》な水路で待ち受ける敵水軍に突入し、乱戦の中、明水軍に壊滅的打撃を与えた上、朝鮮水軍を率いる李舜臣《イスンシン》を討ち取るという大勝利を挙げた。

　鉄砲の威力は最後まで衰えなかった。

　ただし島津家の記録である『征韓録《せいかんろく》』では、この戦いで戦死した士分二十六名の名を挙げて「其外《そのほか》戦死の人々多し」とし、決して日本軍の一方的勝利でなかったことを伝えている。

　一方、明・朝鮮側の史料では、この戦いにおける日本軍の戦死者数が万単位となっており、到底、信じるに値しないが、連合水軍が日本水軍を追い落としたことから、大勝利とされている。

　いずれにしても慶長の役では、文禄の役の教訓を踏まえ、種々の対策を講じてきた日本軍が、終始、勝ち続けた。しかしそれは、何も得るところのない空虚な勝利でしかなかった。

　慶長三年（一五九八）十一月、加藤清正、黒田長政、鍋島直茂勢が、十二月には、小西行長、島津義弘、立花宗茂勢が博多に到着し、前後七年に及ぶ不毛な戦いは終わりを告げた。

＊

沙也可《サヤカ》と呼ばれた嘉兵衛は、この後も、北方の女真征伐などで活躍し、国王の宣祖《ソンジョ》から金《キム》という姓《かばね》と正三品という高位をもらい、両班《ヤンバン》としての地位を確立した。寛永《かんえい》二十年（一六四三）、金忠善《チュンソン》として七十三歳の生涯を閉じるまで、沙也可は「常在戦場」を貫いた。

加藤清正は慶長十六年（一六一一）六月に病死する。五十歳だった。死因はハンセン病とされるが、これは清正の菩提寺である本妙寺が、ハンセン病者の信仰を集めていたために受けた誤解である。体が急速に黒ずんでいったことから毒殺説もあるが、肝《かん》機能障害の可能性が高い。

清正は、本妙寺境内の浄池廟《じょうちびょう》に葬られた。

清正が死した時、二人の男が殉死《じゅんし》を遂げた。一人は重臣の大木土佐守兼能《とさのかみかねよし》、今一人は金宦である。

日本に渡った金宦は、清正から二百石を賜《たまわ》り、かつてと同じ勘定方の仕事に就いていた。

日本人の妻を娶《めと》り、日本人として後半生を生きた金宦は、それでも日本名を名乗ることを拒否した。

清正の死を聞いた金宦は、すぐに切腹しようとしたが、二人の息子に見つかり、短刀を取り上げられた。しかし、それから十四、五日経った頃、桶造り用の鉋《かんな》をどこからか入手し、隙を見て腹を十文字に抉ったという。

むろん外国人の殉死は、前例がない。

大木土佐は浄池廟の右奥に、金宦は左奥に葬られ、今日に至るまで、左右から清正を守護している。

あとがき――沙也可《サヤカ》とは何者か

沙也可とは何者だったのか。この議論は戦前からなされており、いまだ結論は出ていません。

本書では、沙也可を佐屋嘉兵衛《さやかへえ》という名にしました。その根拠は、秀吉と清正《きよまさ》の出生地と同じ尾張《おわり》国に佐屋町があり、この町の名から姓を取ったのではないかと推測したからです。しかも清正は、多くの家臣を尾張から肥後《ひご》に移住させており、その中の一人に沙也可がいたとしても、不思議ではありません。

さらに当時の朝鮮では、一字姓二字名が多く、そうした三文字名が呼びやすかったようです。例えば『懲毖録《チンピロク》』では、内藤如安《じょあん》（小西飛騨守《ひだのかみ》）を「小西飛」と呼んでいます。

こうしたことから「沙也可＝佐屋嘉兵衛」としました。忠善《ただよし》という名は、沙也可の朝鮮名「金忠善《キムチュンソン》」から取ったものです。

かくして、佐屋嘉兵衛忠善が誕生しました。

むろんこれは、私なりの沙也可論です。今後、沙也可の実像が、さらに解明されることを願ってやみません。

【参考文献】

『豊臣秀吉の朝鮮侵略』　北島万次　吉川弘文館
『加藤清正　朝鮮侵略の実像』　北島万次　吉川弘文館
『文禄・慶長の役　空虚なる御陣』　上垣外憲一　講談社学術文庫
『秀吉の野望と誤算　文禄・慶長の役と関ケ原合戦』　笠谷和比古・黒田慶一共著　文英堂
『朝鮮の役と日朝城郭史の研究』　太田秀春　清文堂出版
『両班』　宮嶋博史　中公新書
『秀吉が勝てなかった朝鮮武将』　貫井正之　同時代社
『雑兵たちの戦場』　藤木久志　朝日新聞社
『伝記　加藤清正』　矢野四年生　のべる出版企画
『懲毖録』　柳成竜著　朴鐘鳴訳注　平凡社
『看羊録』　姜沆著　朴鐘鳴訳注　平凡社
日本史リブレット三四「秀吉の朝鮮侵略」　北島万次　山川出版社
歴史街道二〇〇八年七月号「総力特集・加藤清正」　ＰＨＰ研究所
歴史群像シリーズ三五「文禄・慶長の役　東アジアを揺るがせた秀吉の野望」　学習研究社
戦乱の日本史一二「新説　朝鮮出兵」　小学館
地方史、研究論文、断片的に使用した史料については割愛させていただきます。

本書は、二〇一一年七月にＰＨＰ研究所より刊行された。

著者紹介
伊東　潤（いとう　じゅん）
1960年、神奈川県横浜市生まれ。早稲田大学卒業。外資系企業に長らく勤務後、文筆業に転じ、歴史小説や歴史に材を取った作品を発表している。
『国を蹴った男』（講談社）で吉川英治文学新人賞を、本書で「本屋が選ぶ時代小説大賞2011」を、『義烈千秋　天狗党西へ』（新潮社）で歴史時代作家クラブ賞（作品賞）を受賞。『城を噛ませた男』（光文社）、『国を蹴った男』、『巨鯨の海』（光文社）で三度、直木賞候補となる。
その他の主な著作に『王になろうとした男』（文藝春秋）、『黎明に起つ』（NHK出版）等がある。

ＰＨＰ文芸文庫　黒南風《くろはえ》の海
「文禄・慶長の役」異聞

2013年11月26日　第１版第１刷
2021年８月16日　第１版第３刷

著　者　伊　東　潤
発行者　後　藤　淳　一
発行所　株式会社ＰＨＰ研究所
東京本部　〒135-8137　江東区豊洲5-6-52
第三制作部　☎03-3520-9620（編集）
普及部　☎03-3520-9630（販売）
京都本部　〒601-8411　京都市南区西九条北ノ内町11
PHP INTERFACE　https://www.php.co.jp/
組　版　朝日メディアインターナショナル株式会社
印刷所
製本所　大日本印刷株式会社

ISBN978-4-569-76095-7